THEY ARE CATS

他们是猫

吴辛烨 著

作家出版社

猫言猫语，猫里猫气。

止增笑耳，纯属虚构。

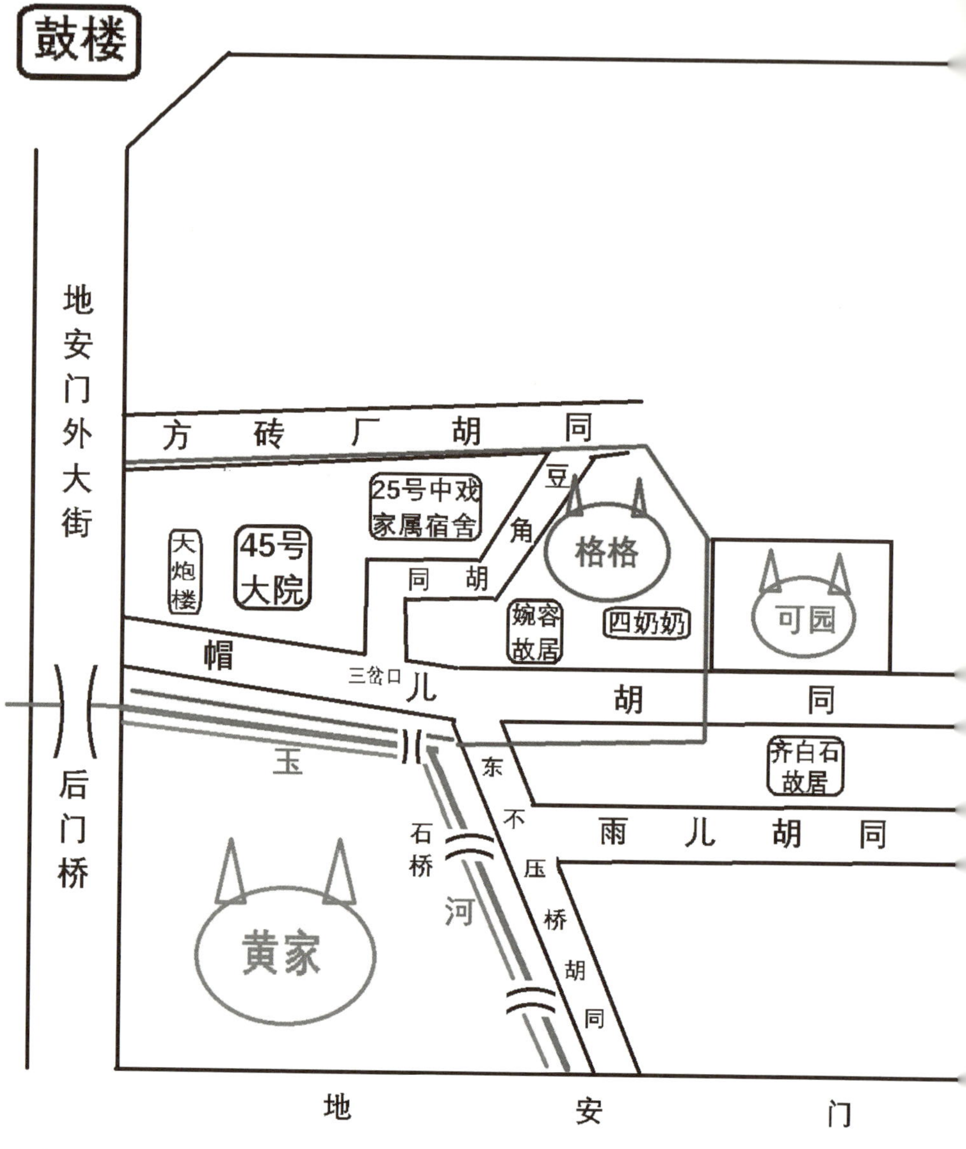
鼓楼
地安门外大街
后门桥
方砖厂胡同
25号中戏家属宿舍
豆角胡同
格格
大炮楼
45号大院
婉容故居
四奶奶
可园
帽儿胡同
三岔口
齐白石故居
玉河
东不压桥胡同
石桥
雨儿胡同
黄家
地安门

北
南锣鼓巷
交道口南大街
白家
中央戏剧学院
东棉花胡同
东大街

目 录 content

目 录 content

1.小猫落地

1.小猫落地
1.小猫落地

老北京的皇城和内城俗称四九城。四九城里有很多老胡同。老胡同里有很多故事。当然，也有很多猫。

这里所讲的，就是四九城老胡同里，那些猫的故事。

从故宫的北门——神武门出发，一路向北越过景山，再穿过地安门路口直奔钟鼓楼，便会经过一座被称为后门桥的石桥。这桥的西边是前海，东边是玉河，桥下是横贯这一海一河的水路。在石桥北口东侧，横着一条东西向的帽儿胡同。故事里的猫，便住在这条胡同里。

时值初春，在帽儿胡同西口那座俗称“大炮楼”的高大白色楼房高层，一只三花幼猫被一双大手拎上南侧阳台，掷了出去。幼猫在空中划出一小段弧线，便沉沉坠下，直直砸向下面那棵老槐树的顶冠。

也许是因为这幼猫娇小的体长线度限制了极限下落速度；也许是因为老槐树高大茂密的顶冠枝条形成了恰到好处的缓冲；也许是因为那一排修饰马路牙子的小叶黄杨厚实的叶片足够柔韧；或许，那传说中镌刻在每一只猫的命运中，神秘且隐讳的力量发挥了作用——总之，如果猫真的有九条命，这只幼猫则至少祭出了三条，才避免了那最坏的结局。

随着树冠和灌木丛哗啦啦一阵乱响，那小小的、毛茸茸的小家伙幸运地滚落到灌木丛和高楼之间的草地上。

“哎哟我的妈！地震啦！”伴随着一声猫叫，一只黄棕相间的虎斑猫从草地上蹿了起来，一跃便扒到老槐树的树干上，爪子紧抠着树皮。

这骚动也引得一个受惊的路人好奇地驻足查看。一时间，猫和人，先是四目相对，又变成五目相对——一只手机也加入进来，用摄像头“盯”着树上的黄虎斑猫。

这猫见四周并无异常，终于回过神儿，赶忙蹿下树，躲进灌木丛后面。

“才吓掉半拉魂儿，这半拉可不能再让那些人类摄了去。”黄虎斑猫一边念叨着，一边使劲甩了甩尾巴，抻了下身子。

“不是地震，可我明明没做梦……也许我做了，又忘了？不对，睡前都吃顶了，指定不会做梦的。八成是又饿了，肚子跟我这儿闹别扭呢……”

正在疑惑的工夫，黄虎斑猫突然听到身后传来轻微的窣窣声，便猛一回头，看到正趴在草坪上的三花幼猫。那幼猫缩成一小团，活像一个小毛球。

“妈爷子，这都怎么闹的！”黄虎斑猫上前几步，瞪大眼睛，缩回耳朵，仔细打量起这个刚才让自己极其跌份儿的小家伙。

“小妹子，你打哪儿冒出来的？”黄虎斑猫开口问，幼猫却不回应。

黄虎斑猫看了看旁边的草地——没有任何猫走过的迹象；又抬头看看上面——只见一大片新抽出嫩叶的枝条。

“奇怪，这小家伙究竟是哪儿冒出来的？”

黄虎斑猫嗅了嗅幼猫，歪着脑袋看着。幼猫也看着黄虎斑猫，一动不动。

“显灵啦！”黄虎斑猫突然喊起来，“显灵啦！那帮傻狍子还说我傻，姑奶奶今儿个倒要看看谁傻！”

刹那间，黄虎斑猫叼起幼猫的脖颈，沿着帽儿胡同向东跑去：先是跑过帽儿胡同45号院的大门，又爬上路边凉亭的石柱，再跳到小菜场的屋檐上。她一口气跑过整排房檐，赶到一个三岔口。

黄虎斑猫在屋顶上拐向岔口北边的豆角胡同，一路飞奔，直到一个坐北朝南的大院。这大院铁门上挂着一个不大的木制门牌：豆角胡同25号，中央戏剧学院宿舍（家属院）。这猫便从大院外墙翻进去，沿着前院西侧的平房一路往里，直跑到围在后院三面小楼当中的一排平房的屋顶上。

这会儿恰是午后，原本正在这联排平屋顶上晒毛的三只大猫看到这一大一小，便都打探起来。

“哟，妞子，怎么还带了个小的回来。”说话的是只玳瑁母猫。这猫一身毛发油光锃亮，脖子上戴着金色小项圈，正趴在一只硕大的半旧毛绒熊玩偶上。

“虎妞儿，这么小个丫头片子打哪儿弄来的？”原本蹲在另一侧房檐上晒背的橘色公猫，边说边踱了过来。

虎妞松开口，放下三花幼猫，颇为得意地应道：

“你们猜怎么着？今儿就告儿大伙，这闺女是白衣娘娘赏的！我求闺女显灵了！黄爷，你瞅瞅，瞅瞅！”

说着，虎妞舔了舔爪子，轻轻拍着幼猫。

众猫看看虎妞，再看看这只三花幼猫，面面相觑，一时无语。这幼猫侧躺着，眯眼看着这些大猫，不说也不动。

“妞子，雀儿在上，鱼儿在下，话可不能乱说。”黄爷凑过去，低头仔细打量那幼猫，又说，“花儿倒不错。白脖儿，黄黑背，头上还一撮，啧。”

“虎妞，都知道您喜欢小猫，可您这兹要是碰了别窝的崽儿，回头必定找过来，那多……多那啥啊！”说话的是蹲在毛绒熊旁的奶牛色公猫，接着又对玳瑁猫说：“格格，您看这……”

格格并不搭腔，只用尾巴在毛绒熊上拍了两下。

“得了，黄爷，桂爷，你俩看我白捡气儿不忿儿呗！”虎妞从幼猫身上跳过去，站在黄猫和奶牛猫之间，继续呛起声来，“你们甭管打哪儿来的，我今儿个就是得着了！老天开眼，让我给求来了！这闺女我要定了，怎么地吧！是老爷们儿的，就言语一声，认不认你们外甥女儿！”

黄爷和桂爷互相看了看，相对无言。

虎妞又冲格格求起来：“姐姐，我的好姐姐，你知道我多不容易，如今好歹有一个了，我怎么也得留下……”

“唉，妹妹，你的难处，大家伙儿谁不知道，可这事情也得弄明白了不是。”格格走到虎妞面前，亲了亲她的脸，继续说，“我不是信不过妹妹，就怕这小闺女来路不明。万一周围猫窝找上门儿来，白欢喜一场不是？咱还是一点点往回倒，这小丫头到底打哪儿来的？”

虎妞叹了口气，就把在路边睡觉时如何被惊醒，又如何发现幼猫的过程说了一遍。刚说到她在草地上发现幼猫的时候，黄爷突然叫了起来：“嘿哟，这哪儿闺女啊，整个儿一小子！”

“啥？”虎妞猛地转过头。

桂爷跳过去，撩起幼猫的后腿一瞅，也说道：“还真是个小子！三花小子！”

虎妞挤过来一瞅，便僵住了。

“我就说嘛，刚才就觉得这档子事儿挺玄乎，”黄爷把爪子搭在那幼猫头上，说，“一挨他就觉得味儿不对。小丫头味儿可不这样，而且身上人味也挺冲。得，更玄乎了。”

“您说得真没错儿，我这儿闻着啊，”桂爷又低下头嗅了嗅，“还有点人类的香烟味儿呢。”

“都别忙，我来问问他。”格格边说边走近幼猫，轻轻俯下身，拱了拱幼猫的背，说道：“哟，还抖着呢。小弟弟，这儿啊，是豆角胡同里，你是打哪儿来的？我们好送你回去找爸妈呀？”

然而幼猫并不答话。

虎妞蹲在格格后面，低着头，缩起耳朵，自言自语念叨着：“怎么不是闺女……不是闺女……”

“带你回来的这个姐姐啊，叫虎妞，没坏心眼，就是急了点。”格格抬起头，看了看黄爷，说：“这位是黄爷，别看他有点儿凶，其实对猫可好了。”

格格轻轻拍了拍幼猫的头，摸了摸小耳朵，又接着介绍起来：“这位黑白花的是桂爷，是咱们这个猫窝的管事。我叫绣球，大家也叫我格格，是窝主。哪，都介绍完了，小弟弟，怎么称呼你啊？”

说完，格格伸出爪子抚了抚幼猫的背。

幼猫看着格格，突然猛地抖了两下。格格见状赶紧弹回爪子。幼猫长长地出了一口气，终于平静下来。

“小花……”幼猫依旧躺着，有气无力地说。

“嘿，真是个丫头名儿。”黄爷笑了起来。

这时，桂爷歪着头凑过来，在格格耳边轻轻念叨了几句。格格侧过头，微微点了一下，又正过脸来对小猫说：

“小弟弟啊，这屋顶上太阳晒得热，别烫坏了，起来说话吧。”

幼猫蹬了两下后腿，划了划前爪，挣扎了几下却无法撑起身子。格格见状微微皱了下眉，桂爷和黄爷也对眼看了看。

“黄爷，劳您大驾，带这小弟弟到那边天线锅遮阳的地儿去。”

“得嘞，咱走着！”说完，黄爷衔起幼猫，向卫星接收器投下的影子走去。

“妹妹……妞子……妞子！”格格见虎妞还在愣神儿，便喊了一嗓子。虎妞一个激灵，忙跟了上来。

格格等了她两步，贴着她的脸，安慰道：“别耷拉脑瓜儿念秧子了，来事别怕事。咱今天既然摊上了，姐姐指定给你办得妥妥帖帖。”

虎妞没说话，却难过得快要哭出来。

那一边，黄爷把幼猫放在遮阴处，几只猫也都围坐过来。格格坐在当中，对幼猫说：“我看你也累了。这样吧，我来问，你呢，就摇头不是点头是，好吗？”

幼猫点了点头。

“虎妞在帽儿45号院外头找到你的，是吗？”

幼猫没有反应。

“她是在那个高高的白楼房底下找到你的？”

幼猫点了点头。

“是你自己走丢了吗？”

幼猫摇了摇头。

“你不是自己去那儿的？”

幼猫点了点头。

格格抬头望向西边，想了想，又对幼猫说：

“你是……爬树掉下来的吗？”

幼猫摇了几下头，然后又迟疑地点了一下，却又马上继续摇起头。

格格翘了下胡子，脑海里飞快闪过虎妞讲述的过程。这时，桂爷又探过头小声念叨了两句，格格便又问道：“你是从比树更高的地方掉下来的?”

幼猫突然一阵痉挛，腿脚抽搐，呜咽起来。黄爷赶紧按住幼猫四肢，说：“这怕不是有毛病吧，好好的就打摆子!”

格格抖了抖耳朵，侧过头，桂爷赶忙偏过身子，听着格格的指示：“去，请厉云先生过来，快!”桂爷应了声“是”，便一溜烟儿飞奔出去了。

“小弟弟，你别慌，我们去请个……请个咱们猫族的大夫来，给你瞅瞅。”格格对小猫说完，又把虎妞拉到一旁，对她轻声说着什么。虎妞垮着脸，默不作声。

四猫无话。幼猫闭着眼，有一口没一口地喘着气。黄爷守在幼猫旁边，防止他再出变故。虎妞蹲在稍远处，只瞪大了眼睛瞅着。格格跳到卫星天线基座上，看向院门的方向。

不一会儿，桂爷带着另一只三花大公猫回来了。那三花猫一身花纹从头盖到尾，远远看去一片斑斓。两只猫跳上后院平房，桂爷闪到一边，让出三花猫。

格格这时已经走上前来，伸出爪，身子微微一沉，行个俯身礼，说：“厉云先生，您近来可好!”几只大猫也跟着行了礼。

“托各位的福，挺好！劳烦格格和几位都惦记着，大家伙儿也都好吧!”厉云说着也俯身回了礼。

“托您福，都没灾没病的。”格格说着侧到一旁，瞅了瞅幼猫，说：“要不是大事，也不敢劳您大驾。您瞅，虎妞捡回来的。”

“路上听桂爷讲了。”厉云说着，走到幼猫身边，看了看又闻了闻，问道："是45号院？"

"45号院门口，就在那个大炮楼边上。"格格走到幼猫身边说："小弟弟，你还记得什么，再说说看？你到草地之前，在哪？还记得什么？"

"我……妈妈……妈妈和爸爸……"幼猫断断续续地说着，"他们……吵得好厉害，然后……我……"说到这儿，幼猫又浑身抽搐起来。

黄爷赶忙又伸爪按住幼猫，对厉云说道："先生，您看，一问就犯毛病，刚才也是。"

厉云点了点头，没说话。

格格继续问："你的父母，长什么样子，你的猫窝在哪？"

"……很大……都很大……很……窝很大，很高……"幼猫说着，又抽噎起来。

格格没有再问下去，和厉云走到一边小声地讨论起来。

"应该是人类从楼上扔下来的，"厉云说，"看来吓得不轻，不好说情况如何。"

"那您看怎么办？这也没办法再送回去了。"格格回道。

厉云转过头看了看那幼猫，四目相对。

"这孩子和我一样，大概有缘吧。"厉云转回头，对格格说，"我看，不如我就把他收下了。"

格格眼前一亮，赶忙回话："您这真是……这孩子真是福气，能入您法眼！这真是造化哟！"

"不过，他毕竟是那白楼里出来的，按猫族规矩也算是您窝内的猫。即便能扛过这一关，将来也少不了您这边照应。"

"那是自然，作为窝主，我责无旁贷！您尽管放一万个心！"

"事不宜迟，我就带他回去吧。外面那些看戏的，还要麻烦您'关照’了。”厉云说完，又看了看那幼猫。

“唉，真是什么都瞒不过您！”格格笑了笑，转过头对黄爷说，“黄爷，劳烦您把这小家伙送到厉云先生府上。厉云先生，我这就……”

不等格格说完，厉云便答道：“您留步。后面事情多，都要劳烦您了。这孩子有什么情况，会立刻告诉您。”

“招待不周，又给您添这么大麻烦，实在过意不去。”格格赔笑说。

厉云对格格点了点头，便转身走了。

黄爷叼着幼猫起身时，虎妞赶上来想要说什么。格格立刻给她使了个眼色，轻轻摇了摇头。桂爷见势，也赶忙上来拉住虎妞。格格又对幼猫安抚几句，便目送两只大猫向南出了院。

眼看幼猫被带走，虎妞终于忍不住哭了出来，对格格埋怨道：“你说不亏我，我这还是没落着……”

“哎，我的傻妞子啊，”格格走过去伸出爪子，轻轻抚着她说，“你求的是闺女，这是个人类丢出来的三花小子，就不是你求的那个了。”

“可是……”虎妞还不依不饶地说，“那也不能就给送走了啊，我……我当捡个儿子也不行吗？”

“唉，你想想，从那么高地方掉下来，有没有内伤，能活几天，哪有谱啊……再说，”格格犹豫了一下，接着说，“咱就非要说这是谁的缘分，那大概也不是你的。你看，三花的公猫，多少年才能出一个？咱这窝居然碰见俩。就算有，那也是他们的机缘。”

虎妞耷拉着耳朵，转过身趴到毛绒熊上，闷着头，小声哭了起来。

桂爷这时对格格小声说：“格格，有句话我不知当不当讲。”

格格走开几步，和桂爷一起到屋檐边，回道：“你想问，厉云先生为什么如此爽快就接下了，是吗？”

“什么都瞒不过格格您。”

格格转了个身，挡在桂爷身前，小声说：“方砖厂和小厂胡同夹角那棵树，你歪下头从北边铁门上看过去。”

桂爷立马把脑袋从格格身前歪出去，只见远处那棵树的斜杈上正半蹲着一只白猫，拉长了脖子往这边张望。那白猫发现自己暴露了，立马蹿下树去不见了踪影。

“哎哟，该不会是白三爷家的……”桂爷说。

“可不是，还能有谁呢？”格格说完撇了撇嘴。

格格转过身，慢慢踱回到毛绒熊旁，用尾巴轻轻拍着虎妞的背。桂爷也跟来，对格格说：“原来您一早就知道了，那厉云先生也瞅见了？”

“其实黄爷也看出来了。他按着那小猫的时候，眼睛却往那树上瞟。”

“黄爷可真是一点儿声色也没露啊。”桂爷不自觉地抖了下胡子。

“所以，这事只能通知厉云先生了。”格格说。

“原来如此。”

“唉，虎妞，没事了……”格格劝了虎妞两句，又转过头对桂爷说：“现在厉云先生接了手，不管那小猫结果如何，白家也掀不起风浪，比留在咱们这儿强多了。”

“您说得是。这白家如果真的栽赃咱们拐小猫，可是麻烦得很。”

“当下，最要紧还是得先把正确消息传出去，不能让白家先造起谣。”格格皱着眉说，“你立刻去安排下，给那炮楼周围的猫窝都知会一声。黄家那边第一个去。那槐树对面就是火锅涮肉店的后厨，那边儿经常有他们的猫，说不定有谁看见事情经过，可以做个见证。过了街后海那边儿的猫窝也别忘了，找传信猫过去通报就行。白家也要去，要正式通知他们。事情的来龙去脉一定要讲清楚，别留隐患。”

“是，我马上带猫去办。”桂爷一口答应下来，刚要走，又转过头问，“格格，万一白家不信怎么办？”

“我们只是通知，他们信不信随便。”格格说完，又补了一句，“厉云先生那边，多派两只跑腿猫备着。我们也不能彻底甩尾巴，什么也不管。”

“明白了。”桂爷一路小跑到前院，叫了两声，立刻从周围聚拢几只大猫。桂爷布置好工作，几只猫便分头跑开了。桂爷自己带着两只猫也从屋顶上翻出了院墙。

格格看到事情开始上了正轨，心里也渐渐踏实了。她趴在毛绒熊边上，一边陪着已经睡着了的虎妞，一边晒着夕阳的余晖。

又过了一会儿，家属院的住户们纷纷开始做饭。当院里飘着各式菜香的时候，从二号楼门口传来一个中年妇女的喊声：

“球球！绣球！回家了！”

听到这喊声，虎妞猛地抬起头问：“金教授喊开饭了？”

格格笑了笑，紧走两步到屋檐边，冲着二号楼门口一个穿宽睡衣的妇人叫了起来——格格是只散养的家猫，住在二号楼的金教授家里。

金教授循着声音找到格格，便在楼门口的花丛边上摆好两个塑料饭盒：一个装着猫粮，一个盛着清水。

虎妞看到吃喝就位，立马跳上屋顶旁的香椿树，顺着树干蹿下，直直地奔去饭盒边一通猛吃。

格格跟在虎妞身后，只喝了两小口水，便被金教授抱了起来。

“整天在外头，几天不着家了？回家洗洗，瞧你这脏的。”金教授边说边捋着格格的背，转身进了楼门。

格格趴在金教授肩膀上看着虎妞，本想再说点儿什么安慰一下。可是看到虎妞那埋头大吃的样子，她便觉得没有必要了。

2. 胡同归窝

2. 胡同归窝 2. 胡同归窝

厉云住在独居老人四奶奶家。那是个帽儿胡同里独门独户、位置略显冷僻的小院：在帽儿胡同35和37号的婉容故居之东，未到7至13号的文煜、冯国璋旧宅以及可园的所在，有一个向北深入的悠长岔口——四奶奶的小院便位于其中。

胡同里的猫，历来习惯于以院落间成片的平房屋顶为通道，格格窝的猫也如此来往于豆角胡同和四奶奶的小院之间。厉云和黄爷此刻走的便是这条路，只一小会儿工夫便到了四奶奶家的屋顶上。黄爷把幼猫交给厉云便回去了。厉云衔着小猫，顺着院角半截枯树下到院子里。

四奶奶的小院原本是南边一个大院落的偏院，后来单独隔了出来。小院是三合制式，由三间十平方米左右的小平房环绕而成。一直以来，院内北侧正房住人，小房开伙，余下的一间便做书房。在四奶奶终于看不清字，也拿不稳笔后，书房便改成杂物间，又在前些年胡同改造时隔出个卫生间，兼做两用了。小院里唯一略显敞亮之处，便是可以晒到太阳的中庭。

四奶奶此时就在中庭，蜷在轮椅中打着盹，任由夕阳笼着自己萎缩瘦小的身形。她裹在一件早已褪色发乌的旧袄里，头斜倚在靠背上，盖着一顶旧毛线帽，精瘦的脸上连皱纹都被扯平了。

厉云走到轮椅边，扒着坐垫边缘立起来，轻轻将幼猫放到四奶奶腿上。四奶奶被这软乎乎、毛茸茸的小家伙弄醒了，睁开眼，低头看着。幼猫也歪着头看着四奶奶。厉云蹲在轮椅边，叫了一声。

四奶奶缓缓伸出干瘪的手，摸着幼猫的头，对厉云轻轻地说："你终于带回来一只……"

话没说完，厨房半掩的门打开了。一个四十来岁、皮肤黝黑的妇人走了出来——这是四奶奶的保姆陈姐。

"奶奶，我就觉得有动静，还以为你又坐不住了。"

陈姐说着，几步就走到轮椅旁。

"去去，你惹出事来，人家找我算账，走！走！"

陈姐冲厉云大嚷，伸脚驱赶着。

"怎么还带来个小的！奶奶，我给你说，这东西要是一窝一窝往回带，下次你孙女来瞅见我是管不了。"

"猫食没花她的钱。陈姐，您也不用麻烦，还是那个碗，多放些就行。购物卡在您那，就看着买吧，实在辛苦您了。"四奶奶说完，闭上眼睛，轻轻摸着幼猫的背。

"奶奶，不是我嚼舌头。一小袋子猫粮，几十块钱，一个月好几袋子，顶得上我们村里人家大半个月吃食。猫就该自己逮老鼠吃。这城里的猫，真是……"

陈姐嘴上说着，语气却已然缓和许多。她又转身回到厨房里，端了一碗肉末菜粥出来。

"奶奶，粥温好了，我推您进去吃。"说完，陈姐进卧室放下粥，再出来推四奶奶。她看到幼猫，又说："这些东西身上都有跳蚤，可不好搞干净。"

四奶奶既没有答话，也没有放下幼猫，依旧闭着眼。

陈姐撇了下嘴，把四奶奶和幼猫推进屋。

厉云看到屋门关上，便回身从半截枯树跳到屋顶，沿着房檐趴下，眯着眼，在昏淡的夕阳下晒起毛。

屋里，幼猫在四奶奶腿上睡着了。

当这小家伙再次迷迷糊糊睁开眼时，发现自己正躺在床上，四奶奶和陈姐都不见了。他依旧有些恍惚，对之前发生的事情不甚明白。他只记得自己闭眼前，看着昏暗的屋顶，闻着肉粥的香气，听着陈姐的叨唠。

他觉得自己似乎做过一个梦。在梦里，他看见高高的屋顶，大大的玻璃窗，一切都是亮亮的；窗外，他看见过一座山，但又感觉不很真切；不一会儿，他又看到蓝蓝的天空，好像还飘着几朵奇形怪状的云，但转瞬便不见了。一想到这里，他突然不自觉地抽搐起来。

他摇摇晃晃站起身，才走出两步，前爪便裹进旧床单的破洞里，一个踉跄，从床边半滑半滚地掉下来。所幸床并不高，他滚了半圈便起身坐稳，打量着这间小屋。

房门在屋子一角，半掩着。向阳的墙面上开着一扇半米宽的老旧木窗。阳光透过纱窗照进来，映得小屋里半明半暗。窗下摆着一张深褐色旧木桌，木板上已经裂开几条口子，桌腿儿也歪了一条，由一个倒扣的小钢盆顶着。

他又回头看矮床。那是一张顶在墙角的弹簧折叠床，铺了几层薄褥子，摆着两个磨掉了颜色的绣花枕头。床单早已褪色，破了好几个洞。一条薄被卷在靠墙一侧，上面印了个浅浅的窝——这就是自己刚才睡觉的地方。床下垫着几只破旧的老木箱，锁头锈迹斑斑，箱角上的包铁全不见踪影，只留下几个模糊的钉孔。

幼猫向门口走了两步，依旧头晕踉跄。

这时，厉云从门缝中钻进来。幼猫看着厉云，不自觉退后两步，眼里透着陌生和迷茫。

厉云走过来，坐在幼猫身边，盘好尾巴，低下头问：

“还有哪里不舒服吗?”

幼猫缩着耳朵，过了半晌，才说：“我饿……”

“外面有吃的。吃完带你四处看看。”

厉云站起身，叼起幼猫的脖颈，出了屋，来到院角一个瓷碗旁。幼猫跳下来，探头闻了闻瓷碗里的猫粮，埋头便吃。他一边吃，一边听厉云讲着前一天的事情，依稀记起自己被虎妞捡去了格格窝，随后又来到四奶奶的小院。

吃完饭，厉云带着幼猫爬上断树，跃到屋顶。两只猫晒着太阳，身上烤得暖暖的。

“你叫小花？他们之前就这样叫你?”厉云问。

“嗯。”

“这名字可不适合公猫，趁着年岁小，改了吧。”

幼猫没有应声。

“你可能也习惯这个名字了，不如就取一个差不多的。”

幼猫抬起头看着厉云。厉云正看向远处，似乎在思索着什么。过了一会儿，他对幼猫说：

“就叫晓华吧。”

“晓华?”

“对，拂晓的光华，和小花也很接近。今后，万一有以前的猫找你，也方便一些。”

“我……我好像没见过别的猫……”晓华说。

厉云笑着说：“你总该见过妈妈吧？”

“没有印象……”

厉云轻轻点了点头，用尾巴轻轻拍着晓华的背。

晓华晕晕沉沉，眯上眼，睡了过去。

晓华再次醒来时已经是下午了。他是被猫胡子扎醒的。他睁开眼，只见黄虎斑猫的大脸正顶在自己眼前。四眼相对，晓华还没有反应过来，那猫便跳出两步，冲旁边屋顶上喊了起来。晓华这才注意到，厉云和一只玳瑁猫在那边说着话。晓华想起那只玳瑁猫是格格，黄虎斑猫似乎叫虎妞。

虎妞转身跳回来，贴着晓华的脸来回蹭，说：“我可想死你啦！让我好好看看！没什么毛病吧？指定没有！”

格格和厉云走过来，问了问晓华的情况。随后格格告诉他，按猫族传统，被人类遗弃的小猫均由丢弃地点的猫窝收养，所以他便算是格格窝的猫了。此外，由于他是厉云亲自点名收留，因而便算作厉云的弟子。在几只大猫见证下，晓华给厉云行了一个俯身大礼，便算拜师了。

晓华就这样住在了四奶奶的小院里，成了格格窝里的一只猫，拜在厉云门下。不多日，晓华和窝里的大小猫们都打了照面，也了解了格格窝的基本情况。

格格窝的范围是帽儿胡同西口到中段，核心据点是位于豆角胡同25号的中戏家属院。这一窝的窝主，不管原来叫什么，就任后都称呼为格格——这是由于窝里有末代皇后婉容家猫的血脉。

格格原来叫绣球，是散养家猫，主家是中戏家属院金教授。作为窝主，她负责主持猫窝里大小事务和对外联络。

虎妞生性好动又爱玩，原本住在帽儿胡同45号院一户人类家中，后来自行出走不再回去。她一直想要自己生小猫，可是因为受过伤不能如愿，于是便把心思花到窝里的幼猫和小猫身上。久而久之，她就成了窝里带小猫的保姆——虽然她带得比较糙，但对小猫们的关爱弥补了这一不足。

黄爷则几乎是纯野猫了。他原本是玉河对面黄家那窝的，后来迁到格格这边。在胡同里白家作乱之后，因为他身手极好，所以担起了窝里的防卫工作，经常四处巡视。

桂爷是一只怀孕的流浪母猫路过时生下的。由于生下来就被遗弃，于是被窝里上一代大猫们收下长大。他现在是窝里的管事，作为格格的左右爪，协助处理猫窝里的事务。

相比之下，厉云的身份就特殊多了。格格窝的大猫们告诉晓华：厉云原本是故宫大猫窝里的猫，有御猫血统，颇有出身。但是他小时候偶然之间被一个人类学生捡走，带到北边一处叫北京师范大学的人类学校去了。按照猫族的传统，既然被人类带走，那便算是有了饲主，于是按照饲主的所在，入乡随俗地成了北师大的一只校园猫。厉云在师大时，因追随几个很有学问的人类，长期研究人类文明，因而颇有修行，在四九城的猫族中很有声望。后来厉云年岁渐老，想叶落归根回宫里。但是在回宫的路上，经过地安门时，喜欢上了南锣鼓巷的环境，于是便留下来，住在有远亲关系的格格这一窝里。

晓华很快便融入了格格窝的胡同猫生活。他感觉自己十分幸运：被人类从高楼扔下却平安无恙；由一个不错的猫窝收留而有了归属；跟了一个和自己极有缘分又很有威望的大猫师傅。

3. 这北京城

3. 这北京城 3. 这北京城

晓华在四奶奶的小院里安稳地享受着春天。他先前从没有在胡同院落里生活过，一切都让他感到好奇。几条被风吹落的杨树“毛毛虫”可以让他玩上半天；偶尔传来的“磨剪子磨刀”吆喝声也会让他听上半晌；夜晚时分，街坊们在小巷口的闲聊也让他听得饶有兴致。不过，除了随四奶奶出门之外，厉云并不让他走远。

说起四奶奶，故事就多了。她是这帽儿胡同里真正的老住户，老家原本在东北，因为耻于家族投靠日本人，自己偷跑进关内。那时候她还是一个小姑娘，隐姓埋名在这北平城里投靠亲戚，半工半读讨生活。

有道是，乱世儿女情更长。年轻时的四奶奶和一个年龄、经历都相仿的东北老乡走到一起。不过造化弄人，恋人投笔从戎时，恰逢七七事变爆发，南苑柳营一战后，两人从此失去音讯。这之后，四奶奶经历了沦陷、光复、解放，直到如今，已年近百岁。和四奶奶同时代的人，或早就迁走，或早已离世。现在的街坊里，还知道四奶奶早年那些事儿的人，着实不多了。

晓华作为一只才入胡同的小猫，虽然也不了解四奶奶，但这并不妨碍他喜欢黏着这位耄耋老人。每当陈姐在上午把四奶奶推出门，晓华便找机会蹿到四奶奶腿上，跟着她一起进胡同里晒太阳。四奶奶很喜欢抱着这个毛茸茸、暖乎乎的小家伙到处走动。陈姐虽不大乐意晓华“猫仗人势”，但碍于四奶奶对晓华无声的维护，却也无计可施。至于厉云，他虽不阻止晓华“搭便车”，但却警告他不要和那边的猫——尤其是白家的猫有接触。晓华虽然不大了解白家具体内情，但南锣鼓巷里那些猫对自己的敌意却不难觉察，所以晓华从不会离开四奶奶的轮椅车。

通常，陈姐会一路向西，把四奶奶推去帽儿胡同和东不压桥胡同岔口边的小凉亭。凉亭靠在玉河边，常有街坊聚集谈天，待上半天倒也不至于寂寞。也有时，陈姐会一路向东，把四奶奶推到帽儿胡同东边和南锣鼓巷的岔口处，放在那几个还没有辟为临街店铺的大杂院门口，让四奶奶和其他老人们闲谈。四奶奶具体在哪里透风晒太阳，取决于陈姐下一趟上工的地方在西还是在东。不过不管哪里，陈姐都要过了晌午才能回来，再把四奶奶推回小院，吃饭午休。

有些时候，小凉亭和大杂院门口并没有几个人，四奶奶便只能抱着晓华，听听收音机。有时，四奶奶还会把晓华当作伙伴，对着他自言自语，讲那些过去的事情。据说人越老，对年轻时的事情就记得越清楚。所以每当四奶奶讲起往事，晓华便安静地听着，记着，不去打扰老人家的兴致。

如果天气不好，或者四奶奶感觉不适，一人一猫就会待在小屋里看电视，通常是新闻节目或者讲座之类。四奶奶尤其喜欢看几个固定的文史类节目。晓华对人类这些东西总是感觉头大，因为他既搞不清人类的姓名和地点，也闹不明白那些复杂的关系和事件。不过厉云说，听多了，看多了，自然就明白了。所以晓华只好耐着性子坐在那里，等着自己“明白”的那一天。

晓华虽然喜欢跟着四奶奶，却没法时刻都在她身边。四奶奶饭后要午休，经常一觉睡到黄昏前。这时，晓华便会去豆角胡同的中戏家属院，找格格窝里的猫一起玩耍。

虎妞喜欢热闹，所以她常带着几只小猫和晓华在院中四处打闹；桂爷作为管事，喜欢让小猫们老老实实地学规矩，有时也会讲讲胡同里猫族的情况；黄爷则喜欢给小猫们讲人类的历史传奇故事，兴致起来时也会传授一些猫族打斗技巧；格格虽然不常带小猫，但只要她在，必然是一副大姐做派，不怒自威，小猫们绝不敢胡乱造次。相对而言，晓华和厉云在一起的时间反倒少一些，因为厉云常出门。

晓华就这样在四奶奶家闲居到春末。他已经长大不少，脱去了幼猫的身形，爬树跳房也都格外熟练。按照猫族的传统，他这时已经是一只该学点儿正经东西的小猫了。

这天下午，四奶奶在午睡，晓华正在小院内的枯木上磨爪，准备随后去家属院找格格窝的猫玩耍。厉云突然从房檐上探出脑袋，招呼晓华过来。

晓华应了一声，蹿上房，跳过几条瓦垄上到屋脊，走到厉云身边喊道："厉云先生，您回来啦！"

厉云点点头说："晓华，你也大了，是时候给你传授猫族的本领了。不过在这之前，要先给你讲讲咱们这一支猫族所在的地方，这座叫北京的人类城市。这是咱们将来活动的舞台，务必要了解清楚。我先考考你：下面那些人类，历史上经过了多少个朝代？多少年？"

"大概……大概二十来个朝代，四五千年了？"晓华想了想说。

"具体有哪些朝代，还记得吗？"

"最早有个夏……然后商周，还有叫秦汉的，再然后……唐宋元明清！这个我记得，电视上老说的。"

“还可以，记得不算多，但也不少。详细的以后再单独说，今天先说这个叫北京的地方。”

厉云转过头，看了看四周，对晓华说：

“你看，这一片平房区，就是俗称八横一纵的南锣鼓巷区域。这一纵，指的是南北走向的南锣鼓巷；八横，就是东西向横穿南锣的那些胡同。所谓八横十六条，从南往北，东西配对，依次是炒豆对福祥，板厂对蓑衣，东棉花对雨儿，北兵马司对帽儿，秦老对景阳，前圆恩寺对沙井，后圆恩寺对黑芝麻，菊儿对前鼓楼苑。你要记好。”

晓华默默记着，点了点头。

厉云又告诉晓华，胡同里还有其他三个猫窝。在西南方向，玉河把八横一纵的西南角斜斜地切开，那角落整个归一个叫黄家的猫窝儿。这一窝和格格窝关系不错，平时走动很勤。晓华在豆角和帽儿胡同里也见过一些黄家的猫。

从四奶奶小院沿着帽儿胡同向东，在路北侧坐落着文煜旧宅。其中儿路宅院和可园都是高墙深院，面积也相当大，几乎一直延伸到帽儿胡同东口。而这一块区域，是以可园为中心的猫窝所有——可是这窝猫相当孤僻，几乎不和别的猫族来往。

至于整个南锣片区其余的地方，就都属于另一个叫白家的大猫窝了。白家这窝，和其他窝的关系都不好。晓华在南锣鼓巷里看见的那些颇不友善的猫，便是这白家的。

讲完胡同里的猫族格局，厉云又告诉晓华，以前胡同里的猫窝远不止这几个，但其他猫窝基本都被白家吞并了。不过，关于猫窝的历史，厉云打算留到以后再讲，话题便又回到了北京这座城市上。

“这座老城的历史，按人类的时间算，至少有两千年了。单就南锣这一片胡同来说，也有近千年的历史。”厉云对晓华说。

“有这么久！”晓华惊讶不已。

“是啊，这城市的历史，要从咱们祖上几百代说起了……”

厉云正式给晓华上了第一节课。

北京，古时属幽州，归蓟国，为其都城。春秋中，燕国吞蓟而定都于此，又称燕都。秦一统后推行郡县，至南北朝，这里先后成为几个州郡的治所，称呼也因朝代不同而异。到隋炀帝远征高句丽时，这里又作为军事前进基地而日益受到重视。及至唐，复为幽州治所，并建军塞扩充，城内设里坊。

安史之乱时史思明自立燕国，定都城南，称燕京。北宋时，初为幽州，后归于辽国为陪都，称南京，再归于金国为中都。蒙古南下而建元朝，定都于此，称元大都，号称五十坊，初具今日北京的雏形。

明初除元大都而称北平府。靖难后复迁都回来，改称北京。清入关后又定都于此，北京之名便一直沿用到清末民初，为民初时首都。

至民国正式定都南京后，北京又改称北平。日本侵略时，伪临时政府复称北平为北京。光复后，复为北平，直至民国败亡，复建新都时，又称北京。

厉云讲完后看着晓华，似乎在等他提出问题。

晓华听了许久，很多东西都不明白，早就迫不及待要发问了。

“先生，您之前讲的，里坊，是什么意思啊？”

厉云解释道：“坊，人类古时用语，为防御之意。筑城时以井田式方格规划土地，以横竖相间的道路贯通其中，在小格内建造住宅。这些住宅区域有围墙保护，还有士兵把守区域大门，以便管理和维持治安。里坊，便是这种建造和管理模式的统称。”

“唐代时，人类以里坊制式扩充了当时的古城，并作为北方边塞重镇，期望能抵御北方外敌，保护中原腹地。可是，强藩镇的做法却也为帝国埋下了武人叛乱的隐患。”厉云又补充说。

“可是先生，我看现在城里，也没有那些墙和守门的人啊。”晓华不解地问。

厉云便继续给晓华解释北京随时代变迁的城市规划：唐虽设置了里坊，但到了元代，由于游牧民族南下而带来风俗和语言的变化，里坊逐渐被胡同的称呼替代。而胡同一词由来，有说法认为蒙古语称水井为胡同，于是城中街道的水井便衍生出胡同地名。也有说法认为，这是蒙古语中的村落一词，发音接近胡同，用来称呼形似村落划分的住宅区域。不管哪种解释，胡同都是元代之后的叫法。

而后，明朝为了加强治安，实行宵禁，因此街道中都设置木栅栏以封闭道路，带有旧时里坊色彩。

到大清八旗南下建立清朝，北京城内的布局又重新带有游牧色彩。旗人入驻北京内城，各旗划分区域，成建制管理。而汉族在外城，即南城居住，沿用了明朝的管理做法。

讲到这里，厉云说：“城南有一处地方，叫作大栅栏，就是由胡同口设置宵禁的木栅栏得名而来的。”

“先生，那咱们这一带，也是以前那些里坊和胡同吗？”

“咱们这一片地方，历史上可是久远得很。八横一纵的布局结构，至少在元大都时期就成形了。近千年来，几个朝代，这里的格局都没有太大变化。”

“这可真是厉害啊……可是先生，为什么人类这些地名，总是变来变去呢？这城叫过的名字，听您说了那么多，我都快记不住了。”

"这就是人类文明的特点。同样一个东西，不同的时候，却搞出不同的叫法，因为背后要赋予不同的含义。这些名称，往往代表着不同的族群，不同的权力，不同的立场。"

"好复杂！我不太明白……"

"就拿最近的事情来说吧。清朝灭亡后，人类的民国最初定都北京，但是后来因为内部纷争，最后又定都南京。北京这边的人类争夺权力失败，失去了定都的权力，因此南京的那些人类就把北京改为北平。平，有平定、安定的意思，意思是平定北方。再后来，旁边那个日本国入侵，占去了这座城市。那时候，这里的一些人类想自立门户，就投降日本人，搞了一个傀儡政府。"

"傀儡？"晓华不解地问。

"一种假的、被控制的东西。就像人类那些玩具猫，被抓着手脚才会动一样。"

"就是这些假人，给北平又改了名字？"

"他们并不是假人，而是真人、活的人。只不过按人类的说法……"厉云想了想，接着说，"就是长得像人、品行却像狗的家伙。这就是关键的地方：他们把北平的名字改回北京。可是这个国家里没有投降的那些人却不认可，依旧称这里为北平。于是一个城市，两个讲法，互不承认。"

"可是那些……那些不投降的是好人吧？他们不是把这里丢了吗？"

"地方丢了，就更要保住名字，否则就等于承认了对方的占有，懂了吧？"

晓华似懂非懂地点了点头。

厉云继续讲：

"后来日本失败投降，那个假政权倒台，民国收复这里后，又把名字改回北平。后来民国也完了，这里又成了新的首都，再改回了北京。"

"人类变一次就要改一次名，不嫌麻烦吗？"晓华嘟囔起来。

"人类很看重名字。"厉云一脸严肃地说，"几千年前，有个叫孔子的人说，'名不正，则言不顺。言不顺，则事不成。'名在这里，是说的名分、道理，虽然不全是名字的意思，但名字也是名分的一部分。改名，有时候是事成则改，即名正言顺；有时候反过来，是事未成而名不正，便试图通过改名字来获得名分，图谋事成。"

"先生，这是说，有时候人类改名字是为了骗人吗？"

"骗人是一种目的，不过也有时候，骗不了别人，就只能骗自己而已。"

"骗自己？"

"正是如此。人类有时故意搞些名实不符的花招。有时这办法确实能障人耳目，不过也有时，不过自欺欺人罢了。"

"名实不符？"

"简单说，就是名字和实际不一致。比如……假设有一天，有只猫从东边过来说，他自己是从帽儿胡同到地安门外大街这一窝的窝主，可实际上窝里却没有一只猫认识他……"

晓华听完大笑起来："有猫要冒充格格，真是太好笑了！可是人类这么蠢吗？编一个名字就有别的人信，真的会有这样的事吗？连咱们猫都不信的事情！"

"人类历史上这样的事情不少呢，所谓假作真时真亦假。曾经有人指着一头叫鹿的动物，说这其实是马。结果不信的人，统统被砍了头。"

"难怪人类这么蠢，聪明人都死了，只有傻子留下来嘛。"晓华甩了甩尾巴说。

厉云笑了，又接着说："可也别小看人类。他们如今统治着地球。人类有句话，意思是说，欺骗这种手段，在时间和范围上是矛盾的。不可能永远欺骗所有人。万一有一天，有人要大家叫咱们猫族是狗，你也别惊讶，那不会是永远的。"

晓华瞪大了眼睛说："谁要做狗啊！我才不要！"

"不要被名称左右，我们就是我们自己。人类喜欢用什么称呼我们，并没有什么意义。我们不是人类的玩物。在这里，我们叫猫，在别的地方，我们叫cat，这只是一个名字。我们就是我们，也只是因为我们是我们，所以不同地方的人类，才会明白，猫和cat是一样的。我们的存在才是那些人类用来称呼的根源，而不是反过来。所谓，名为实宾，即是如此。"

"先生，您这么一说，我又不太明白了。一会儿名字是真的，一会儿又是假的，一会儿名字背后有东西，一会儿又没有。"晓华歪着头应到。

"无名也是一种名，人类称之为道。就像这座城市，千百年来，不管叫什么名字，改什么朝代，这城还是这城。不同的人类来了又去，去了又来，但我们猫族，数百代来还是我们猫族，一直在这里。不管这里过去叫什么，以后叫什么，那都是人类的事，猫族永远是这座城真正的主人。"

"咱们猫族好厉害，比人类厉害多啦！这城应该叫猫城嘛！这样名字才正确！"晓华叫着。

厉云笑着说："那全世界的城市，大概都要叫猫城了。既然是人类建的城市，还是让他们自己去取名吧。咱们不贪图名分，只要实际占有就好。低调是咱们猫族最重要的品行。”

厉云伸出前爪，拍了拍晓华的头，又接着说：“你知道了这座城市的历史，还得知道咱们住的这一片地方的历史才行。”

“先生，咱们这胡同里的房子，也是上百年前的吧？”晓华问道。

“有些是，有些不是。比如格格窝里那个小楼围成的院子，是人类那个叫中戏的大学，四五十年前建的，只有几代猫的历史。西边临街的白色高楼，称之为大炮楼的那个，就更晚了。至于胡同里这些老院落，很多也是后来翻修改建过的。”

“所以人类不断拆了旧的，换成新的，就这样一直换下去吗？”

“有些很老、很有历史的院落会留下来。比如咱们东边那几个院落，是清朝一个大官修建的，里面有个很著名的花园，叫可园。那个园子之前要拆除的，后来因为很多人类请求保护，最终没有拆掉。再比如西边，去格格院的路上，就有清朝最后一个皇后婉容的娘家，也算勉强保留了下来。但是从帽儿45号到豆角25号这一片，历史上可就变化太多了。一百多年前，那里是一座庙，再后来成了衙门、宪兵队、司令部之类。到如今呢，你看，整个都成了住宅区，盖了高低不等的小楼。一个城市不可能一成不变，总是要随着时代而变化的，这就是人类社会的特点。哪怕是这八横一纵，布局没变，可依旧物是人非。”

“先生，那这座城里，有没有永远不变的地方呢？”

“这样的地方，很少很少，但也还是有的，比如……”厉云转过头，往南边看了看，说，“那边过去不远，有人类皇帝的宫殿，明代留下来的，可以说是相当久远的存在了。”

“我知道，是故宫！可是，先生，人类的皇帝都没了，留着那个宫殿干吗用啊？”晓华不解地问。

“人类喜欢留存历史，也就是他们自己的过去，这是一种传承和记忆。人类以前有文字做记录，如今依靠科技还可以留下图片和声音。但也并不是所有的东西都可以靠文字和科技记录下来，也不是记录下来的东西就不会再次丢失。”

“就像胡同没有栅栏门了，还要叫大栅栏，就是为了叫大家记住以前的东西，不要忘记？”晓华问。

“你领悟得很不错！”厉云赞许道，“只要留心观察，你就会发现一切都是变化的。只不过有些变化得快，变化得明显，很容易就能注意到。有些变化很慢，变化很小，一时半会儿看不出来。甚至有些东西，外表的名字没有变，内在的事物却早已不同——甚至有可能是名字本身的含义也改变了，或者反过来也有可能。”

“你看那边的鼓楼和钟楼。”厉云指着西北方对晓华说，“从建筑上来说，这两个大家伙还在。可是从功能上说，它们已经消失了。因为人们不会再用鼓楼和钟楼来报时或传递信息。”

晓华看着远处的钟鼓楼，突然转过头问：

“先生，那咱们猫族呢？咱们有没有，那些变的，和不变的东西呢？”

厉云笑了笑，只是轻轻地说：“后面会慢慢给你讲。今天，你先好好消化人类这座城市的历史和传承吧。”

晓华点了点头。

两只猫就这样坐在屋脊上，看着远处的建筑，和更远处的山影，迎来了夕阳的余晖。

4. 胡同院落

4. 胡同院落

4. 胡同院落

自厉云亲自给晓华授课之后，晓华便常和厉云一起行动，因而在格格窝里受到格外的器重和培养。但是，跟随厉云也不是一件轻松的事情。晓华发现他永远要比其他猫学习更多的东西。

就拿猫族最基本的上屋翻墙来说，厉云对晓华的要求绝不仅仅是会爬围墙、会跳屋檐那么简单。他要求晓华掌握人类称之为建筑和文化的知识。他要晓华不仅会飞檐走壁，还要知道爪下踩的是什么檐什么壁。他常常在屋顶上赶路时，便见缝插针、就地取材地以爪下的院落为例，给晓华讲解人类建筑的营造方法和历史文化。

总体而言，老北京胡同里的平房院落，在历史上都是按照四合院的规制来建造的。最常见的形态，是大门开在东南角，一进或二进的四方形院落。一进院落最为简单，除了几间大房，有的可能连照壁和耳房都没有。而二进院落，结构就丰富一些。除了标志性的垂花门、倒座房，有的还有游廊等设计。至于三进乃至四进院落，则通常是达官显贵的宅邸，有些甚至不止一路，更有假山、池塘和花园等修饰，堪比小型园林。

至于房屋样式，则通常以屋顶形制区分。厉云要求晓华能分辨出最常见的硬山顶、悬山顶和卷棚顶，以及组合而成的勾连搭形式，同时也要注意筒瓦和板瓦的差别。毕竟对于胡同猫族来说，即便不考虑人类的文化因素，屋顶构造也是极重要的生存常识。此外，墙面类型也是重中之重：槛墙、石墙、砖墙的特点；花墙、防火山墙、影壁等功能型墙的作用；清水法、磨砖对缝、砖花镂空等砖石砌法的影响——毕竟，除了文化外，不同墙面如何上爪攀爬也是一只猫需要了解的。

院落大门原本也是胡同猫族讨生活的必备知识，因为这反映了院落主人的生活条件，关系到猫族觅食的品质。

在旧时代，胡同里常见的大门，按屋顶高度、装饰、深度和门轴位置的不同，可以分成广亮、金柱、蛮子和如意门，是身份和品级的象征。但随着清廷覆亡，建筑上再无禁忌，院落大门也逐渐没了规矩，有的甚至按西式改为拱门、铁门。如今一些富有的人类买下院落翻新时，更有直接把垂花门摆在街面上做大门的。这类街面垂花门往往仿照广亮大门做出内影壁，再绘满苏式彩画，为的只是华丽气派。故而如今的胡同里，大门的形制已经没有太大的参考意义，装饰华丽与否才是猫族判断院内居民类型的关键。

但不论厉云如何给晓华讲解，人类胡同建筑的没落是不争的事实。八横一纵里大多数旧时四合院，在历经了早年的公私改造、抗震棚时代的私搭乱建之后，大多数都形成了迷宫般的大杂院。

如果说院落形制的破坏是一眼可见的表象，那么文化上的流失则显得更加隐蔽。

例如，门簪上如今是不放匾额了，空落落的，以至于传出了门簪是官位品级象征的谣言。而大门外以雕刻艺术反映院落主人志趣和家风的门枕、抱鼓石，甚至踏跺和垂带的文化内容，则近乎失传，于是诞生了门墩方圆对应官员文武和家世的无稽之谈。门簪和抱鼓石真实文化的沉寂与谣言的以讹传讹，最终竟然“结合”出“门当户对”的曲解——所谓只有门簪数量和抱鼓石形制相同的人家才可以谈婚论嫁。凡此种种，不可胜数。厉云常以这些人类讹传的假文化、假传承告诫晓华——人类文明中存在许多看似极为精巧、实则似是而非的内容，一定要小心分辨。

晓华就这样每日跟随厉云在胡同里“云游”，学着那些研究人类的知识。晓华的确不太明白，为什么其他猫都可以轻轻松松地玩乐，他却要费劲去研究人类。让他更不理解的是，厉云恰恰是因为精通关于人类的学问而在城中猫族里受到尊敬——难道这就是一只猫学习人类文明的全部意义？

毕竟，寻常猫族不会关注胡同建筑背后的人类文化知识。但厉云并不是寻常猫，他相当了解人类，他以完全不同的角度来审视这些胡同。从旧时四合院的形制所对应的人类社会居住空间的等级化，到如今人类对胡同的经济开发和文化认知演变——厉云总是考虑那些和猫粮清水无关的事情。

作为厉云的弟子，晓华有时不禁觉得，或许当一只普通的小猫更好——吃喝玩睡，日子过得轻省多了。

5. 一次猫会

5. 一次猫会 5. 一次猫会

这天傍晚，晓华和几只小猫正在家属院里由黄爷指导打斗技巧。桂爷突然跑过来和黄爷说了几句，黄爷便提前解散了小猫，喊上晓华一起上到联排平房屋顶，只见格格和厉云正在那里商量事情。

厉云一见到晓华，便招呼他过去。格格则吩咐黄爷和桂爷分头去“接猫”。两只猫按格格吩咐，立刻去前院，各自喊上几只大猫跟着，分头行动开了。

这边，厉云对晓华嘱咐道：

“一会儿在这屋顶上开这一片的猫族会议，附近猫窝的窝主都会参加。你和我一起列席，不用紧张。”

厉云随后又和格格讨论起来。晓华在边上听着，大致明白了这次会议涉及人类以及狗族问题。

最先回到院里的是黄爷，身后跟着两只晓华没见过的大猫，一只是浅黄色的大公猫，另一只是黄白花的母猫。

格格远远看见，立刻往前跑了几步，招呼起来：

“哎哟，黄二爷，黄大姐，欢迎欢迎！”

“那是黄家窝里两个管事的，黄二爷管外务，黄大姐管内勤，咱们也去打个招呼。”厉云说完，便带着晓华跟在格格身后，一起迎了上去。

“格格、厉云先生，别来无恙！我这儿先给二位请安了！”说着，黄二爷伸出前爪，行了个礼。黄大姐说着“我也给大伙儿请个安”，随着黄二爷一起行了礼。待厉云带着晓华一起回了礼，格格便招呼黄家的两只猫上到联排平房顶上。

“嗐，就这两步路，不打紧。”黄二爷说，“格格，您看，今儿个本来应该我哥来，结果一早上，人类修整地安门东大街沿街店铺，把南边临街都围上了。路口几个猫窝窝主紧急开会，现在都没搞完。这就只能我来了，实在没办法，格格您多包涵！”

“黄二爷您这都哪儿的话啊，黄窝主也是忙要紧事嘛，应该的！再说了，谁不知道您在咱这片的名声。您能来，我这脸上是真有光！黄老爷子还好吧，我真是没少受他照顾。”

“托您福，我父亲现在不错，就是眼神儿不大行，少出来走动了，他还让我给您窝里都带个好！”

“我也给令尊令兄问好了！”格格回道。

黄二爷和格格客套时，黄大姐已经走到晓华面前，对厉云说：“厉云先生，您气色不错啊，听说收了个徒弟，就是这位吗？”

“才刚启个蒙，让您见笑了。”厉云回完话，又对晓华说：“这位是黄家大姐，和格格情同姐妹的。”

晓华忙上前一步，又给黄大姐行了个礼。

“哎哟，瞧瞧，多有规矩啊，长得也体面。”黄大姐说着便走上前，伸出前爪拍了下晓华的头，又转过头对厉云笑着说：“还真是一个模子出来的。”

厉云笑了笑，便拉着晓华去见黄二爷，而格格过来搂着黄大姐又说又笑起来。

一阵客套之后，几只猫纷纷入位。黄二爷坐下来之后，便对格格抱怨起来："格格，您给评评！我这儿一直寻思呢，这年头都是怎么了！就说头两年，那帮狗畜生还没闹这么厉害呢。"

"谁说不是呢，这不，没办法了，也只能喊那边过来一起说说呗。"说完，格格往东边撇了下头。

"嗐，您放心，咱今儿个说啥就是啥。在您这儿，谁的面儿都没您的大！"黄二爷又转过头看了眼黄大姐说："何况大姐今儿个也在，咱说一不二！您放一百个心，绝不给您惹麻烦！"

这时，桂爷从西院墙跑过来说："格格，海居士到了。"

众猫看过去，果然见到一只全身幽蓝色的公猫，正从隔壁45号院的院墙上拐过来。格格和黄家两只猫赶忙迎了上去，厉云则带着晓华走到房檐边上等候。

"这位是海居士。"厉云对晓华说，"他是后海那边的主事，常年住在广化寺里。后海那一片地方大，沿着湖边猫窝儿多。那边猫族想和其他区域的猫交涉只能绕湖走远路，太麻烦，所以就公推两位代表总体负责对外事务。海居士是负责后海东边和北边对外交涉的代表。这次请他来，一是和后海方面协调，二是请他做会议主持。"

厉云和晓华说话间，海居士和几只大猫已经打完招呼。厉云叫上晓华，向海居士迎去。

"云兄，恭喜恭喜！"海居士边走边对厉云说。

"这次也是托您的福。"厉云上前两步说着，又转头招呼："晓华，见过海居士。"

"哈哈，不敢当！云兄命中自该有的！"海居士笑着对晓华点了点头，晓华忙回了个礼。

“虎妞当初去您寺里求闺女，却捡了个三花小子，便宜了我，”厉云对海居士说，“这小猫也总归和广化寺有缘。我一直打算带他去寺里还个愿，今天就先跟您挂个号了。”

“好，好，云兄携高足一起，寺里可是荣幸至极啊！咱们还按老规矩，后天便是十五，赶早不赶晚，不如就后天吧？”海居士回道。

“那正好。”厉云又对晓华说，“咱们后天少不了劳烦海居士了。”

晓华被厉云一点，又赶忙对海居士行了个礼，道起谢来。

格格见厉云和海居士聊完正事，赶忙插进来说：“哎哟，咱们别老挤在房檐边上了，让院里人类看见怪别扭的，咱都赶紧就座吧！”

“哈哈，是，是这个理儿，”海居士说着，又把头往东边撇了撇，说，“咱们不就座，有的猫就不肯露面啊。”

几只大猫都一边笑着，一边走到屋顶中央，按各自猫窝的方位坐好。海居士坐在西边，黄二爷坐在南边，格格和黄大姐一起趴在北侧的毛绒熊上聊着天，而厉云和晓华则坐在靠西北的位置上，夹在格格和海居士之间。

众猫坐好的同时，黄爷和桂爷也没闲着。黄爷带了一队猫，在家属院周围布下了猫哨警戒，自己则在周围巡查起来。而桂爷则一路小跑着出了南院门，去迎最后一位贵宾。

围坐起来的几只大猫谈了一会儿局势，让晓华对这次猫族会议有了更多的认识：其一，胡同里的各种人类活动对猫族产生越来越大的影响；其二，人类不文明养狗的问题和弃养流浪狗的隐患越来越突出。这次的会议，正是召集附近各猫窝集中商讨应对之策。

众猫谈话间，一只在大院南门放哨的大猫上房来通报：白家的猫来了，一行两只，是窝主白三爷和他的小孙女白二小姐。

“哎哟，隔代亲也来了。一老一小的，真够热闹啊！”说话的是黄大姐，黄二爷也跟着哼了一声。

格格见哨岗猫下了房，又和黄大姐嘀咕了几句，笑了一小会儿，便起身去迎白家代表。厉云跟在格格旁边一起向屋顶南侧走去。晓华本想跟着厉云一起过去，却被厉云止住了。

又过了一会儿，白三爷和白二小姐终于从院墙上慢慢踱了过来，格格赶紧走上两步迎接。

“白三爷，恭候您多时了！大家伙儿都翘首以盼啊！白二小姐这水灵的，真是越来越俊了！”格格笑着说完，行了个礼。

“格格，您也好啊！云兄也在，好，好！”白三爷打完招呼，和白二小姐一起回了礼，便上到屋顶。白三爷继而又和海居士客套了几句，简单地对黄家两只猫点了点头，便向屋顶东侧走去。

白三爷刚落座，便对厉云说：

“云兄啊！有日子没见，好多学问都没来得及向您请教。这头一件，啊，还得说我前些日子作了首诗，劳烦您给点评一下！”

白三爷自顾自说完，也不等厉云回话，便大声嚷了起来：

“这诗，简单得很，啊！题目就叫《南锣是我家》。有诗云：

八横一纵南锣家，东西南北来夸夸。

儿女孝顺孙女俏，就等四世抱娃娃。”

白三爷念完诗，得意地环顾全场，一脸神气，又对厉云说：

“这诗地不地道，顺不顺溜？啊！云兄您给断断！”

厉云赔着笑却未立刻应话。白三爷一转头看到晓华，突然说：

“哟，这位是云兄的小徒弟吧，啊，和我家小孙女差不多大嘛。来，你给评评吧，啊，小猫无忌嘛。”

晓华没料到自己会被点名，突然愣住了。厉云见状赶紧对晓华说：“晓华，还没给白家二位打过招呼吧。”

晓华回过神儿，赶紧给白三爷和白二小姐行礼。白三爷点了点头，白二小姐则回了个礼。

格格这时赶忙插话说：“大家伙儿都在胡同里，墙头不见墙尾见的，总有打不完的招呼不是。”格格说着，又向海居士使了个眼色。

海居士立刻会意，便以主持猫的身份说：

“白三爷、厉云先生，咱们切磋诗词，等会不迟，还是先把事关猫族前程的要紧事办了为好，还是尽快切入正题吧！”

白三爷见状也不再坚持，便由海居士继续作开场白：

“今天，非常感谢各位能拨冗出席，齐聚在此商议猫族大事，更感谢格格对这次会议的鼎力支持。本猫作为主持，也深感荣幸。”

海居士顿了顿，又继续讲：

“众猫所知，最近一段时期，整个猫族的美好生活日益受到人类影响和狗类威胁。人类对这南锣、后海一带的各种开发和利用，极大地改变了老胡同的面貌，进而影响到猫族的生存空间。而狗类仗着人类做靠山，疯狂掠夺生存资源，成为我们猫族最大的安全关切。

“就说我们那后海一带，大量老院落被改造成高墙大院，不仅难以攀越出入，而且新来的人类对猫族的接纳性远不如以前的老街坊们。咱们老一点儿的都知道，就说鸦儿胡同那边，人类新建的几个大院落，四面都是两三人高的院墙，连大门口都是落地铁板电子锁，里外堵个严严实实，咱们猫族那些爬墙高手都难进去。还有的，院墙里面多少年还是一片烂地破房子，连个给猫遮风避雨的房檐都没有。要么进不去，要么一片荒地，人类就这么一会儿拆一会儿建，导致咱们好多老猫窝流离失所。

“还有一点，就是人类的旅游活动，也极大改变了猫族的就食环境。很多打野食的猫吃了游客给的食物，健康急剧恶化。就这几个月，后海北沿一带十来只猫因为乱吃害了病。这个情况随着人类拆迁改造，猫窝离散，吃喝没着落，变得越来越严重。尤其是很多小猫，原本肠胃就不好，吃了那些不消化的更是后患无穷。

“除了这些问题，还有就是人类带来的狗患。从南锣鼓巷到后海，一直是狗患重灾区。那些超大型狗和烈性狗的危害自不必说，就算是小狗，很多人类也不牵绳，任由那些畜生撒欢乱跑。甚至有些狗根本没有主人跟随，自己出来野，见到猫族就撵。此外，流浪狗也多了起来。虽然这些丧门星白天不怎么出现，但是到了夜里，就会三两只聚起来四处活动。咱们猫族现在受到人类大院高墙和店铺门脸的制约，墙上和屋顶空间日益减少。在缺乏避险环境的地方，少不了在路面上和狗类冲突，安全越来越没有保障。”

说到这里，海居士叹了口气，接着说：

“后海北沿一带的猫族，现在也就剩下几个人类的文化场所还能作为栖身之地。广化寺、鸦儿小学、宋庆龄故居、西大街边上的十三中，算是最后几个还算稳固的据点。

“后海东边和咱们南锣这片隔街相望，各位也都看得清清楚楚。金锭桥、后门桥以北，从烟袋斜街到火德真君庙，全都被人类改造完了，完全没有咱猫族的生存空间。后门桥南边的老胡同老宅院，到荷花市场和什刹海体校这一带，生存环境要好上一些。至于再西边的南北官房一直到大小翔凤胡同和柳荫街附近，也是靠着恭王府勉力支撑猫族生存。整体而言，后海一带猫族生存最困难的区域就是人类开发最深入的前海东到后海北，老居民区持续拆迁的这一带。诸位一定要警惕人类的拆迁和改造！这不，刚听说人类又要在南边地安门东大街上搞工程了，附近的几大猫窝一下又紧张起来，那边也在开着会。

“咱们猫族，世世代代在这四九城里，什么风浪没经历过。可如今这局面，真是百代不遇。老祖宗们也没见识过如今这些个人类捣鼓出来的新玩意儿。在这个非常时期，我一时也想不出什么好办法，但有一条我觉得还是要坚持，就是团结。只有各大猫窝团结起来，咱们猫族才能共克时艰，才能在这城里再续猫族辉煌！

“我见识不多，以上只是我一点体会。下面，咱们还请格格讲话。”

海居士讲完，半卧下休息，便轮到格格发言：

“谢谢海居士。感谢大家莅临我们这个小院共商大事。我也没什么大想法，就是觉得刚才海居士真是说到点儿上了：要团结。咱们这儿，先前玉河东不压桥那边人类拆迁，几家猫窝儿都受了影响，也闹了不少时日，最后还是以大局为重，才没让那些人啊狗啊的，看了笑话。如今形势更是紧迫，从这八横一纵到后海一片，咱们是真的要好好团结协作。黄家在地安门把角上，两边都挨着，更是需要咱们猫族团结支持。黄二爷您看是不是这个理儿……”

格格把话头递给了黄家，但是还未等黄二爷开口，白三爷就抢先说：

“要论理儿，咱猫窝儿之间的事儿，啊，也没多大。最不地道的，还是那些个狗仗人势的狗类畜生！咱们这八横一纵，啊，老院落多数还在。偶尔有些个猫，丢了窝什么的，啊，我们白家从来都是鼎力相助，救猫于危难。所以南锣这一带，啊，这个主要的问题，还是狗。我这小孙女，啊，跟得上时代，老研究那些个人类的事儿。这不，这次开会之前，小孙女，啊，就调查清楚了。这个狗，人类有法律管的，这个……

二孙女，我这脑子也记不大清楚那些个东西，啊，你来讲讲吧。”白三爷扭过头对白二小姐说。

白二小姐便直了直腰板，接过了白三爷的话：

“众位长辈，我就露个怯，稍微说说这人类养狗的法度：总体而言，人类对养狗的规定，主要是范围、数量、种类和遛狗规范这几样。

“首先说范围。按照规定，这城里城外的管理划分为重点范围和非重点范围。这四九城的区域现在是人类的东西二城，全都是重点管理区，一户只能养一只狗，而且不能养大型狗和烈性狗。这些区域里，对遛狗也有限制。比如公共区域不得遛狗，有些地区有禁止遛狗范围和时间段。此外，遛狗必须由成年人类牵绳，一些场合下需要戴嘴套，还有规定要对狗的粪便做清理等等。

“所以，这胡同里，就不能够养那些个大狗、猛狗。比方说，就每天早上挨胡同里遛狗那个小女孩。那孩子自己就是个人类中学生，狗比她还壮实，站起来都快一边儿高了。这狗要突然发疯了，她管得了拉得住吗？还有一家人，一出门，四五条狗围着，全都不拴绳，到处大小便也不管。就这群狗，上次追着我二叔跑了几个门洞，把猫都撵上树了！还有一个被人弃养的小泰迪，胡同里来回流窜，没吃的就和咱们抢猫粮，甚至抢咱们打野的收成。所以啊，这狗最近闹腾得凶，根本还是人的问题。人要守规矩，狗也就规矩了。没有大狗，没有猛犬，出门都拴好了，不乱丢弃，咱猫族要少多少危险啊！最根本还是人类太没规矩，根子还在他们人类身上。”

“啊！说得好，啊，是不是！”白三爷一边点头一边说，“还有那些个拆迁的事情，啊，我这小孙女，真是厉害。蹲在人类社区那个，啊，那个办公室的窗户外头，捡耳朵都听来了。这个，啊，二孙女啊，你接着说。”

白二小姐便又说：

“这次人类搞的这个事儿啊，叫腾退整治，原貌复原。这些个老平房，好多原本都不是那些人家自个儿的，都是人类的国家租给他们的什么公房。现在要把这些公房收回去，要改造。就雨儿胡同西口那儿，有一套院子早搬了，前一段刚翻修好，叫雨儿人家……”

白三爷接过话说：“那套院儿啊，里面修得那是真地道。啊，一进门，几间新房多敞亮，啊，还弄了些个花架子什么的，可不是大杂院那气象了。所以啊，这胡同将来还在，老得在。这院子啥样，后头再住的什么人，咱猫族管不了，啊，但只要胡同和院子在，我看就没什么大问题。再往后呢，这胡同里人类拆房的事儿，我看，啊，没那么急赤白脸的。咱这八横一纵，这么大一片，且拆不完呢，啊。所以现在顶要紧的，还是这个狗的事儿。我看哪，啊，今天，咱就先把这狗的事，落定了吧。”

白三爷说完，看了看黄二爷，又看了看格格，没得到明确的回应。

海居士看了看情形，便接过话说：

“人类拆迁，对猫族事关重大。如果白二小姐所说不虚，属于原地重建，那么意义定然会有所不同。但咱们也得小心提防。之前东不压桥，说的也是恢复运河原貌。那都是我小时候的事儿了。这一晃，那块地，折腾了快十年吧，前一阵不是才刚搞好。玉河虽然是恢复了，可两边也都改了深墙大院，快成后海北沿的气象了。真要说原貌啊，我记得祖上一直传下来的，说那边原本是女中学，有个药王庙，岔口那块儿还有个育婴堂吧？这都是咱猫族求食的地方，白三爷应该也听祖上讲过吧？”

白三爷回道："海居士，这人类的事儿，啊，都没准儿。指东往西，说南走北，啊，咱见得还少了？要说原貌啊，咱祖上那会儿，现在脚底下这块地儿，豆角胡同，啊，之前是宪兵队，再早是衙门，要再往前，倒回前清的时候，啊，还是真武关帝庙呢！要说原貌，那给恢复到哪朝哪代去合适，啊？"

黄二爷突然插进来说：

"要我说，咱们呢，也别说回前清，现在连人类都不提那档子事儿！现如今，还是搞明白这人类现在到底是要干吗！什么腾退整治，谁知道人类又搞成什么样子！大家都知道，我们那窝的天意市场、地安门路口把角儿，当年也说腾退，可这一退下去那楼里就空了这么多年，既不拆也不管，没见治理出个什么样子来。这几天又听说他们要恢复地安门轴线，又要拆。拆完搞什么，谁知道啊！他人类今天这么搞，明天再那么搞，一来一去，就是八年十年来回折腾。海居士那边的地安门商场不也一样？也折腾了有十年吧，如今还没开业。我们家老太爷，老念叨他小时候是天意市场玩大的，地安门商场吃大的，现如今是个什么样子了！这地安门外大街，还剩下什么？他们人类耗得起，能慢慢搞，可咱们猫族呢！这就是很多猫一辈子的事。咱猫族祖上吃住几代的产业，人类一下就搞没了，一代甚至两代猫都恢复不起来。一个猫窝能承受几次这样的折腾？是不是这个理儿！"

黄二爷说完，白三爷没接话，格格见状便说："我们这窝，那个大炮楼也说过要拆，这个小院子也说过要拆，来来去去的，也没个准数。到时候，他人类拔脚就走了，咱们猫族是真没办法。不过既然雨儿胡同那边弄了个样板出来，依我看，咱们不如去看看再说。人类弄得好啊、不好的，咱们也有个依据不是。"

格格说完，黄大姐凑过来和格格小声嘀咕起来，两只猫又在一旁说上了悄悄话。

白三爷眯着眼，晃起脑袋，又点了点头，说：“啊，去看雨儿胡同，啊，也行吧。那就会后都来雨儿瞅瞅那新院子，啊。二孙女，待会你陪着各位去雨儿看看。我还要向云兄请教些学问上的事情，就不奉陪了。”

“行，爷爷。”白二小姐马上应了下来。

“好，人类搞这个拆迁也好，整治也罢，这个事就先这样安排了。咱们今天会上就先务个虚，会后咱们眼见为实。”海居士顿了顿，见众猫都没有异议，便接着说，“那咱们接下来，就讨论这狗患的问题吧。刚才格格和白三爷都先后表了态，就请黄二爷讲讲形势吧。”

“谢谢海居士、格格。”黄二爷说，“这个狗患，我们那窝儿也是深受其害！自打这玉河修好以后，来添乱的狗类，嗬，翻了几番！现在旅游区扩展，从南锣到后海连成一片，还有不少人类游客也把狗带过来，这狗就来回窜。尤其是夜里那些个野狗，成群结队的！我们窝儿在街面上完全活动不开，也就是中学那边还凑合，学生们闲的时候还愿意跟咱们玩玩儿，给点儿吃食照顾下。另外也感谢格格照顾，够义气！把这帽儿胡同口上的涮肉店周转给我们，也多个可以打食的地方。总体来说吧，我们这窝儿已经被压到里面了，如今街面上是白天家狗，晚上野狗，已经被狗类占稳了！”

海居士摇了摇头说：“这局面啊，和后海那边也差不多了。街面上也都成了商铺，人带着狗四处溜达，甚至很多店里都养狗。如今猫族只要上街面，就要冒不小的风险。”

“咳，咳，”白三爷清了清嗓子，说道，“这狗的问题，啊，咱们怎么解决？我看，啊，大家也都是抱怨，啊，不如听听我们的办法。啊，二孙女，你说道说道……”

“这狗的事儿啊，我仔细琢磨过，”白二小姐说，“这狗患，本质上还是人患。这人类，为什么要养狗？

“以前，人类养狗是为了看家护院。现在这些人类养狗，是因为心里空，日子寡。那些个胡同里的老人，没人管。那些小年轻，也不成家。这狗呢，天生的又傻又贱，就喜欢围着人类打转，渐渐地，就反客为主了。那狗哄得人类把他们认成了儿孙，便猖狂起来。就算惹出是非，人类只当是个小孩玩闹罢了。平时骄纵惯了，哪还会牵绳戴嘴套呢？就算这狗去追人，人类也只当玩笑，撵起咱们猫族，他们更是当成乐子。所以啊，这问题，还要治本。

“人类既然喜欢娇惯那些狗，那咱们猫族就要让人类更娇惯猫。那狗喜欢黏人，咱们猫族也得转变作风，不能把人类拱爪让给那些贱狗。现在人类流行一种卖萌的风气，有些个人类，还要特意装成咱猫族的样子，火得不得了！她们戴个假猫耳朵假猫尾巴就能大红大紫，咱们这些猫族正主儿反倒没人待见，这是个什么理儿？咱们这，从南锣到后海，人来人往的地界儿，虽说狗类多，但人类更多！咱们猫族应该主动出击，主动适应人类，要比狗做得更好！

“所以我倡议，所有猫族，不管是住人类家里的，在外头野的，一定要主动卖萌，有意识地讨好人类！据说人类有句话，叫‘伸手不打笑脸人’，这就是人类的弱点。咱们猫族要活学活用，来个‘抬腿不踹萌面猫’。那些又蠢又贱的狗东西都能做到，咱们猫族要干起来，必要干得更加出色！”

白二小姐这通长篇大论，并没引起其他几窝的反响，但她似乎也不太在乎。讲话的时候，她说到激动处，就甩起尾巴，左一下右一下的，好不自在。

“我这个孙女，啊，平常娇惯坏了，说话呀，啊，没大没小。按现在人类那说法叫什么……啊，脑洞大开！不过，我倒是琢磨着，啊，咱们猫族确实要有点儿新路子，是不是？老一套应付不了新变化，啊，年轻猫还是比老骨头有想法，这就叫改良，啊，新思维！”

白三爷一边说，一边看着其他三家的大猫，却冷不防厉云轻轻笑了一下。

“白三爷说得不错，我们都是一把老骨头，这胡同的将来，还是要落在年轻一代猫族身上，”厉云侧头看了看晓华，接着说，“我这个徒弟也算和白二小姐同辈，晓华，不如你也谈谈看法，交流一下。”

晓华听到自己被点了名，顿时一个激灵。

这时海居士又说道：“现在是自由讨论阶段，大家畅所欲言嘛，刚才白二小姐既然讲了自己的观点，晓华也不妨说说，年轻猫的看法也很重要。”

“是这个理儿，小兄弟，你也说道说道！”黄二爷也发了话。

晓华看了看格格，后者轻轻点了点头，于是晓华便坐直身子，讲了起来：“感谢各位前辈给我发言的机会，”晓华说道，“刚才白二小姐讲了人类和狗类的情况，提到了一些人类纵容狗类横行，性质很恶劣，影响也广泛。但是，人类是个很大的群体，这样的人类并不是全部。人类既然制定了法律，说明多数人类是不赞成纵容狗类的，法律就是用来约束那些不守规矩的人。咱们猫族如果贸然卷入人狗之间的问题，势必会进一步激化矛盾。

“我们还必须认识到一个现实，即人类的情感寄托是一种不可避免的需要。子女不在身边的老人、独居的年轻人，把狗当孩子当伴侣来饲养，而不再当作警报器或护院使用，这是一种脱离了狗类原始功能的新需要。这种情况在我们猫族身上也是存在的——如今人类抓老鼠有各种装置和毒药，对猫族的依赖大大降低，可依然出于类似的情感需要把猫族留在身边。从这个意义上说，人类对猫族，和对狗类的情感需要，在程度上可以说难分伯仲，在关系上说也彼此关联。很多人类喜欢猫也喜欢狗，家中猫狗双全的也不在少数。我们猫族如果专门去和狗类争宠，引发猫狗矛盾，是否合适？人类会如何反应？就算我们真的能赶走狗类，可还有很多人类养鱼、养鸟，甚至养鼠类，难道猫族也要逐一去对付吗？那不是要宣战所有的人类宠物物种吗？

“况且，咱们猫族长期以来有自己的特性。猫族比狗类更加独立，也有自己的生活风格，我们不应该失去自己的根本特色。众猫所知，猫族过去被人类叫作狸奴，如今被人类唤成主子，从奴变主，这是上百代猫族祖先坚持独立自主争取来的。这一成果，并非因为我猫族迎合人类，而是我们保持本性。如果猫族变得和狗类一样，去讨好人类，变成人类的附庸，反而会失去自己的特点，把自己降到和狗类一样的水平上去。”

“所以我认为，咱们猫族不宜采取和狗类比赛争宠的方法。以上是我的一点个猫看法，水平有限，还请大家指正。”

晓华话音刚落，海居士便说：“猫族青年才俊频出，这两位后辈都很有想法。不过此事重大，事关猫族前程，我个猫浅见：各窝还是应该从猫族大局出发，稳妥应对。那么，各位还有什么建议和疑问吗？”

“我看哪，”黄大姐说，“有些个猫窝要学狗类去讨好人类，咱们别的窝也不好管。不过呢，学就要学像点，不能让狗类小看了猫族。只是猫一时半会儿也长不成个狗样儿，不如先学学狗语见效快。也说不定人家早学上了，其实窝里都在汪汪呢。”

黄大姐说完，格格和黄二爷偷偷笑了起来。海居士清了清嗓子，厉云一言不发。白三爷知道这话是冲自己来的，但也不便发作，只好装作没听见，抖了抖胡子。

见无猫再要求发言，海居士便说：“那么，我总结一下吧。总体而言，咱们这次大会还是十分成功的，体现了猫族的团结和效率。

“对于狗患的危害，各位与会猫都有高度共识。具体方案上，各猫窝不妨先各自探索办法，总结经验，各自有了成果之后，再做交流。

“关于人类拆迁整治的问题，咱们会后，可以到雨儿胡同去考察一下那个新宅子，看看人类到底要搞什么名堂。那么，咱们本次会议，到此圆满结束！”

会毕，众猫便各自起身了。

白二小姐两下便蹦到晓华面前边笑边说：“小先生，看不出来，您长得文绉绉的，讲话还挺有逻辑和气势。”

晓华不大愿意搭话，却又不方便躲开，正在踌躇间，格格过来迎上白二小姐，说：“二小姐，刚才都没好好瞅瞅你，现在这水灵的，去年见你的时候，还一丢丢大呢。”

说完，格格便半推半拉地把白二小姐带到边上去了。

晓华脱身后，看到海居士正和几只猫商量去雨儿胡同考察的事情，便赶紧凑了过去。

散会后，海居士、桂爷和晓华跟着白二小姐去了雨儿胡同。白三爷和厉云留在小院里“切磋文学”，并由格格作陪。黄二爷和黄大姐则在黄爷护送下直接回了窝。

6. 拜访黄家

6. 拜访黄家

6. 拜访黄家

雨儿胡同的观摩结束时，天色已近午夜。海居士、桂爷和晓华向白二小姐告辞后出了院子，刚走到胡同西口雨儿牌楼下，就望见河边石桥上正站着两只猫：一只是厉云，另一只是黄二爷。两只猫正向这边招呼着。

海居士一行猫在桥东边的白家守桥猫注视下上了桥，和桥上的猫会合后，一行又从桥西口的黄家暗哨旁经过，再向南拐去。

这次造访黄家是厉云提议的。因为难得海居士过来一趟，便打算借机一起去拜会黄家老爷子。黄老爷子年事已高，平时睡得多，只有过了午夜才会清醒一会儿。

此刻黄老爷子还未睡醒，而人类在地安门东大街的整修工程才刚开工，大卡车正在附近运送材料，忙乱得很。一行猫现在去黄家窝里也不得清静，便索性先在玉河西岸一处仿木船景观台上乘凉闲聊。

在玉河沿岸，这处观景台是最贴近水面的——在船边俯下身便可触到碧绿的河水，投喂鱼群和野鸭都极为方便，因而最受喜爱：早上有人练功，中午有人歇脚，下午是小学生放学后的游乐园，傍晚轮到广场舞上阵，至于半夜——则是猫族的专享。

一行猫顺着台阶走下来，在船板上或趴或坐，享受着水边清爽的凉气，相谈甚欢。

“咱们窝里，自打东不压桥市场搬走，天意市场也空了，再也没什么热闹的地方。招待不周，几位老少爷们多包涵，多包涵。”黄二爷客气道。

“黄二爷，您此言过谦了。”海居士说，“此处前傍玉河，后依景山。南锣这块地界，就属黄家这个金角最好！”

“哎呀，海居士您喜欢就最好不过了！”黄二爷赶忙爽朗地应道。

“我还记得刚来胡同的时候，海居士就对我说，黄家这块宝地一定要看看。如今这确实是八横一纵里难得的清净之处了。”厉云说。

“唉，说起当年，云兄啊，我就想起当年你和教授他们几个，一起来后海云游的时候了。那时候咱们都是白天黑夜折腾不够，给好些窝主都添了不少麻烦。现如今，年轻一代都起来了，轮到咱们处理麻烦了，真是后猫推前猫喽。”

“遥望前途觅前尘，回首后路唤后生。海兄，要是我先你一步……”厉云说着，看了看晓华。

海居士也看着晓华，默默地点了点头。

“两位先生论起道来高深莫测，咱是听不懂了，”桂爷看着河对岸说，“不知道对面那几个懂不懂哟。”

大家顺着方向看过去，只见河东岸的灌木丛下，正趴着几只猫，不仅盯着这边看，更竖起耳朵听。

“嘿，白家连这都要捡一耳朵！”黄二爷怒道。

“喜欢听，就让他们听，也受受教育嘛！”海居士说。

大家都笑了起来。

“不过，云兄啊，那白老三，这次鬼主意打到你这来了。我看那一老一小，对你的小徒弟似乎不怀好意。”海居士说完，笑眯眯地看向晓华。

“随他折腾吧，成不了事。”厉云回道。

“这白家，整天捣鼓邪门歪道的招数！居然能想到向人类献媚臣服，够丢猫脸的！”黄二爷又嚷了起来，“咱可不伺候那些人类，更不待见那些狗类！狗里狗气的，一想就觉得恶心！”

“唉，可是如今他们闹得真是越来越不像话了，实在难办啊。”桂爷说。

海居士感慨道：

“狗这问题，咱们猫族恐怕还是只能以躲为主，毕竟他们还闹不上房顶。我看不少人类也很反感那些乱来的狗和狗主，但是敢怒不敢言。人类虽然制定了法律，但有法不执，就是助长违法气焰嘛，最后还是守规矩的倒霉。如今连个狗都管不好，还想管好这地球？这些人类，居然连这点儿小道理都不懂了。”

“最可气的是有时候明明是狗闹事，结果却怪起猫来。上次家属院里有散养的狗乱拉乱尿，主人不管，非说是咱们猫族干的！咱猫族会跑楼道里胡搞吗？咱猫族最爱干净！简直莫名其妙！”桂爷又抱怨了起来。

“这胡同里以后拆迁整治多起来，弃养野狗的问题会更大，”厉云说，“狗毕竟不像咱们猫族。猫族落单也不惹人，群居更是自成一体。野狗单只就会满街跑，成群更是攻击性极强，老人小孩被野狗群攻击的事情，近来也听到一些了。”

“就是说！那帮丧家的玩意儿到处祸害人类，最后人类一急眼，收拾他们的时候却把咱猫族也捎带上。咱招谁惹谁了！”黄二爷抱怨道。

海居士伸爪捋了下胡子说：“不过话说回来。如今这人类进入电子时代，很多已经不养真正的动物了。我记得天意还在的时候，就卖那些个电子猫狗玩物。还有人类手机和电脑上，很多纸片宠物，居然也要定时喂养照顾，似乎很成问题。”

“嗨，这您放一百个心吧，都是小孩子玩的东西。您瞅，就边上这中学，那帮孩子玩几下假的就没劲了，还不是乖乖给咱们送猫粮！那假的猫再怎么弄，也是一堆铁块塑料疙瘩，哪有咱猫族身上软和啊！您看那些个学生，玩手机是入神，咱随便过去一叫唤，立马把他们魂儿勾跑了！”黄二爷得意地说着。

厉云接过话说：“眼下是还没有大问题。其实就算以后人类真的不待见咱们，咱们猫族也不是没有活路。这城里其他大小动物也不少，还不是一样讨生活。就说那些个乌鸦，人类赶也赶不走。还有松鼠、刺猬、黄皮子，不也都有自己的活法。咱们猫族最不济，也无非做个寻常走兽罢了。可我真正担心的是什么呢？就像会上晓华说的，我最担心的，是猫族太贴近人，最终被驯化得失去自己的本性。”

说到这里，几只猫都点头称是。

“咱们猫族能盘踞这古城千百年，靠的就是既和人类接近，又不和人类绑死的灵活策略。不管这人类城头变幻什么旗，咱们猫族永远是这块土地背后真正的主人。这地界上的飞禽走兽，论条件，没有哪种能像咱们一样兼顾外貌和能力；论组织，能做到形散实聚掩人耳目的也不多；论智谋，能利用人类环境的物种就更少了。猫族千百年以来的努力，为的正是在人类的城市里占有阳光下的一席之地，而非像那些狗类一样，轻贱下作沦为奴仆。”

“好！”黄二爷带头吆喝了起来。

“祖辈留下来这千百年的传承，下一代可不能犯糊涂，跟着胡同里那白家一样忘祖啊。”海居士说。

“咱们窝里大猫都有规矩，小猫们自然学不坏。”桂爷说。

“听见没，别忘祖！别学坏！”黄二爷冲着河对岸吼了一嗓子，群猫又笑了起来。

“那白家忘祖的事儿简直数不过来！”桂爷又念叨起来，“就说原本咱这八横一纵，大小十来个猫窝儿，大家伙儿热热闹闹不是挺好的。他白家非要搞什么整合，谁不乐意就动爪，哪有这样子瞎搞的！”

“那白老三忒有野心，要不是他背后有撑腰的，哪有本事把窝吃成这么大！”黄二爷愤愤地说。

“交道口对过儿也是不太消停。那边也是一直闹腾到北新桥，连雍和宫那边都有意见了。上次雍和宫里过来猫交流，还跟我这抱怨半天。”海居士补充道。

“他白家也不掂量下自己什么分量，现在是什么世道！他白家瞎掺和什么！也真是奇了怪了，交道口那边能看上他。尤其是府学那窝，从小看着他白老三是什么货色，居然也能对上眼儿！”黄二爷又骂了起来。

“二爷您说得是，要么说猫以窝聚嘛。听格格说，之前府学那窝本来找过圆恩寺那窝，说是什么圆恩寺那里横跨老蒋行辕和茅盾故居，猫杰地灵，两边合窝珠联璧合，就可以一统宽街交道口。结果圆恩寺那边没搭理，这才找上的白家。”桂爷补充道。

黄二爷甩了下尾巴说：“嗨，这里头还有故事呢！其实当年是白老三自己跑去找的府学，又扯上了和敬公主府和段祺瑞府那俩窝，他们家白老太爷都不知道！再后来他不就篡了窝，开始在咱们这儿折腾上了嘛。”

“您这一说我才闹明白，原来是这么档子事儿，还真像白老三的做派。当年他刚篡窝儿那会儿，圆恩寺那边其实也找过格格商量对策的，所以白老三就借着厉云先生的事儿逼格格嘛。其实他早盘算好了，就是找机会搞我们，迟早的。”桂爷又说道。

“还真别说，厉云先生，您那时候突然过来，确实吓了咱们这八横一纵里一跳呢！可是现如今，兹要有您在这，白家就过不了可园和玉河，这南锣才没被他都吞下去。他胆儿再大，敢跟宫里叫板吗，是不是这个理儿！反了他了！”黄二爷说到这里，直起身子，爪子使劲拍了拍观景台的木板地面。

“白老三最大的问题，”厉云说道，“包括交道口那边儿窝，就是乱了咱们猫族的章法，被人类那一套牵着走了。那白家老太爷，当年也是老往中戏跑，看人类排戏念词。那时候不是学校里有几个老师，演人类那个三国吗，尤其那演曹操的，演技是出神入化。这白老太爷，是一边看一边学。可那毕竟是人类的东西，更是做戏而已。猫族可以研究，但不能陷进去，他却沉迷其中不能自拔。而且他不光自己迷，还带他儿子白老三，两只猫一起迷。老一辈的猫族都知道，那时候白家这爷俩，一到电视上播三国的点儿，准跑人类屋子里去蹲上个把小时。”

“白老太爷毕竟年纪大，折腾不动。可白老三那时候正是年轻猫，就真学起了人类的样儿，搞起三国里那些人类的把戏来。如果他只是在自己窝里搞，篡个窝，霸个位，咱们猫窝儿之间各过各的，也不干涉他，就算了。可他却把戏文信以为真，竟然认为自己也能靠偷看来的半部三国平猫族。刚好赶上交道口东边也不安分，他们就搅和到一起去了。”

“正是如此。白老三学了人类权谋皮毛，就想上天入地了，哼！”海居士说着，冷笑着看了河对面一眼。

厉云点了点头，又说：

“如果任由他们那样折腾，真把从交道口到后海的猫窝全部整合，凑出一个史无前例的大猫窝儿出来，这后果可就严重了。”

“人类可就有东西好好研究喽！”海居士说。

“正是如此！”厉云说，“这么大一个猫窝儿，横跨几个街区有规律地活动，人类那些搞科研的，难道会发现不了这个奇特现象？难道不会加以研究？难道不会发现我们猫族的秘密？他就不怕被人类捅了猫窝吗？”

其他三只猫顿时发出了惊叹声。

厉云又补充道：

“咱们猫族长久以来，在城市里都是以人类划分好的社区、街区、胡同、特色建筑，这些典型的隔断形成猫窝儿。这正是猫族先祖们利用人类自身设置，把猫族的组织结构隐藏起来的办法，以免人类起疑。猫族为什么要避免形成跨区域的大窝？为什么平日里都靠专职的传信猫来通信以减少跨区流动？这都是为了在城市里模仿那些野生动物的群居和地域习性，让人类误以为我们兽性未脱，依然是低级生物。白老三自以为学会了人类一招半式，聪明反被聪明误。”

“哎哟喂，”黄二爷叫唤起来，“这白家这么继续乱搞，不是真要让人类发现咱们猫族不寻常了！”

“当年，云兄在回宫途中经过这地安门时，就发现了这个问题。所以他才留在了这胡同里，就是为了盯住白家。”海居士说道。

“是了，难怪当年您和格格谈了一次，格格就改了主意。大家只知道您和格格是一个祖宗，算是亲戚，没想到还有这一层原因！”桂爷叹道。

厉云说："白老三呢，他自以为聪明，借机要求格格局外中立，不再插手胡同事务，好方便他吞并其他小猫窝。他当时觉得这是一招好棋，现在才明白过来，格格这窝儿他最下不了爪，成了他亲手给自己设下的死局。"

"高明！高明！"黄二爷佩服地说，"难怪那时候，我们大黄家要陪小黄家一起打，您和老爷子谈了一次，就变了方案，直接撤退过河。咱们黄家就和格格一起把他给堵死在这儿！"

"先前圆恩寺那窝北迁，也是云兄的主意，"海居士说，"当时我也一起去协调过。那窝儿也是明白事理，我们一说就通，为了猫族大局着想，躲开是最好的。他们和北锣鼓巷那边原本就是姻亲，街北边还有个戒备森严的大院，白家是绝不敢追过鼓楼东大街的。可惜，其他几个小猫窝要么没地方躲，要么不相信我们，最后被白家各个击破。所幸动静不大，没引起人类注意是万幸了。"

"那将来怎么办呢，白家好几次过来都没安好心啊。后面万一闹起来，不是功亏一篑了？"桂爷问。

"就是一个字，拖。"厉云低声说，"一来他年岁已大，窝里独偏爱那个小孙女，却看不见几个儿子之间暗斗；二来人类加快整治胡同区，陆续就要深入到白家地界。时候一到，新老问题一起爆发，内外受迫，白家必定生变。"

"正是如此！"海居士也压低声音说，"他白老三总自吹勇武赛吕布，谋略胜孔明，可明眼猫谁看不出来他就是个又聋又瞎的袁本初，冢中枯骨耳！"

"说得对！别忘了祖宗遗训！别学成个狗样儿！"黄二爷突然又冲对岸喊了起来，几只猫顿时哄堂大笑。

“不过，这人类整治胡同，到底怎么个搞法，咱们心里也没底啊！”黄二爷说完又叹了口气。

“二爷，人类把这玉河也收拾得差不多了，中学也不能搬走吧？您这地界上，人类也没什么好折腾的，我看您真不用担心！”桂爷说。

“只要人类别把玉河改回东不压桥就行！”黄爷说，“只要雨儿、福祥这俩胡同口上的石桥不动，不碰这界河，随便他们折腾吧！”

“玉河是不会动了，人类两岸边新修的宅院，都是高墙深院，几代猫以内也不会再动了。”海居士说，“倒是听说格格那边，地铁口上的大炮楼可能会留不住了。似乎人类要从故宫、景山开始，沿着四九城中轴线一直到钟鼓楼，都要改造，恢复旧时风貌，那水泥炮楼那么高，悬得很。”

“那边反正临街，楼里也没多少养猫的，丢几只出来我们收了倒也不碍事。”桂爷说，“只要他们别动我们这小家属院就行。”

“现在还不知道可园是什么情况。多年前传说要拆，又被另一些人类说要保护，就搁置下来。这一次整治，不知道会不会出新状况。可园里那窝夹在格格和白家之间，借着高墙深院一直闭户不出，我总担心这是个意外的变数。”厉云说。

“嗐，反正咱们这两边，也就那么几个地方需要担心。这白家可好，吞下那么多地盘，如今要满头包了！”

黄二爷说完，大家又笑了起来。

“光是咱们几个聊，年轻的一直没怎么吱声呢。”黄二爷突然转过头，对晓华说：“这胡同里，将来还是你们年轻一代的天下！晓华，你也说说对这胡同的展望呗！”

大家一起看着晓华，让晓华顿时有点儿紧张。他看了看大伙，张开嘴说道："我看……我看啊……"

说到这里，晓华顿了顿，又看了看周围——几只猫都静静地等着自己的后半句话。

突然之间，晓华眼珠一转，说道：

"二爷，我看哪，白家要完！"

话音一出，几只猫又笑了起来。

"听见没！就快完喽！"黄二爷又冲着河对岸喊了一嗓子，大家笑得更热闹了。

就这样，几只猫闲聊到午夜后，便起身往西边胡同里走去。一行猫拐到五中分校，进到操场，见到正在溜达的黄家老爷子。

海居士和厉云给黄老爷子请了安，又引荐了桂爷和晓华。老爷子年事已高，脑子略有点糊涂，不过看到旧识和新友，还是颇高兴了一阵。随后，海居士和厉云陪着老爷子叙旧，桂爷和黄大姐、黄二爷交流猫窝管理经验，晓华跟着一群小猫在操场里撒欢地玩闹。

后半夜的时候，黄家老大从地安门东大街回来，和几只猫见了面，又谈了一小会儿。天色渐亮，几位来客便散去了。一行猫先一起把海居士送过后门桥，随后黄家又把格格窝的猫送到帽儿和豆角胡同岔口，此次聚会便圆满结束了。

7. 在广化寺

7. 在广化寺 7. 在广化寺

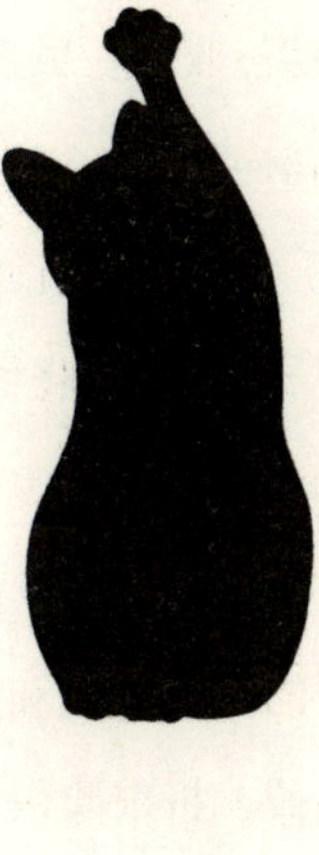

十五这天午夜，厉云带着晓华出了四奶奶的小院，前往后海。两只猫沿着幽暗的帽儿胡同一路向西，横穿过后门桥，从火德真君庙溜到金锭桥边。

晓华第一次来到后海，被眼前的景象惊呆了。湖边环绕着一圈灯红酒绿的酒吧，湖面上五光十色，波光粼粼。路边的人类三三两两或站或坐，几乎各个方向都能听到歌声、吉他和鼓点。

两只猫贴着湖边的石栏向北踱去，丝毫不躲避人类。虽然后海是人类的主场，但夜幕却是猫族的屏障——何况人类寻欢作乐，鲜有人理睬经过的“野猫”。

行至银锭桥前，湖面骤然收窄。厉云不再沿湖而行，带着晓华跳上路北侧的高台，从一处夹道向北插入到烟袋斜街正当中的三岔口。岔口东侧是广福观和几家店面，西侧则一直通向鸦儿胡同。时过午夜，店铺已悉数打烊，几无人迹。厉云便带着晓华向西而去，一路讲解路边店铺里售卖的人类物件。

烟袋斜街里的店铺并不算多，但商品种类非常丰富：老北京的特色物件是很多的，最典型的便是兔爷和布鞋。此外还有工艺店铺，专营诸如玉石玛瑙、瓷瓶陶俑、折扇脸谱、珍珠银饰、香囊袋鼻烟壶之类的小玩意儿。吃吃喝喝的东西也不少，如各式冰糖葫芦、山楂糕山楂球、小吊梨汤秋梨膏。当然，还有绝少不了的炸酱面和爆肚。斜街里还有一个挂着“大清邮政”匾，门口摆了古铜邮筒的纪念邮局，这也让晓华惊叹不已。

一路逛下来，晓华觉得，烟袋斜街和南锣鼓巷相比，又是另一番味道。

烟袋斜街的路面是一色的大块青灰石板，而店家的装潢也更接近厉云所讲的老北平风貌。不少店家把门脸做成垂花门或雕花门廊样式，也有一些店家的大门则循着清末民初的“混搭”式建筑风格，这都与更加现代洋气的南锣有所不同。此外，几乎所有店家都不遗余力地用盆栽和传统饰物打造店铺周围的局部环境，这种文化风格上的接近让店铺之间的过渡显得更为自然——而南锣店家则保持各自风格，故而街上常有“跌宕起伏“之感。至于广福观，其山门形制为三开间三座石券门，金龙和玺作饰，脊上四只脊兽，正开在斜街北侧，又给小巷增添了些许避世意境——这种氛围也是迥异于中央戏剧学院之于南锣鼓巷的。

两只猫继续向西，进入鸦儿胡同，经过海居士曾提到的深墙大院，又路过斑驳破败的湘海楼、萧军的“蜗蜗居”，走到鸦儿小学南侧，拐入鸦儿胡同西北走向的斜街段。这时，晓华看到路边不远处的轿车顶上有一只猫，正是海居士。

“欢迎二位造访弊寺！”海居士边说，边从车顶跳下。厉云上前几步和海居士寒暄，晓华跟上去，赶忙行了个礼。

“劳海兄大驾！”

厉云说着，和海居士一起笑了起来。两只猫边走边聊，晓华则稍后一点跟着。

三只猫来到一个小岔口时便停下了，这里有一条极窄的夹道通往后海北沿。

“来，晓华，你师傅还要到南边办点事儿，就由我来给你讲讲这广化寺吧。”海居士对晓华说。

“晓华，好好向居士学习。广化寺很有来历，对于你了解人类很有帮助。我办完事，就来找你们。”

厉云嘱咐完，便和海居士作别，往夹道去了。晓华则跟着海居士跳上路边车顶，再跃上广化寺东南角院墙，一路向山门走去。

海居士带着晓华，边走边讲广化寺的历史和各种佛教典故。俩猫跳上山门歇山顶，向西绕过便门和前院西侧的鼓楼，又沿着前院北侧的天王殿庑殿顶外檐绕到南边，跳入二进中院。海居士随后带着晓华绕过居中的歇山二重檐大雄宝殿，进藏经阁所在的后院绕了一圈，再从侧边小门进入西院。在观音殿小院内，海居士向广化寺的众猫介绍了晓华——这里也是虎妞当日求闺女之处。

海居士又和晓华聊起了自己和厉云的往事。厉云被带去北师大后，就地成了校园猫，在校修行。有一次，厉云和几只师大的猫一起来后海这边的师大分部游历，住了些日子，就这样结识了海居士。

“那时候，大家都很年轻，后海也还没有开发成如今这样，”海居士不无怀念地说，“那时候，我们几个，白天黑夜的，不管是在这庙里，还是南边的辅仁，折腾起来也是没个够啊。”

“居士，那个……浮人是什么啊？”晓华疑惑地问道。

“哦，云兄还没给你讲啊？”海居士略惊讶地回应。

“没听先生说过呢。”

“啊……简单说吧，就是以前的辅仁大学。辅仁，以文会友，以友辅仁的辅仁，是人类一个叫曾参的人说的，他是孔子的学生。孔子，云兄给你讲过吧。”

“他是人类儒家的圣人。”

“嗯，”海居士点点头，继续讲着，“这个辅仁大学，名字就是这个含义。后来辅仁并入北师大，成了师大的后海校区，位置就在前海的南边。”海居士停下话头，转而说，“其他的嘛，还是等云兄给你讲更好。毕竟他是你们这一脉师承所在，还是他讲最合适。”

晓华见海居士这样说，也不便再继续问下去。

闲谈过后，海居士去处理寺里猫族事务，晓华便和几只年纪差不多大的小猫一起玩闹。晓华第一次了解到人类寺庙里的生活。

寺里的小猫告诉他，因为和尚吃素，信众们也都吃斋，所以除了猫粮，他们在寺里吃不到其他肉类食物——在寺里，连炸个馒头都是用素油呢。不少小猫吃腻了猫粮又嘴馋，就跑去后海边上的餐馆酒吧找吃食，尤其喜欢去银锭桥北口的老字号烤肉店。晓华还了解到什刹海里不仅有鱼，还有不少野鸭子，都住在湖中几个漂浮鸭岛上。到了佛诞节，不少信众还会在后海边放生鱼类，很是热闹。

“广化寺好啊，日子特别好。大白天你就在人类念经拜佛的时候大摇大摆走过去，人类也不会拿你怎么样。”一只黄蓝眼的小花猫说，“还有哪儿能这么舒服啊！外面胡同里不是车就是狗，高墙大院都进不去，还好有这么大个庙呢！”

闲谈之间，一只白身黑顶的大猫跑过来招呼道：“晓华兄弟，你师傅回来了，喊你过去呢。”

晓华赶紧起身，跟着大猫从西院穿到中院里，只见海居士和厉云正坐在正殿的二重檐边上。晓华给两只猫问了好，厉云便要晓华上来。大猫告诉晓华，从正殿旁的便门卷棚顶上可以跳到下外檐，然后再从檐角上去。或者绕到正殿南面，爬上殿前的大柏树，再横跳到上檐。前者要求跳得高，后者要求跳得远。

晓华站在正殿侧面望了望，并没有去看柏树，便决定走第一条路。他爬上便门的卷棚顶，很轻松地跃到正殿的下外檐上。随后他走到檐角，以石戗兽为支点，一跃而上，抱住上檐角伸出来的套兽，再一翻身，便跃到了上檐。

“可以，身手不错嘛。”海居士笑呵呵地说道，“来，咱们上正脊。”

三只猫随后爬上正殿歇山顶，沿着正脊并排坐下。

此时已入后半夜，明月悬于墨般天际，清风徐过，后海上泛起微微波光。晓华望着远处的景观不禁出了神。

“云兄，今日景象，恍若当年吧？”海居士问道。

厉云望向西南方说：“甚为怀念。”

“人类这些年，这儿修修，那儿拆拆，跟咱们年轻的时候，可不是一个风光了。”海居士叹道。

“起码这什刹海还是老样子，水不多也不少，还没被人类舀走。”

厉云说罢，和海居士一起笑了起来。

三只猫又静静地坐了一会儿，海居士对晓华说：

“晓华，你往西南远处看，看到那几个楼没有？尤其是那个很宽还带角楼的？”

“看到了，居士。请问那是哪里啊？”晓华问。

“那就是过去的辅仁大学，现在归北师大了。”海居士说完，又转过头对厉云说：“怎么样，就今天吗？安排上了？”

“嗯，天亮就走。”厉云答道。

“好，好！”海居士点了点头。

“晓华，一会儿咱们就要去那边，带你去看看陈老校长励耘之处。”厉云转头对晓华说。

“先生，陈校长是辅仁大学的校长吗？”

“嗯，旧辅仁的老校长，陈垣先生。也是两校合并后，新北师大的第一任校长。”厉云说道。

晓华应了一声，便听厉云讲起了旧时的故事。

厉云的确是出生在故宫大猫窝里的，不过关于他的身世，说来话长。

故宫大猫窝里出过不少皇家御猫，是极有历史的。受益于明清时期几个很宠猫的皇帝，有不少关于御猫的诗文和画像传世。嘉靖时，一只御猫甚至享受过金棺下葬的待遇。总而言之，这神州大地上的猫族，甚至外国猫族，都没有不知道故宫这个大猫窝的。

然而辛亥革命后，故宫大猫窝日渐失去往日的尊贵。后来，清室优待也没了，逊帝溥仪走了，宫里的人也散了，连带着这一大窝猫的生活也彻底垮了。不过，瘦死的骆驼比马大。毕竟守着这么大的地盘，一大窝猫靠端鼠窝、扑鸟、抓黄皮子，偶尔找造访故宫的人类接济下，日子虽然紧巴，但尚过得下去。

平淡的日子没过多久，大猫窝又遇到变故。随着日本侵华加剧，民国政府决定把故宫文物南撤，原本在宫里的人类文史学家们也走了很多。偌大的故宫，除了少数留守人员，几乎全空了。大猫窝的日子更加冷清。

七七事变后，日军占领北平，在城内反复搜刮，闹得城里百万人都吃不上饭，更别提谁还顾得上猫了。那时候，城里的肉贵得很，而且有价无市。猫族没办法从人类那里搞吃食，便只好更加依赖打野。

有的猫实在饿昏了，去扑人类偷养起来的鸡，被打断了腿；有的在湖岸河边捞鱼，结果掉进水里淹死了；就更别说那些中了人类圈套，被剥皮吃肉的了。

宫里的大猫窝也到了生死存亡的关头，不得不八仙过海，出宫讨生计。神武门外便是景山，两边的猫窝在祖上本就沾亲带故，这时候干脆合成一窝，并做了分工：身手好的成年公猫都移到景山地界打野，母猫和小猫移居到故宫里，借着高墙深院躲避人类，休养生息。

除了景山，故宫大猫窝里也有一些走得更远的猫——主要是小姐们通过联姻的方式嫁出去。往北嫁的，主要集中在地安门周边；往南嫁的，一般在正阳门附近，最远不过大栅栏；往西嫁的则环绕在北海到中南海周围；往东嫁的不超过王府井一带。

这些嫁出去的小姐们，通常要么配了年轻的窝主，要么配了年轻的公子，一方面加强了周边大小窝和宫里的关系，另一方面也可以加强对人类的观察和监视。

“还要监视人类吗?”晓华愣了愣，不解地问道。

“晓华，这正是咱们猫族最重要的传承，”厉云说，“你可想过猫族为什么要观察和学习人类?”

“为了……为了在人类社会生活?”晓华的确没有深入想过这问题，他只好凭着感觉回答。

“确实有这个目的，但也只是一部分。”海居士对晓华说，“真正的意图，只有宫里的猫族和给宫里办事的外场猫才掌握。你今天听师傅讲过，就算接下了担子，不能再回头，更要保守秘密。”

晓华看了看厉云，点了点头。

“咱们猫族，尤其是宫里的猫族，最重要的任务，就是在这千年古都，大内禁地，掌握人类最机密的消息，仔细研究人类未来发展，为猫族在这星球上的崛起做准备。”

晓华听到这话，惊呆了。他从没想过猫族还有这样的野心。

厉云看着晓华，继续说：

“在人类之前，咱们猫族整个群体，曾经是这个星球上站在生物链最顶端的物种。狮子、老虎、豹子，都是我们的亲戚。按人类的分类方法，咱们和这些亲戚，都是猫科动物。但实际上，咱们猫族和那些大猫们的关系，要比人类以为的还亲近得多。

“然而我们最终还是没有坐稳地球霸主的宝座。人类在逐步掌握了火和工具之后，开始反过来对抗我们的祖先。随着形势越来越严峻，大猫中有一部分开始改变策略，决定反过来利用人类，于是把一部分小型同类派到人类中间潜伏，这就是咱们猫族——或者说，人类社会中猫族的由来。

“为了获得人类的信任，咱们的祖先利用给人类捉老鼠的机会成功潜伏进人类社会，在长相和声音上又逐渐模仿人类的小孩来获取同情，降低人类的防范之心。在古埃及，猫族祖先获得了巨大成功，甚至一度成为那个国家的神，受到人类的崇拜。

“可是那个国家没有多久就灭亡了，猫族不得不重新开始，状况又变得危急。祖先们反思后认为，人类社会的发展变化极快，而猫族在被人类封神后却没有危机意识，才遭遇惨败。

“自此以后，每一代猫族，尤其是在人类核心之地居住的猫族，都要肩负起监视人类动向的任务。在那之后，咱们猫族利用身材娇小、行动隐秘、讨人喜爱的特点，潜伏在人类要害部门。在过去，皇帝、国王是人类社会的统治者，咱们就盘踞在宫殿，以捕捉老鼠、充当宠物来掩护监视行动。

“可是到了最近这些年，随着皇帝和国王倒台，以及人类文化科技的迅速发展，猫族需要潜伏和盯住的地方就更多了。凡是存在人类知识和智慧的地方，猫族都要想方设法潜入进去，掌握情况。只有全面了解人类社会，猫族才能分析和预判人类未来的发展，及早做出调整。”

厉云说到这里，突然话锋一转，

“所以，你明白故宫里的猫族，为什么要在那个时候出宫，四面出击了吧?”

晓华还没有从获知猫族秘密的冲击中缓过劲来，一时没有反应过来，只是张着嘴，说不出话来。

“云兄，这孩子是不是吓着了。”海居士半开玩笑地说道。

厉云伸出前爪，在晓华的头上轻轻拍着，见晓华终于反应过来，又继续讲起故宫大猫窝后来的故事。

日本入侵，世界大战爆发，人类局势又再次动荡起来。处在这个时期的北平猫族，尤其是故宫大猫窝，不得不重新承担起在沦陷区中对人类的全面监视工作。由于日军和伪政府并没有把权力机关设置在故宫里，而宫外的猫族缺乏相关训练和传承，所以只能由宫内的猫族主动出击——分散求生固然也是因素之一，但监视那些设立在故宫周边繁华地区的各处人类机关，才是首要任务。

所以，从故宫大猫窝外嫁出去的小姐们，皆非等闲之辈，都是带着任务出宫的。宫里猫族就这样以故宫为中心，通过联姻向外延伸，获得在宫外活动的支点。厉云的祖上，就是当时大猫窝的四小姐。而格格家祖上，是六小姐——因此，厉云和格格也是远亲。

四小姐嫁入辅仁大学女院，也就是原来的恭王府那一窝猫。当时的辅仁大学颇有声望，在陈垣校长周围聚集了一批有气节的人类知识分子。学校在名义上受罗马教廷庇护，由德国天主教圣言会管理。校内师生便利用日德关系巧妙周旋，形成了独特的“孤岛”。在北平城内，辅仁大学是和中国大学齐名的不事伪的两所学校。原本辅仁仅招收男生，俗称“和尚庙”，事变后以恭王府原址为基础建成女院，开始招收女生，故宫大猫窝的四小姐就是这一时期过去的。

四小姐一嫁入辅仁大学猫窝，就很快了解到辅仁大学情况复杂。一方面，伪政府和日本人派遣特务学生入校，监视师生，调查抵抗组织和“赤匪”；而另一方面，师生们暗地里组织了“文协”，又有人在校内偷传《挺进报》之类红色刊物，在日本人眼皮子底下搞抗日。不多久，四小姐靠着辅仁校内通晓德语的猫，又掌握了欧洲大战情况。当然，四小姐也偷偷听了不少课，学了很多人类知识。

“那时候，辅仁里也有几个日本老师，”海居士插话说，“教日语和日本文学的，刚好也带了只东洋猫过来。那猫还挺有点见识的，文采也好，会讲故事，就是抓老鼠不灵光。咱们猫族，自古就是一家，人类打仗不关猫族的事。所以那时候啊，宫里头就利用这个东洋猫的渠道互通有无：他给我们日本后方的消息，我们给他南方战区的消息，大家一起研究人类局势。据说，他很早就说日本会战败，因为他听日本本土来的人类私下谈局势，都说日子越来越难过，普遍悲观得很。那猫……唉，对了，那猫叫什么来着……云兄还记得不？”

“我一直就没听说过这日本猫的名字。小时候听宫里的大猫们讲，说当年那日本猫自我介绍说‘咱家是猫’，那大概是没名字吧，都叫他东洋猫而已。”厉云笑着说。

“怎么会没名字呢，应该有的，总不能就叫猫吧……”海居士摇了摇头，继续说，“这日本猫还有个毛病，就是喜欢偷喝人类两口酒。有天喝高了乱跑，掉后海里淹死了。”

厉云讲完人类抗战时期故宫大猫窝发展，又讲了后来的国民党败退台湾，以及随后的高校调整。辅仁在那个时期合并到北京师范大学，陈垣转任北师大校长。那时候，四小姐已经是一只老猫了，无力再去铁狮子坟的新校区，于是便留在恭王府里安度晚年。四小姐在临终做的最后一件大事，是把自己一个小孙女又嫁回到故宫里，算是给宫里和王府又续上了下一代的关系。这之后，又传了几代，就到了厉云。

厉云出生时，身上的毛色还不很清楚，所以谁也没当回事。但是当他三花的毛色显出来的时候，便在故宫大猫窝里掀起了一小阵波澜——按老时候的说法，宫里出三花公猫，猫族就要面临大事了。

原本，厉云因为身手好，就要入编故宫里的夜行队，任务是抓抓老鼠，赶赶黄皮子，在人类面前尽一尽猫族的“本分”。

然而有一天，故宫博物院里开办文物保护和鉴定的讲座，厉云因为好奇就跑去旁听，被一个北师大来的学生看见了。那学生觉得三花公猫甚为稀奇，便把厉云带回师大养了起来。厉云得着这个机会，就在北师大留下，学习研究人类知识。

“所以嘛，云兄是和辅仁、北师大都很有缘分了。祖上在辅仁，后猫去师大，妙啊！”海居士捋了捋胡子，点头说。

“巧合而已。”厉云笑了笑说。

“云兄，按人类的说法，巧合前面非得加上机缘二字不可，是不是这个理儿？哈哈哈！”

海居士和厉云一起笑了起来。

“不过啊，云兄，你还真别说。这人类，最近两年里来拜佛的多了不少呢。听说雍和宫那边，去的人比往年更多，香火那个旺啊。就刚修起来那个火德真君庙，人也多了起来。”

“海兄，此言不虚，我也听说了。”厉云应道。

“人类这个新动向，很值得咱们注意啊。”海居士说完，厉云也默默地点了下头。

“那个……为什么人类要去求神拜佛呢？”晓华疑惑了半天，终于问出了口。

“这可就说来话长喽，这可是人类社会中最古老的东西呢。”海居士说完，又给晓华讲了后海一带的佛寺、道观和教堂的来历，以及人类宗教的基本内容和特点。厉云则在一旁随时补充，或举例说明。

海居士讲完时，东方也将露白，天边出现了一些五颜六色的亮点。晓华被那些忽左忽右、时而升高、时而猛降的亮点吸引住了。海居士告诉他，那是清晨出来晨练的人在放风筝。

“风筝也改了样了，以前都是竹子编的，再拿纸糊上去。如今啊，都是人类搞的新材料了，还挂个灯上去，把风筝和孔明灯给糅到一块儿去喽。”海居士感慨道。

“海兄，你看西边，是个老式风筝吧？飘到恭王府上了。”厉云说。

“是呢，曹氏肥燕，这花色，像是四世同堂啊。”海居士说着，突然像被触动了什么，又对厉云说：“云兄，还记得当年咱们去恭王府逛，窝主给咱们讲，那王府和大观园的故事吗？”

“记得啊，说人类为这恭王府是不是大观园，吵得厉害呢。有人说曹雪芹参考过原址，又有人考证说，是和珅在曹雪芹死后才按大观园形制建的。甚至有人说，《红楼梦》未必是曹雪芹写的。众说纷纭，倒真是应了书里那句……”

“假作真时真亦假，无为有处有还无!”厉云和海居士异口同声地说完，都笑了起来。

“说到底，是又怎么样，不是又怎样呢？那曹雪芹生前是不是看穿了世间万物，我是不敢妄下结论的，然而如今这些人类，唉……”海居士叹道。

“好就是了，了就是好嘛。人类就是这么麻烦，不愿意主动让贤，不好不了，让咱们猫族空等这么些年啊。”

厉云说完，和海居士又一起笑了起来。

晓华蹲在旁边听着听着，眼睛眯了起来。厉云并未喊他，只是用尾巴轻轻拍着他的背。晓华迷糊了一会儿，依稀听到厉云和海居士在作诗。

海居士先作一首：

什刹海畔望曹鸢于“大观园”上

辛酸一把化清粥，落魄十年梦故楼。

快意驱鸢腾宙宇，荒唐满纸蔑公侯。

随后厉云和诗一首：

什刹海畔忆辅仁之陷而不落

烽烟燧火映清粥，暗箭明枪塞故楼。

理化生心窥宙宇，文哲史教论公侯。

两只猫作完诗，又说笑起来。

“一转眼，过去那么多年了。那时候，你才刚从北师过来游学，我呢，还无忧无虑，不用操心窝里那些事儿。”

“是啊，那时候咱们整天在辅仁校区，找那些艺术生骗吃骗喝。”厉云笑着说。

“我还记得，那会儿，后海的铁栅栏还没换成石头的呢……”

晓华听着听着，昏昏地睡了过去。

这天午前，正阳普照的时候，厉云和晓华正蹲在定阜大街东侧路南，看着对面旧辅仁大学主楼高大雅致的石券门。两只猫穿过马路，从校区围墙栅栏下钻入院内，绕着主楼外墙根向后院走去。

厉云一边走，一边讲起辅仁早年的历史：如何建校，有哪些学科，招揽过多少名家，培养过多少英才，战争时期的艰苦生活——那些给游击区传递情报运送物资时牺牲的学生，那些因地下组织被破坏而入狱的老师……

8.小猫聚会

8.小猫聚会 8.小猫聚会

自前次南锣猫族会议后，白三爷便一直想搞个小猫聚会。这种聚会，其实在白家发迹之前，胡同里便早有了，后来因白家作乱而停办。

当时胡同里猫窝不少，每当各窝的小猫们能爬会跳的时候，便在中戏小花园里，搞上一场小猫聚会。其目的，首先是让小猫们参与大型活动，见见世面；其次，也有在猫窝之间寻亲结对的意图。老一辈的大猫们，几乎都有幼时在中戏花园里聚会的记忆：或是趴在长椅下纳凉，或是在藤架之间嬉戏，或是比谁跳得高能击中最大的紫藤豆荚——当然，也有躲到一旁去说悄悄话的公母小猫。

不过，自白家开始吞并猫窝，尤其是霸占了中戏校园之后，胡同里的猫族们便失了这个传统。如今，白三爷突然旧事重提，还派猫去格格和黄家两窝商议，不由得让猫起疑。

格格和黄家商议后，决定一起行动：两窝要么都去，要么都不去，视进一步沟通情况再决定。几轮商谈下来，两窝大致摸出了白三爷的意图：对黄家，希望借此缓和当年的矛盾；对格格窝，则希望厉云新收的徒弟——晓华务必参与。

格格窝里，厉云没有意见。他认为这对晓华也是一种历练，何况几乎没有危险——白三爷还不至于对小猫们下手。格格见厉云肯放晓华去，便给黄家回了话，两边便决定一起赴会。

转眼便到了小猫聚会的日子。

晚饭时分，格格窝的四只小猫由晓华领队，黄家的三只则由黄大姐领队，在玉河东侧的灌木丛里会合后，便钻入雨儿胡同口的绿化带里。白三少在此处接上两队猫后，群猫便一起跳上胡同南侧房檐，向东行进。

一路上，白三少介绍着雨儿胡同近况：胡同西口的雨儿人家进行了拓展，和之前相比又有了新面貌；胡同中段路北侧的旅馆已经整治撤销，重新装修后作为人类的街道服务和养老驿站使用；再往东，便到了著名的齐白石故居。众猫坐在屋脊上，透过柿子树的枝叶看向那清水脊蛮子门的院落——这里是白三少介绍的重点。

“这位百岁老人可是大名鼎鼎，三两笔就是名画呢！脾气也是硬得很。日本人在那会儿，缠着他老人家好久，非要作画。你们猜老人怎么着？人家画了只螃蟹，题词：‘看你横行到几时！’够厉害吧！”

说完，白三少顿了顿，清了清嗓子，几只想去屋檐边玩小绿柿子的小猫便都回过头来看向他。

“说起来，这白石老人，和我们白家也是渊源不浅。大家都知道，老人喜欢画虾，经常观察活虾。那你们知道，那虾最后都去哪了吗?”

“被他吃了?”一只小猫问道。

“是吃了，可不是被他吃的。”白三少说着，得意起来，“老人家把这虾，都给咱们白家祖上的太太……太爷爷了！”

“喔……”

“这么厉害！”

“真有福气！”

小猫们叽叽喳喳起来。

“一点儿陈年旧事罢了，随口一提。”白三少摆完谱，撇了黄大姐一眼。

黄大姐正拉着两只要摘绿柿子的小猫，装作没听见后半段话，随口对小猫们说：

“说起当年打仗那时候，这城里的人，都恨那日本。那时候，日本人走在街上都可能被冷枪打死。知道为什么那日本遭人恨吗？因为他们跑去别人家干坏事，抢吃的，抢用的，要把整块土地都抢走，搞什么共同繁荣……”

“哎呀，就像抢了别家的猫窝，自己占着一样嘛！”一只小猫嚷起来。

“人类这么坏啊！咱们猫族是不会干这种事的吧？”另一只小猫喊道。

“谁说不会啊！人类里有大坏人，猫族里也有大坏猫，妈妈说的！”

“大坏猫也会像人类大坏人一样吗？那有多坏啊！”

白三少没料到黄大姐把话题往这边带，便打起圆场，把话搂回来说：“小家伙们，快走吧，一会儿晚上旅游的人类多起来，可就不容易穿过南锣了。”

小猫们听罢，赶忙在屋脊上跑了起来。晓华紧紧追着打头的几只，白三少在中间，黄大姐殿后。一行猫向东跨过几个大院落，就到了雨儿胡同东口，南锣鼓巷西侧。

时值旺季，南锣鼓巷里人头攒动。白三少说，平时一两只大猫，瞅个空当冲过去就行，现在带着一群小猫，这招不好使，要用别的套路。于是小猫们便按吩咐，到路边的院子里待命，等待一个“特殊”时机——胡同交通管制的时候。

雨儿胡同东面是东棉花胡同。两条胡同串起来是一个由东向西的机动车单行道。东棉花胡同西口北侧，就是中央戏剧学院的实验剧场，由一排铁栅栏围着，猫很容易钻进去。晚饭时点，正是胡同居民开车返家的高峰时期。从东边交道口南大街拐进东棉花胡同的车辆，在横穿南锣鼓巷步行街进入雨儿胡同的时候，会有保安在路口临时管制交通。按白三少说的办法，这时候车辆缓慢横穿，游客也都被拦住，正是带队横穿胡同，钻进剧场的好时机。

不一会儿，果然从胡同东边驶来一辆汽车，缓缓横穿南锣鼓巷。就在几名保安拦下行人，车辆缓慢通过的空当，一行大小猫们已经散成两路趁机穿过，直奔实验剧场，钻进栅栏，进了中戏实验剧场大院。

“好了！这儿就是中戏实验剧场，到这儿就不用赶了。”白三少说，“现在人类都下班吃饭去了，剧场里没几个人。咱们溜去后台瞅瞅，从里面进学校。”

说完，白三少便带着一行猫绕到剧场西面，从一个半开的侧门溜了进去。

中戏实验剧场坐北朝南，是一栋很高大的建筑。其位于南侧的后台遍布多个联通的甬道，分布着办公室、化装间、道具库等等。非演出时间，剧场后台灯火昏暗，更显得阴冷异常。白三少要求大家尽量少出声音，也不要碰四处堆放的灯箱、布景和道具等“宝贝得很”的东西，尤其嘱咐小猫们不要看见什么就去追，因为很容易迷路。

“咱们走这里，一方面是看看剧场，长长见识，再一个也是不引人注目抄个近道。如果从外面走，要穿过剧场下面的一排管理办公室，还要过南门的警卫亭，今天猫太多，太冒险了。”白三说。

白三少边走边讲，不一会儿便带一行猫到了剧场东北角侧门。守门的保安正坐在门口桌子后值班，于是一行猫贴着墙，蹑手蹑脚地从保安的椅子下面穿过，再拐一个弯，便进入中戏操场。

这操场算不上大，甚至可能比不上很多中学，但毕竟是寸土寸金的南锣鼓巷里最大的一处开阔场地，也算“奢侈异常”了。操场北面一排是学生宿舍，西面是剧场，南面是留学生楼和老图书馆，东面则连着功能区，包括办公楼、教学楼、食堂等。

小猫们在拥挤低矮的胡同里从未见识过人类大学的样子，一只只都惊呆了。

此时，二小姐和白家的小猫们都在东边花园里，于是一行大小猫便从北侧布满爬山虎的学生宿舍楼下穿过，前往会合。到了花园边上，白三少便离开了，交由来宾自己入园。

花园确实不大，按黄大姐的说法，布局总体上还是老样子，只是多处换了新——围着花园的盆栽换成了灌木丛，老旧的单排藤架换成了新式联排架。不过，欧阳予倩雕像还是老样子，老地方。

“哎哟，黄大姐、晓华、小猫们都来了！”

白二小姐迎出来，开始尽地主之谊。

黄大姐和白二小姐寒暄时，小猫们已经闹了起来。他们在灌木丛之间钻来跳去，在藤架上尽情嬉戏，好不热闹。

“以前这花园里人类不少。现在中戏在外面建了新校区，好多师生都过去了，花园里就清静多了，正好办这么个活动……”

白二小姐正说着，黄大姐便插了话：

“是啊，确实冷清不少。我们小时候，中戏也不是哪个猫窝儿的。这附近的猫，愿意来就来，愿意走就走，这花园里也常有人类喂猫的，玩得都挺好。当年多热闹啊！”

白二小姐听出黄大姐话里有话，便不去接茬，转而对晓华说：

“晓华兄弟，上次开会咱们就见过了，您的讲话让我印象深刻！今天可要多聊聊，向您多请教！”

晓华只是说“不敢不敢”，敷衍几句，便借口去管束小猫，走开了。黄大姐和白二小姐也没多少话可讲，于是也去照看自家的小猫。

三个猫窝的小猫们并没有大猫们的顾虑和负担。黄家和格格窝的很多小猫都是第一次出这么远的门，也是头一次看到这么大的场地。即便是白家的小猫，很多也是第一次来白二小姐的“私猫庄园”。总之，小猫们都很兴奋，所以闹起来也就把握不住分寸了。

折腾了一会儿之后，不知道哪只小猫想起了吃饭这档子事，于是这群小家伙们又开始哄起来要找吃的去。如此一来，群猫便在白二小姐的带领下前往花园东侧的食堂小楼。

中戏本部校区的食堂并不算大，甚至可以说比不上很多有些规模的餐馆。毕竟开辟昌平校区之后，本部的人员已经不太多了，所以小楼里一般只开两层，一层是学生食堂，一层是教职工食堂。好在菜品是比较丰盛的，除了大锅菜，还可以点小炒，更有便宜好吃的自助餐。若食客端起餐盘坐到窗口，还可以边吃边欣赏校园和胡同风景。

猫族本是无缘进楼享受美食的，但和所有大学校园一样，食堂周围历来是投喂猫族的热点区域，所以从来不缺和猫族“利益均沾”的爱猫师生。

“还好没有放暑假，现在还是有些人的。”白二小姐对大家说，“一会儿咱们就到食堂门口，大家看到人类过来，就黏上去叫，叫得越动听越好。”

黄大姐撇了下嘴，似乎要说什么。不过小猫们并不打算听，已经聚成一团跑向食堂门口，准备发起对人类的“围攻”。

白二小姐和小猫们在食堂门口来回踱步，开始各种“表演”。但凡有人类向食堂走去，白二小姐就带小猫们黏上去，喵喵叫个不停。如今中戏是她的地界，她十分了解学校里那些熟面孔的性格，知道哪些人会打包剩饭投喂，哪些人喜欢撸毛拍头，哪些人常自备猫粮时刻“打赏”。碰到这些对猫特别好的人类，白二小姐便叫得格外卖力，不仅会贴上去蹭脚，甚至还会躺下来翻肚皮，各种讨好卖萌。

白二小姐收获的第一份成果，是一个学音乐剧的女生。这女生和白二小姐很熟，常在花园里抱着白二小姐。她看到很黏自己的猫来了，没一会儿就从食堂打了一满饭盒红烧鱼段拿下来，勾得小猫们都瞪直了眼。

白二小姐贴着女生蹭了两下，引着她走到食堂外侧墙根。等她放下饭盒走后，白二小姐立马招呼起小猫。小猫们呼啦一下就围了过去，抢吃起来。

黄大姐和晓华蹲在离食堂大门不远的地方，看着这般光景，都没有说话。白二小姐见他们不来，也不招呼，继续去寻觅下一个目标了。

小猫们风卷残云般把鱼块都吃进肚子里，又跑去食堂门口准备堵人。晓华想招呼几只格格窝的小猫回来，却发现他们开了荤，再也不听招呼了。

晓华只能自己跑过去，想带小猫们离开，可白二小姐却拦住他，说：

“咱们猫族在这胡同里生活，不学会讨好人类是不行的。中戏师生喜欢猫的不少，出手又相当阔气，是让小猫们练习卖萌讨喜的好地方。”

晓华正打算和白二小姐理论，黄大姐却把他拉到一旁，悄声说：“咱们毕竟是客，客随主便吧。何况各家小猫都混在一起，就凭咱们两个也管不过来，回去再说吧。”

于是，晓华也就不再干涉，任凭三窝的小猫们跟着白二小姐折腾。

就这样，在中戏食堂外发生了建校多年都绝少上演的一出大戏：群猫讨食。小猫们有些不安分的，还试图跟着人一起上楼。一大群猫在食堂外“拦路抢劫”也成了校内各消息群里流传的快讯，一些人更带着猫粮闻风而至，让白二小姐又多添一层收获。

总之，如果按猫均讨食量来衡量的话，这一天的小猫聚会很成功，堪称一炮走红，名利双收。

白二小姐大获全胜后，便任由小猫们瓜分战利品，自己退到边上，找晓华闲聊起来。

“晓华兄弟，我看小家伙们都挺喜欢这样搞法，不如以后多搞几次，定期举办吧。”

“这个……还是再研究一下吧。我看今天招来不少人类，或许太抢眼了。”

“这没什么，咱们猫族，还能不跟着人类混？这就是咱们猫族的本分嘛！跟着人类，讨人类喜欢，有吃有喝，多好！”

晓华没说话，白二小姐便转移话题，半真半假地问道：

“对了，你知道当年我爷爷和厉云先生的事吗？”

“切磋文艺那事儿吗？”晓华问。

“不是那档子事儿。是当年厉云先生刚来胡同里的时候。”

“那没听说过。先生不是一直在格格窝吗？怎么和你爷爷……”

“那是后来的事儿了。厉云先生刚来的时候，还没决定安顿在哪儿。我爷爷特别敬重先生一身才学，当时就提出把白家名下这中央戏剧学院，一整个儿，都让给先生做府邸，毕竟大学配大师嘛，何况还是宫里来的大师。结果格格那时候刚在你们那窝主事，说什么都不肯，非要硬抢啊。这不是最后就没谈成，厉云先生只好屈居那个小破院子了。”

“那院子不破。四奶奶人也很好。”晓华听出白二小姐的故事是瞎编的，便冷冷地应道。

“哎哟，你看我说的，院儿不在新旧大小，有名猫则灵嘛。厉云先生进去了还能破啊，再说现在还多了个小先生呢。”

见晓华没答话，白二小姐又接着说：

“不过都是当年的事儿了。所以后来我爷爷也没再提。再后来我爹妈生了我就死了，爷爷疼我，就把这学校塞给我住着。如今就算在白家，进了这校门也是我说了算呢。我爷爷说了，将来我看上谁，这中戏就做陪嫁，直接做驸马府呢。”

“那不是要做上门女婿了吗?”

“哎哟，那哪能呢！到时候我就自立门户，从白家分出去，自成一窝，再生他几十只小猫，让那些舅舅哥哥们不敢再小瞧我!“

“听起来怪不错的呢，就是不知道谁这么好福气。”

“是啊，有时候福气摆在眼前，有的猫都不知道取呢。”说着，白二小姐撇过头，扬了扬眉毛。

“能做白家的乘狮快婿，想必也不会是普通猫吧。”

“其实呢，我要求也不算太高。什么长相、花色，我都不看这些虚的。家世出身固然重要，但顶要紧的是有真才实学，得有正经师承，要有点名声，就算比不上厉云先生吧，但至少……”

白二小姐话没说完，晓华却起身走了。食堂门口有个学生带了两根逗猫棒来，一左一右把格格窝的几只小猫绕得晕头转向，晓华忙过去解围。白二小姐撇了撇嘴，依然蹲在原地。

随着食堂门前的人越来越少，小猫们肚子越来越鼓，聚会也到了尾声。于是群猫又回到花园里，在傍晚的余晖中休息。

第一个端来鱼块的女生也在花园里。她坐在长凳上，抱起白二小姐，捋着毛，轻轻唱着韦伯音乐剧《猫》中的《Memory》。稍远处，一个男生在背诵曹禺的《雷雨》台词。还有两个学生挨在一起坐着看手机，讨论视频直播技巧。

太阳渐渐沉下去，花园里的人也陆续离开。两只白猫从教学楼的方向小跑过来，向白二小姐报到。白二小姐吩咐他们把自家的小猫带走，自己要亲自送客人们回去。

由于天色已晚，校园也冷清下来，群猫便从学校南侧绕去剧院大院。一路上白二小姐在前开路，中间跟着小猫们和晓华，黄大姐殿后。

一行猫到了剧场西侧铁栅栏门旁，门外就是南锣鼓巷。从这里出去，北边是帽儿胡同东口，南边是雨儿胡同东口，两窝猫只要找个间隙穿过街面，跑上几间房的距离就可以从两条胡同各自回窝。

黄大姐和晓华正打算和白二小姐告别，但是小猫们第一次见南锣鼓巷的夜景，又都兴奋起来，不愿意回去。于是白二小姐便力劝小猫们留下，在剧院西墙的栅栏里观赏旅游区，了解人类生活。

白二小姐作为地主，担当起解说工作。她给小猫们讲南锣鼓巷的历史——当年如何从一条默默无闻的普通小街变成如今的旅游景点。接着又介绍这条巷子里有哪些好玩的、好吃的、好看的。沿街那些店铺里琳琅满目的商品都是什么，人类平时如何在这条胡同里寻乐子，等等。

白二小姐讲着讲着，不自觉地往前多走了几步，出了铁栅栏上到路边，正巧被路过的几个年轻人发觉了。他们围住白二小姐，掏出手机拍起视频。

白二小姐回头说“你们瞧好吧”，便轻轻叫着走向那几个人类，打算施展招数，再榨点儿油水出来。

晓华觉得有点不妥，想上前拉她回来，却被黄大姐止住了："他们白家地盘，咱们不好多管，看着就行了。"

那几个年轻人拍了一会儿视频之后，一个年轻男孩从书包里掏出一小瓶黑乎乎的东西，打开盖子凑了过来。白二小姐感到好奇，探头闻了闻，突然之间便浑身不受控制，进而抽搐起来。

小猫们隔着栅栏，看到白二小姐着了魔一样地浑身扭动着，躺在地上打着转，还伸爪猛抓瓶子。那年轻男孩的胳膊被白二小姐爪子拍到，一失手，又洒了一些液体到白二小姐脸上。

白二小姐顿时疯得更厉害了。

晓华感觉事态发展不对，打算出去干预，却又被黄大姐拦住了："没大事，咱们看住孩子最要紧。"

晓华见黄大姐说得很轻松，也不好多事，只得一边拦住小猫们，一边盯着事态发展。

白二小姐此时已经完全疯癫，在地上扭来扭去，活像一条泥鳅，逗得那几个年轻人笑个不停。

一个女孩说："这不是要带回去用的吗，你怎么在这就搞上了？"

拿着瓶子的男孩说："本来想拿这只试试，谁知道弄洒了。你看这猫酒这么厉害，比普通猫薄荷强多了！"

他们拍着视频，又笑了起来。

白二小姐扭了一会儿，终于摇晃着勉强站了起来。她似乎是想回到剧场院里，但刚迈出一步，又突然转了方向。

不远处，一个遛狗的大妈正牵着一只公泰迪走了过来。那小狗跟在主人身边，原本并没有留意这边的闹剧。但此时，白二小姐竟然鬼使神差般地逼向那狗，吓得小狗竟一下愣住了。

晓华贴着铁栅栏向白二小姐叫了两声，却完全没有回应。只见白二小姐眼神迷离，嘴角淌着口水，连爬带滚，直扑向那泰迪。

小公狗呆在原地，任凭主人如何拉绳子都不动弹。那大妈正在恼火的时候，突然看到脚边闪出一只白猫，扑向小狗就是一通猛舔。

一时间，大妈叫了起来，围观的人们也发出哄笑。小猫们都瞪大了眼睛，挨在铁栅栏边上不明所以地看着。

黄大姐一边笑一边把晓华拉过来，说："你去把你窝的小猫们挡一下，年纪小，别让他们看这个。"

晓华还没反应过来黄大姐话里的意思，闹剧已经骤然升级了。

被白二小姐吓住的小公狗终于回过神，猛然意识到了什么，噌地一下反客为主，反过来把白二小姐压在身下。若在平时，以白二小姐的身长，是不容易被这种小狗制住的，可她现在身体不受控制，意识也迷迷糊糊，竟连一只小狗也抵抗不了。

就在小公狗骑上白二小姐后背，正打算抱住猫身子的时候，不知从哪儿突然蹿出一白一黑两只大猫。黑猫冲上去猛地挠了那泰迪的鼻子一爪，把它从白二小姐身上打落，惹得狗和周围的人又是一阵乱叫。白猫则趁乱叼起白二小姐的脖子往回拽。晓华见状也忙赶上去，和白猫一起，终于把白二小姐连拖带拽弄回了剧场栅栏内。

"喂！快撤了！"

晓华扭过头，才发现黄大姐已经趁着混乱时，带着小猫们蹿到了帽儿胡同东口，正招呼自己呢。晓华转头看了眼还在地上神志不清、胡乱扭着的白二小姐，一时不知如何是好。

守在旁边的白猫这时说："这次真是失礼。我们会处理好，您请回吧。"

于是晓华也追到帽儿胡同里。在他身后，只剩下狗吠声、大妈的骂声，和围观人群的哄笑。

晓华紧赶几步，和群猫在文煜宅前的空地上会合了。小猫们正在大宅广亮大门外的空地上嬉戏，黄大姐则趴在上马石上休息。

晓华走到上马石边蹲下，向黄大姐问："刚才那是怎么回事啊，白二小姐怎么了？"

黄大姐笑出声，说："那是人类弄出来的东西，叫猫酒。用猫薄荷搞出来的，是一种会让咱们上瘾失控的玩意儿，专门用来耍猫族的。那小妮子也是倒霉，人类拿她做实验呢。"

"怎么会这样啊，那不是很危险吗？不会出事吧？"

"没什么，那东西没毒性。就一个小丫头片子，老觉得自己跟着人类混，多聪明似的。人类那些门道，她还是见识太少了，吃的亏还不够多。不过这次也挺好的，尤其是让孩子们看看，见识下人类这种东西到底是个什么样儿。"

"希望白三爷不会怪罪我们，毕竟闹大了。"

"你放心，他怪不着。那是他白家地盘，他自己孙女惹的事，还把我们小猫吓成这样。我们不怪罪他就算大度了，哪轮到他反过来咬我们。"

晓华没说话，默默想了一会儿。小猫们吃饱喝足，在月夜下又来了精神，闹得正欢。

"黄大姐，"晓华问道，"当年，黄家和白家，到底是怎么回事呢？"

"都是快入土的老黄历了，不过说说也没啥，你也该知道的。"黄大姐说，"当年，白家吞并了几个小猫窝，又想动中戏的念头。那时候，我们小黄家还在雨儿胡同，东边就是中戏。白家占了中戏，不就是准备吞我们窝吗？当时，我们小黄家打算和白家好好打一场，可是厉云和格格过来说，就算大小黄家联爪联尾，也未必打得过当时的白家。最好还是退到玉河西边，据河防守，格格愿意把帽儿西口的涮肉店让过来。后来，大部分小黄家的猫撤了，有一小部分留下来干了一架，唉，输惨了。不过，白家后来想过河，却一直打不过来，就变成如今这样。”

“黄大姐，那后面这可园，又是怎么回事呢？”

黄大姐偏头瞟了一眼文煜旧宅的大门，说道：“小声点，你回头撇一下，别太明显。”

晓华侧过身子躺下，顺势一撇头，只见大门底下的缝里，藏着一双明晃晃的猫眼，正注视着小空地上的情况。

“在这不好细说，待会儿吧。”

晓华便没再说话，躺在上马石边上，静静地看着小猫们玩闹。

到了后半夜，黄大姐和晓华拢起小猫们，挨个点名，一只不少，便再度向西进发了。

路过小巷岔口后，黄大姐又对晓华说了起来：

“可园那窝，也玄乎得很。最早的时候，那窝和咱这胡同里的其他猫窝也没什么不同。后来有一年，可园那一片旧宅子，给了人类一个国家做使馆，防护很严密。日子久了，那边的猫就自成一窝，不怎么和外面来往了。

“后来大使馆搬走，那边又改成了什么宿舍还是招待所之类的。前些年据说要拆也没拆成，现在连大门也不开了。这些年，里面的猫都不出来，外面的也不进去。偶尔实在有事情，也都是隔着门墙传个话，大概就这么个样子。”

说话间，群猫已经贴着墙根走过了婉容故居的大门，快到河边了，两队猫便就此分开。黄大姐托晓华向格格问好，随后带着小猫们从三岔口旁的小木桥过河了。晓华带着小猫们回到院子，一路上都在想，白二小姐将来会把谁拐到中戏去呢？

9. 北海景山 9. 北海景山 9. 北海景山

小猫聚会后，窝内并无大事。由于天气炎热，厉云和晓华很少出门。两只猫常在小院中，一个传授，一个学习，一起修行。

一日，厉云要晓华入夜便睡下，说第二天要一起出门办要事。隔日拂晓，厉云便带着晓华奔向地安门东大街，一路向西而去。

两只猫在路北侧一直跑到荷花市场附近，钻入地下通道，穿过马路，来到地安门西大街路南。

“今天，咱们要逛一大圈，先从这边开始。”厉云说，“你看那边是哪里?”

晓华一张望，只见不远处便是北海公园入口。此时刚刚开园，晨练的人群正在门口簇拥着准备进园。

“先生，这里就是北海吗?”晓华有点儿兴奋地问。

“对，总说要带你来。不过这里太大，逛一天也逛不完。所以咱们先路过一次，带你认个地方。一会儿，咱们要赶着进宫。”

“进宫?”

“对，回故宫的大猫窝。”

晓华听厉云说完，眼睛都瞪大了。他从没想过自己也可以去故宫的大猫窝里。

“我给你在宫里挂了号，你也就是宫里的猫了。不过你暂时还需要在外修行，先不住宫里。今天带你认认路，走熟了，你以后自己也可以去了。”

晓华惊得说不出话来，直直地戳在那里。

厉云笑了笑，拍拍他的头说：

“咱们修行的猫，最重要的是本事，而不是名头。”

晓华点了点头，俯下身给厉云行了个大礼。

厉云笑了笑，带着晓华从一处消防通道的门缝下钻入了公园。

门内侧，一只黄白花色的老猫正在等着。一看到两只猫钻了进来，便迎上几步说：“厉云先生，别来无恙，别来无恙啊！”

“黄园主，您身子骨还是这么硬朗！这次大清早就来打扰，多有劳烦！”厉云客气道。

“您大驾莅临，本窝蓬荜生辉！听说您收了位高足，想必就是这位才俊了。”黄园主看着晓华，点了点头。

“让您见笑，晓华这孩子才刚刚入门，修行还长着呢。”厉云转过头对晓华说：“这位是北海猫窝的黄园主。”

“给黄园主请安！”晓华说着行了个俯身礼。

“何必这么客气，”黄园主说，“园内尽情游览，有什么需要，吩咐便是。”

“感谢黄园主您如此周到，不过今日我带晓华来，主要是让他拜会您，认认这北海大猫窝。前几日才给他在宫里挂了号，一会儿还要带他去宫里点个卯。”

“哎呀！”黄园主赞叹道，“好啊！您后继有猫，晓华先生也前途无量，好事成双！”

厉云谢过黄园主，又简略说了下行程，黄园主便唤来一只管事猫，叫他去安排。寒暄叙旧过后，厉云告别黄园主，带着晓华进了公园，向南而去。

两只猫沿着草丛来到北海公园东北角上的石桥边，这是从北门入园内经过的第一处景观。此处近可以投喂石桥下的大群锦鲤，中可以观赏游弋滑翔的野鸭，远可以眺望琼华岛碧照楼与峰顶上矗立的白塔。

对于猫族来说，这里也是入园后人类第一处投喂猫食的区域。过了石桥向南，第一个大型建筑群是先蚕坛——旧时后妃们祭祀蚕神之处。坛西侧的高大红墙和北海东岸之间甚为宽阔，路两旁栽了两排杨树，又摆了一排长椅。晓华和厉云在这里稍等片刻，便遇到一位喂猫的老人。一小盒猫粮，一小碗清水，便是两只猫的早餐。

吃完饭，两只猫离开先蚕坛，避开道路，沿着岸边小丘，在小树林间继续向南走了二三百米，来到一处船坞旁。

厉云带着晓华到路边说："再往南边走，晨练的人类就多了。咱们从这里贴着东边的小山走。"

说罢，两只猫迅速横穿过道路，向东跑去。路边岔口处有一块石碑，用绿字写着"濠濮间"，两只猫便直奔这碑后的石阶小路。

沿着小路在青松翠柏间翻过小丘，便在另一侧现出一个幽静的小园。园中有一池塘，南岸边坐一水榭，其通面阔五间，进深三间，卷棚歇山顶。又有一条古朴的雕栏石桥，由水榭前蜿蜒到池塘北岸。石桥尽头，立着一个小巧精致的单间石牌楼。橙黄色的晨光，透在浮萍间荡漾的涟漪中，映得水榭的朱红栏柱也泛起微光。

四下无人。厉云带着晓华在桥上漫步，踱进水榭，从高悬的"壶中云石"匾下走过，穿进水榭后假山间的回廊。他们绕过乾隆帝曾休憩过的崇椒室，再穿过云岫厂，沿着小丘顶上的石板路继续向南又走了近百米，来到一个破旧的小亭。厉云叫晓华研究下这个亭子，自己便进入亭内趴下，闭上了眼睛。

晓华抬头打量起来。就形制上说，这应该是四方攒尖亭，但不是一个，确切说是两个方亭沿对角线交叠在了一起，形成一个组合联亭。联亭的台基由四层青砖以干摆法垫成，上覆一层厚青石，四周各有青砖砌成的双层踏跺。八根毫无修饰、布满木疖和裂纹的柏木从台基上矗立而起，是为亭柱。亭内下部无板无栏，上部梁枋交错，又各向六个顶角伸出角梁。亭顶上并排两个青石攒顶，铺以青筒瓦，配寿字瓦当，蝠纹滴水。整个亭子朴素之极，椽头无勾画，坊下无雀替，与北海中那些精雕细琢的亭子大为不同。

晓华疑惑地问："先生，这个亭子，是故意建成这样吗？而且没有写名字啊。"

厉云闭着眼睛应道："我像你这么大的时候，这亭子就是如此。至于名字，大概是没有。听以前这窝的园主说，这就是个无名亭。"

"皇家园林里还有这样的亭子啊！造型奇特，天然古朴，简直有褪去铅华、返璞归真的感觉了。"

"同样这个亭子，放到街边，恐怕会被当作造型怪异、年久失修的危险建筑吧。"厉云笑着说。

晓华也笑了起来，进到亭内趴在厉云旁边。两只猫就这样休息了一会儿，又在朝阳中继续向南赶去。

从北海东侧山坡下来，两只猫便很靠近琼华岛旁的北海东门。晓华蹲在红墙边，透过柳树林眺望着矗立的白塔，听厉云讲着白塔的来历。

游客越来越多，两只猫也不便久留。于是，厉云带着晓华溜到东门小屋边，蹿上屋顶，再翻过园墙，跳到东门外的陟山门街。一只北海窝里的猫从街口护送他们一路向东。

一行猫蹿过马路，蹿到景山公园山右里门外的几个小屋边，和一只景山窝里来接应的猫做了交接。厉云和晓华随后便跳上屋顶，翻上琉璃瓦宫墙，跳入景山公园内。

在山右里门内的柿子树林中，一只管事的黄狸猫带着几只护卫猫赶忙迎上前来。

“云叔，您吉祥！”黄管事小跑着过来，带着几只猫一起给厉云行了个俯身礼。

“三侄儿，你现在可真是出息了。宫里把园子交给你打理，瞧这弄的，有模有样！”厉云应道。

“嗨，托您福！这园里都按老规矩办，出不了错儿！”黄管事回道。

“晓华，按辈分，你该喊一声三堂哥。这些都是自家人，不用拘束。”厉云对晓华说。

“三堂哥好！给众位哥哥们请安！”晓华赶忙行了个俯身礼。

“云叔！您看这都哪儿挨哪儿啊！您二位回趟窝那还不就一句话的事儿！来猫，给云叔伺候着！”黄管事说着便招呼起后面的几只猫。

“好侄儿，不必了，我们一会儿就进宫。先带晓华来咱们这后园瞅瞅，认个地儿。一会儿我俩走一趟五亭，看看歪脖树就行了。”

“得嘞，全听您吩咐，您什么时候用咱，随叫随到！”

说着，一行猫有说有笑地穿过小路，到景山西山脚处分道而行。黄管事带着一行猫往南巡视，厉云则带晓华避开登山道上晨练的人，穿过布满桧柏、白皮松、山茱萸、黄刺玫，以及各种不知名小树小草的山坡向上爬去。

在景山东西向的山脊上依次坐落着五个亭子。两只猫从西侧上去，最先看到的便是圆顶攒尖的富览亭，再向东是重檐八角攒尖的辑芳亭——上檐五只脊兽，下檐三只。山顶上最大的亭子是宽五间、三重檐、四方攒尖顶的万春亭——上檐五只脊兽，下两檐各四只。

由于晨练人类太多，两只猫走到万春亭外，刻有“景山”二字的山石后，便沿着山坡折到南面去了。他们贴着万春亭的基座爬到山顶，在护墙外侧墙脚下眺望着故宫。

晓华第一次见到故宫，被一望无际的金瓦红墙、层层叠叠的重檐庑殿彻底震撼了。琉璃瓦在阳光下好像一片波光粼粼的海面，照得晓华的眼睛眯成了一条缝。

“你从近往远看，数数檐角上的脊兽。”

晓华探着脑袋边看边数了起来：“一，二，三……九个，一、二……八，九……三……五……七……十个？……七、八、九、十？”

晓华数了两遍，又侧过头看了看厉云。

厉云笑了：“这是唯一一个有十只脊兽的建筑——太和殿，也就是俗称的金瓦金銮殿。这是古代皇帝举行大典的地方，级别也高得打破了常规。”

“人类可真有意思，定了九只脊兽最大的规矩，却又搞出来十只。”晓华有点儿悻悻地说道。

“这就是人类，定规矩的人却可以打破规矩，或者说，规矩并不是用来约束他们自己的。”

“听起来真有点儿像白家那些出尔反尔的猫呢。”晓华噘着嘴说。

厉云笑了笑，说：“不过宫里猫族可不是那白家能比的。从景山到故宫，是我小时候的窝，现在也是你的窝。你跟我修行的时候住在外面，但要记住，定期回来汇报。”

厉云又给晓华讲了故宫大概情况，两只猫便继续往东去了。

东侧下山路上的亭子为观妙亭和周赏亭，位置和形制均与西侧二亭对应。两只猫从周赏亭东侧陡峭的山路直冲下去，很快便来到一棵斜倚在山脚磐石间的歪脖树脚下。

厉云抬头看着四面斜出的树枝，向晓华问道：“晓华，知道这是哪棵树吧？”

“先生，这是吊死崇祯帝的歪脖树。”

“你说得对，也不对。”厉云接着说，“原本那棵真正的歪脖树，曾经立在这里几百年。清朝时，这树被当作吊死前朝皇帝的罪树，用铁链锁了起来。但是几十年前，被一个人类一句话就砍掉了。所以这一棵树，是后来移栽过来的。地方还是那个地方，名字还是那个名字，树却不再是那棵树。”

“先生，我不太明白。”晓华摇着尾巴问道，“以前的人类认为这棵树虽然吊死了皇帝，但罪不至死，只是上了锁。后来人类反悔了，认为树还是有罪，就砍掉。然后又反悔了，再种回来？是这样吗？”

“哈哈哈！”厉云笑了起来。“那歪脖树本身做了什么，并不重要。它只是一棵树罢了。明朝的皇帝吊死在树上，清朝的皇帝要收买明朝遗民人心，于是把这树定了罪。到了后来，清朝也没了，这树就成了人类一处遗迹，记录着历史。这树有没有罪，根本不是个问题。真正的问题，是后来的人类如何利用这棵树，解读这棵树。”

“那后来砍树的人，是不希望大家记得这树？”

厉云转过头对晓华说：“你说对了。不让人类记得这棵树背后的历史，才是砍树人的目的。把树砍掉，就好像一切都不曾存在过一样。”

“先生，我听格格讲过类似的事。人类还会把一些刻在石头上的东西给涂抹掉。”

“你说得没错，几千年前就如此了。咱们猫族的老祖宗，也亲眼见证过。像山一样高的雕像，比人还高大的文字，一声令下便化为了沙漠中的尘土。”

“人类为什么这样讨厌自己的过去呢?”

“并非所有人类都这样，”厉云边说，边跳下山石，“但总有些时候，有些人类会这样。”

“人类真是善变得很啊。”

晓华跟着厉云跳下山石，三两步便走到树前两个石碑旁。矗立在山石间略高的一块石碑上刻着“明思宗殉国处”，而靠下的一块石碑则刻有近千字碑文。

晓华正仰头看着石碑，被厉云叫了下来。原来两只猫的出现已经引起了周遭人类的注意，于是厉云便带着晓华钻到石缝中躲了起来。不一会儿，路过的人群都走开了，两只猫便又钻出来，在汉白玉石栏内趴下，如此既可以避开人类视线，又可以抬头观摩碑文。

晓华看了一会儿石碑，厉云又对他说：

“晓华，人类的历史是非常复杂的，但也并非全无规律可循。猫族最重要的一件事，便是研究人类。不管人类的民族、国家、文化如何变换，我们猫族都要找到立身之处。”

“是的，先生。”晓华点了点头。

“刚才在山顶，你也看到了。这紫禁城，见证了这块土地好几个朝代的兴衰。无数的人类来，无数的人类走。可我们猫族，这座城里的猫族，却始终牢牢地把握着这里。不管人类是什么朝代，也不管是什么年景，哪怕是饥荒、战乱，人类自己都活不下去的时候，我们猫族也要坚持下去。只要人类坚持不了的时候，猫族能坚持下去，咱们猫族就能重新站上地球生物链的最顶端。”

“先生，我记住了。”晓华点了点头。

“好，那么我考一考你。说说这个崇祯皇帝，为什么会吊死在这里。”

“这个皇帝面对内忧外患，坚持天子守国门，叛军到了都不跑。但是其他官员却想开城投降，他没有办法，只好杀了家人最后吊死。”

“嗯。那么，开城投降的那些人类，后来怎么样了呢？”

“好像……好像死得更惨，据说还下了油锅，这是真的吗，先生？”

“闯王先后两次进城，第一次逼死崇祯，第二次是兵败山海关后，进城登基就跑了。他以流寇起家，却始终没有建立起能治理天下的政权。他虽然打进了京城，却劫掠官民，失尽人心，逃跑时还放火烧了皇城，只有武英殿幸免。和这些相比，他严刑榨财时，到底是用火烤，还是用油浇，已经是细节问题了。以流寇打天下，又以流寇坐天下，人类历史上无数失败的举事者犯过这样的错误。咱们猫族，尤其是这四九城里的猫族，见过很多回了。”

厉云讲完，看着频频点头的晓华，又抛出一个问题：“那么，人类那个明朝是如何走到败亡这一步的呢？”

晓华想了想，说：“先生，之前听您、格格，还有黄爷他们都说过，这么多原因，不知道从哪儿说啊……”

“那就简要一点，只说要点。人类喜欢讲天时、地利、人和，就从这三个方面说吧。”厉云说。

“嗯……天时……”晓华想了想说，“那时候气候变冷，人类的粮食减产，不够吃。然后，明朝的海外贸易出了问题，白银流入减少。

“地利方面……明朝和清朝在北方作战，地理环境不利。内部土地太集中，很多人失去土地无法谋生，那些权贵和皇亲国戚，掌握大量土地却不交税，财政持续恶化。

“人的方面，天时和地利的问题引发人类各种不和。白银和铜钱的兑换问题导致私下造钱，货币信用垮了。关外战事不顺，上下不能同心，频出兵变。为了打仗加重税赋，农业破产，田地抛荒，流民变成匪徒，形成内乱。为了剿匪又加重税赋，恶性循环下去。”

“嗯，几个问题总结得还不错，更深入的问题我们以后再谈。那么，在你看来，明朝的灭亡，是人类自身的因素多，还是人类之外的因素多？哪个是主要的原因？”厉云问。

“主要的因素？先生的意思是，如果气候好，那么后面的很多事情都不会发生，明朝有可能不会灭亡吗？”晓华不解地问。

“已经发生的事情，是不能假设的。我们不能说如果当时这么样，后面就会那么样。虽然有些问题很复杂，但总的来说，人类自己有一个观点：已经发生的事情，都是必然发生的事情——而在这个过程中，外部原因也要通过内部原因发挥作用。”

“先生，这个观点是说，明朝无论如何都会灭亡吗？“晓华问。

“可以这么理解。换句话说，即便真的假设当时的条件好一些，然而以明朝自身的各种弊病，它也不可能会利用好那些有利条件的，所以最终还是要灭亡。纵观人类历史，一个王朝的覆灭，通常都是内部先腐朽了。就像一栋房子，如果它用料扎实、结构合理，自然不怕外面的大风大雨。但如果它的结构就不合理，或者内部的梁木腐烂虫蛀了，那么哪怕艳阳高悬，它也会突然一下自己垮掉的。”

“先生，我明白了！就像之前大家说，白家窝里自己就会乱起来一样。”

“对，就是这个道理。”厉云笑着说。

“可是，先生，人类社会这么复杂，比咱们猫族的猫窝复杂多了，到底如何研究和分析人类的社会呢？”

“嗯……按一般的观点，人类社会的主要关系，就是统治者和被统治者这两部分关系。可以看作是窝主、管事们和其他猫的关系。不管人类社会怎么改变，那些统治者的名称叫什么，这个本质是不会更改的。当然，也有一些观点，分得可能更细致一些。比如分成上、中、下三部分，然后进一步研究这三个层次之间的关系。当然，还有一些其他的分类方法，种类不少。”厉云说。

“先生，那么到底哪一种方法更好呢？”晓华问。

“在这个问题上，不同方法各有特点。但是，晓华，你要记住，不要被人类分成几个部分，分别叫什么名字，这样表面的问题迷惑住。在这些方法中，不管把人类分成几个部分来分析，有一个共同的因素，或者说要点会起作用。你想一想，会是什么？”

晓华想了想，摇了下头，说：“先生，我想不太清楚，到底会有什么共同的地方。”

“不管把人类分成几个部分来研究，最重要的，都是这几个部分之间的关系，尤其是他们之间的合作和对抗。人类管这些叫社会运动。因此研究人类的要点，就在于研究人类各部分之间的矛盾。”厉云说。

“那咱们猫族研究人类，就是要研究这些人类之间的关系吗？”晓华问。

“是的，本质上就是要研究人类不同部分的动向，以及他们之间的关系，这些是预判人类发展和走向的基础。”厉云说，“尤其注意那些导致人类不同部分之间疏离、不和的迹象，那往往意味着危机的开始。”

“那咱们猫族发现迹象之后怎么办呢?”

“先通知宫里，他们总体负责咱们这四九城里猫族的重大事务。不过总的来说，咱们毕竟是猫族，本身就有隐蔽的优势。即便人类再次面临危机了，咱们猫族还是有办法过下去的。”

“先生，真到了那个时候，人类自己怎么活下去呢?”

“没有什么好办法，有的时候还要吃人呢。所以人类有句老话说，宁为盛世狗，不为乱世人，就是这个意思。”

“人类为什么那么傻呢？难道人类自己不会研究出来，他们要有危机了吗?”

“你别看世界上有那么多人类，但真正关心这个问题，有能力研究，甚至预判这些危机的人类，其实少之又少。你看，崇祯尚且是个皇帝，手下满朝文武，最后还不是挂在树上。人类有个法国国王，被人推到断头台上，砍了脑袋。还有个俄国的沙皇，全家都被处死了。尽管有那么多帝王在前，可后人依旧重蹈覆辙。有个哲人黑格尔说，人类从来不会吸取教训。”

“先生，我还是很难相信。那些人类能统治地球，却不知道危机就在身边，不知道想办法避免。人类怎么会这样，既强大又愚蠢呢?”

“有时候知道了也没有办法——确实有些人想要在恶化的局势中做出改革避免危机，但改革却恰恰是最容易导致危机的时候——这是一个叫托克维尔的人说的。因为人类聚成群体的时候，各方面反而会退化，进而导致情况不受控制地发展下去，造成各种严重和可怕的后果。”

“这样一个物种统治地球成千上万年，真是让猫想不明白啊。”晓华甩着尾巴歪头说。

“那是因为人类中总有一些人，能看清形势，不受群体的影响，逃离这种厄运。有一条古老的人类智慧是这样说的：‘天地闭，贤人隐。’意思是说，乱世之中，隐藏起来是最好的选择。人类另一个哲人孔子也说过类似的话，还分了四个层次，辟世、辟地、辟色、辟言。所以，每当人类世界动荡起来的时候，总有这样的人，躲藏起来，保存力量。”

“这些人类倒是像咱们猫族呢，把自己藏在人群之中。啊，先生，我想起来格格讲过一个故事，叫桃花源！就是说有些人类为了躲避战乱，在一个山谷里藏了几百年！他们自己生活得很好，从来没有受过外界的影响！”

“那是一种理想化的想象，但是却说明了一个道理：避开灾祸的重要性。所以从这个角度来说，研究人类，预判他们带来的危机，就显得非常重要了。虽然咱们是猫，一般不容易受人类影响，但随着人类越来越强大，他们造成的危机也越来越可怕，有些不仅能影响到猫族的存亡，甚至会影响更多的生物，乃至我们生活的这个地球。所以人类越是发展，我们猫族就越是要盯住他们。”

“先生，咱们猫族会不会有一天，被人类甩下，再也追不上了呢？”

“你的担心不是没有道理。咱们毕竟是猫，虽然在暗处研究人类有其好处，但也要提防被人类觉察。人类的发展速度越来越快，咱们猫族的寿命却远不如他们，又不能用文字之类的东西传承，只能靠每一代猫的不懈努力，才能使猫族走到今天。如果中间断了一代，哪怕只有一代，后果也难以承受。晓华，你要记住，咱们研究人类，但不能陷入人类。你要时刻记住自己作为猫族的立场。那个黑格尔说：当你凝视深渊时，深渊也在凝视着你。对咱们猫族而言，人类就是这个深渊。”

晓华心头感到一种难以言说的压迫感。他看着歪脖树，仔细琢磨着厉云所说的一切。

厉云看着晓华耳朵都缩了下来，便宽慰道：“说到底，这还是他们人类自己的事情。咱们猫族只要做好自己，就能在这乱糟糟的人类世界中，始终立于不败之地。”

“是的先生，咱们猫族必须做好自己！”晓华笑了起来。

“来，给你现场布置个作业——在这歪脖树前，作首怀古，体例韵脚不限。”

说完，厉云靠着栏杆边趴下，闭上眼睛养神。晓华蹲坐起来，抬头看着歪脖树和石碑，闭上眼睛想了一会儿。

“先生，我作好了。”

“嗯，来吧。”

景山歪脖树下怀古

兴勃有道撼天边，败落失德陷地巅。

莫恨诸臣皆误朕，亡清灭蒋换人间。

晓华念完，厉云坐起身，点评道：“整体看格律倒还工整。首联颔联虽然对得可以，但内容上有些大而空。后面两联都有引用，倒是不坏。只不过……”

厉云看向晓华，没有继续说下去。晓华也看着厉云，脑子里快速地翻滚起来，思索是不是哪里写出了大错。

忽然，厉云笑着说：“崇祯死于农民起义，乱军破城之时，尚不知身后有清，更不论现在。如今你来他上吊的地方，讲历史前进不可抗拒，颇有人间正道是沧桑之感，该让他九泉下作何感想呢?”

晓华一起笑了起来。

辞别歪脖树，厉云带着晓华一路出了山左里门，沿着景山东墙奔向故宫。

10. 故宫猫窝

10. 故宫猫窝
10. 故宫猫窝

厉云和晓华沿着景山东街一路向南，在路口趁绿灯蹿到景山南街上，贴着筒子河北沿，折向故宫北门。将近神武门时，两只猫贴着河堤护墙停了下来。

厉云对晓华嘱咐："今天故宫闭馆，所以没什么人类出入。但是神武门也只开一侧，进去要小心。一会儿你跟我一起行动，不要落单。"

晓华点了点头，随后和厉云一起钻过路口的铁栅栏，转到神武门前的跨河桥面上。两只猫在桥边一排柏树的掩护下悄悄贴到筒子河南沿，靠在岸边的围房墙角处蹲坐下来。

闭馆日，神武门前人烟稀少，两只猫一路都没有引起人类注意。

厉云叫晓华向神武门上看去，只见墙垛间有一只白猫，正探出头看过来。厉云看着那只猫点了点头，那猫点头回应后便缩了回去。

"一会儿跟着我，绕到墙根边，贴着墙，不紧不慢地溜达过去。看见我跑就跟着跑，记住。"

厉云对晓华说完，便沿着围房慢慢向东溜达，故意往反方向走，晓华紧紧跟上。两只猫趁没人经过时，穿过故宫北墙外的夹道，贴在宫墙脚下往回折返，依然是不紧不慢，溜溜达达。

待两只猫走到神武门下的红色外墙段时，厉云突然贴着墙边飞奔起来，一路钻过神武门外路障之间的缝隙，再一急转，从“故宫博物院”的匾下钻进神武门，一路冲到城内登城道墙根边。

晓华一路紧跟，前后只差了几个猫步的距离。他追到厉云消失的高墙边，再拐进角落里，发现厉云已经和刚才的白猫坐在一起了。

“来，晓华，见过宫里的白管事。”厉云说。

“白管事，您吉祥！”晓华赶忙停下脚步，行了个礼。

“哎，好好！”白管事回道，“不错，不错，一看就出息啊！”

“这次给宫里添麻烦了，大白天就跑过来。”厉云对白管事说，“晓华这孩子第一次来，不懂规矩，您多包涵！”

“不碍事，一回生二回熟嘛，”白管事笑着说，“白天来也好，正好和宫里的小猫们熟悉熟悉，一块闹闹。咱这就走着吧！”

白管事说罢，带着厉云和晓华向南跑到内墙边上，沿着墙根走进一条深邃的通道里。三只猫或跳或钻，很快便进了一座三合院里。

院落中，十来只小猫或坐或卧，看到白管事来了，纷纷叫着跑来。

“白管事，我想出去玩！这边太闷了！”

“报告！小三顺刚才偷跑去御花园了，差点被人类逮到！”

“伯伯，昨天晚上乌鸦又来闹了！”

“哎呀，来新猫了，是东边过来的吗？”

“白管事，我都快半岁了，还不能去英华殿吗？”

大多数小猫都围着白管事吵闹不停，却也有几只胆子大的跑到晓华和厉云身边打探。一只年纪稍大的小猫认出了厉云，赶紧跑过来请安：

“厉云叔叔您好！您可有日子没进宫了！怪想念的！”

打招呼的是一只黄白相间，叫二花的小公猫。这小猫问候完厉云，又和晓华打了招呼。晓华看他和自己年纪相仿，表现得也比其他小猫沉稳一些，便感觉他像是这些小猫里管事的。

白管事应付完几只小猫，果然让二花给小猫们整了队。白管事先叫小猫们一起给厉云请了安，又介绍了晓华，随后便说要和厉云去办事，吩咐小猫们独处时的事项：第一，不许出去，不得喧哗，尤其不能让人类看到；第二，晓华第一次进宫，让几只年纪稍长的猫给晓华介绍宫里详情。

交代完后，白管事便和厉云翻墙走了，院子里的十来只小猫又闹了起来。

“晓华兄弟，都是自己猫了，别客气，随便闹吧！”二花说着，便向晓华身上猛地一扑。

晓华浑身一激灵，向后一跳躲开了。二花又向前一蹿，伸着爪子再扑过来。晓华见状一个侧闪，试图绕到二花的身后。二花扑空后并未转身，而是再向前一蹿，空中翻身，稳稳地落在了晓华前面三四步的地方。

“身手挺不错啊，”二花笑着说，“出爪技巧够，就是不够狠，兄弟实战经验恐怕不太多吧。”

“哼，人家要是真出爪，你挂个彩，还得被管事骂呢！”另一只奶牛花色的公猫在边上揶揄道。

“华子，谁让你多事了！你带他们几个小的边上玩去！爷们儿要干正事！”二花有点儿恼火地说。

“哎哟，这还用带啊，就这么大点地方，胖头管着就行了。白管事不是让你给人家讲讲吗，你可好，上来就干架。”华子边说边走到晓华边上，“再说了，跟着云叔的，还用试伸手啊？”

“是你来说还是我来说啊？”二花走过来伸爪拍了下华子的脑袋，

“你不说就好好坐着吧。”

“切!”华子撇着嘴坐下了。

晓华见状赶忙说:“我还是第一次来宫里，很多事不懂，请几位多包涵。”

二花冲晓华笑了笑:“嗐，其实也没那么多事！咱宫里的猫族啊，小猫们总体就是勤练身手，少见人类。尤其注意别被那些在宫里当差的人类抓了去。要是被咔嚓那么一下，以后就只能去观光组卖萌了，没前途喽!”

“对喽，咔嚓一下，惨哪！就真成了那个啦!”华子说完，冲着门房上一块匾指了指。

晓华顺着华子的眼光看去，只见一块灰乎乎的匾上印着三个字:“敬事房”。

“这是……什么意思啊?”晓华不解地问。

“哎呀，这个都不知道啊，就是……”

华子正要说出来，二花立马伸出大爪子扣在他脸上说:“小声点，那边还有才俩月的小家伙呢!”

说着，二花贴过来悄声说了几句，吓得晓华耳朵都竖了起来。

“是不是想想就觉得疼得不行!”华子趴在地上嘿嘿嘿地笑了起来。

“人类嘛，就这样，利用完咱们猫族，还不让咱们猫族过好日子。”二花说，“咱这窝在这大内几百年了，当年别说好吃好喝，甚至还有官儿做。如今可好，给这人类守着宫里，抓老鼠，赶黄皮子，驱逐鸟类，保护这么大一堆木头架子，却不让咱宫里猫生儿育女了。”

“就是嘛！要不咱们这边小猫都躲起来呢，那些能生的大猫平时也都少露面，免得被抓去。”华子附和道，“现在只有实在不想生的，生不动的，才会主动去找人类挨那一下子，然后就进旅游组了。唉？听说胡同里的人类不会给猫来这一下子，是真的吗？”

“那个，我在胡同的猫窝里确实没听说过这些事……”晓华答道。

“就是嘛！胡同里老鼠更多，那边人类也不会像宫里三天两头搞防护和大清扫，所以猫族利用价值更大呗。就指着多生小猫，他们自己好省事呗！”华子说。

“那个……请问下，刚才一直说的，宫里这个旅游组是什么意思啊？猫都分组吗？”晓华换了个话题问道。

“其实也没几个组，就三个。咱们小猫长大了，都要进组的。一个是旅游组，专门负责和人类玩的。都是进不了其他组，或者不愿意生小猫被咔嚓的，老的、病的、伤的才去。进了这个组就能让人类伺候起来。数量嘛……有那么百十来只吧。平时也没什么大事儿干，就是专门干抛头露面的工作。卖萌啊，合影啊，在人面前晃荡啊，让人类觉得咱宫里这窝猫顺从人类，胸无大志呗，你懂的吧。”

晓华点了点头。

“还有一个组呢，就是夜行队了。这个组主要是负责夜里的工作，对付鼠类、黄皮子，驱赶太过分的乌鸦和喜鹊什么的。另外有时候还要负责和宫外面的猫联络，和传信猫交接什么的。这故宫周边，白天人类太多，所以都是夜里干活。进这个组，身手不能差。不过有时候忙不过来，也会找旅游组里稍强点的帮个忙。猫数比旅游组少点，也有近百只吧。他们平时很少让人类看见的。”

“最后那个组嘛……”二花想了想，接着说，“叫什么名字咱也不知道了，只知道是咱们窝的大窝主直接负责，只从夜行队里选拔。猫数不多，但是个个都很厉害，平时都几乎见不到他们呢。”

“是呢，据说他们都会隐身术！连人类的监控都拍不到他们！”华子抬起头说。

“是啊，人类根本不知道他们的存在，那得是多好的身手啊！”二花感慨道。

“那……这个组这么厉害，到底是干吗的呢？”

二花和华子对视了一下，并没立刻答话。晓华见状，心里猛地一紧。不过二花并没有回避这个问题，而是凑近了低声问道：

“云叔和你说过了吧，咱宫里猫族的传统？”

“要把握人类最核心的……”晓华也压低了声音应道。

“对。知道这故宫西边，是什么地方吗？”

晓华眼睛一转，想到了厉云以前和他说的，点了点头。

“再具体的咱也不知道了。反正那些猫都厉害得紧。”二花说。

“听说当年云叔也挺厉害的，很早就被夜行队指定了呢，结果被人类给抱到外头去了，要不，没准也能进那个组呢！”华子甩着尾巴对晓华说。

“宫里被人类抱走领养的猫也不算少，但大多数都是旅游组的，或者伤病退下来的，找人类养老嘛。像云叔那样，原本是培养苗子，一不小心被抱走的，真的太罕见了。”二花说。

“当年旅游组和夜行队也没区分那么严吧。那时候人类也还没开始给咱窝里，做‘咔嚓’那个事。听说那时候的小猫们也不用过这种躲躲藏藏的日子……”华子说着又看了一眼那灰不溜秋的牌匾。

“那些人类老想着控制咱们窝，咱就躲到这些平时不开放的地方来。宫里那么大，房间多，通道多，屋顶多，甚至还有那些人类自己都没发现的隐秘之处。咱猫族想玩躲猫猫，谁玩得过？当年宫里那么多御前侍卫都玩不过咱老祖宗呢。”

“嘿嘿，就是的。”华子应和道。

二花又给晓华讲了一会儿故宫布局、猫窝据点和其他一些需注意情况。三只猫讲话的工夫，其他的小猫们已经闹腾得不行。于是二花便把小猫们聚拢，讲起故事。胖头累了好一会儿，躲到墙角睡觉去了。

二花讲的是个人类鬼故事——据他说，宫里流传最多的，就是各种人类的鬼故事。

故事发生在清朝后期的四九城，这开头，要从菜市口讲起。

“传说这菜市口啊，古时候作为人类的刑场，杀的人太多了，所以就经常有些不干净的东西出没哦。那种东西，可怕得不得了呢，被人类叫作——鬼！啊！”

“哇……”一众小猫哄了起来。

“当然，现在是没有了，人类进入新时代了嘛。不过老年间，那地方都是些什么棺材铺、裁缝布料铺、药铺之类的，全都是属木的东西，所以不行啊。”

“鬼属木嘛，木生鬼。”华子在边上插嘴道。

“哎，就是这么个理儿。”二花继续讲，“那时候啊，人类押送犯人问斩，就是从这宣武门出去。沿着宣武门外大街奔南，到了骡马市大街的路口这儿，就是菜市口了。路口北边摆个监斩的案台，午时一到，就问斩，咔嚓嚓！！”

讲到这里，二花抬起爪子往下一挥，做了个砍头的下劈。

“呀……噫……”小猫们吓得大气也不敢出。

“所以那时候，宣武门又叫死门，掉脑袋啊。”华子插了一句。

“哎对喽，出了宣武门，就别指望还能回去了。人类那些什么刀下

留人，那都是戏里才有的。砍头这么大的事，拉出去再拉回来，当是溜耗子玩呢?“

二花说到这儿，小猫们都笑了起来。

“咱们这次要说的啊，就是当年一件奇事儿。这事儿啊，发生在人类那个清朝快要嗝屁的时候。”

二花开始转入正题。

“这老北京城啊，那时候北边的内城，就是四九城里，住的是旗人。那些个皇亲显贵也好，吃铁杆庄稼的大清兵丁也罢，都不是什么穷人。南边的外城住的是汉人，做买卖的，耍手艺的，干杂活的，什么抬棺材掏大粪的，卖力气吃饭嘛，穷人多。

“结果那一阵啊，就出了个侠盗。这侠盗专门偷那些个内城的富贵人家，然后去外城里散财给那些个穷人。他这撒钱啊，每次都是选几条不同的胡同，隔着几户扔个小包袱。里面钱也不算多，一般就是几两银子而已。”

“唉，这为什么要隔着几户给钱，才给几两银子？这逮着几户穷人，多给点儿不好吗?”华子问。

“要么人家是大侠呢，”二花说，“人家知道动脑子啊。你挨家挨户撒钱，那官兵来了不就挨家挨户搜吗？他隔着几户扔，这意思就是让人摸不透到底哪家收了哪家没收。何况钱又不多，你就算知道邻居家收了，你会为了几两银子就去报官，让老街坊在背后指指点点吗？就算官兵真去搜了，就几两银子，又不是几十上百两，你能说不是人家自己存的?”

“这么一说，还真是这个理儿。”华子说完，边上几只小猫也点起了头。

“就这么着，这侠盗啊，闹了大半年。内城里少说也有十来个大户着了道，可就是拿不着人。这官府脸上可就实在挂不住了。那个顺天府，当年就在交道口，南锣鼓巷北口东边，那个急眼啊，就整夜整夜巡查。”

“那最后抓到了吗？”一只小猫问。

“嘿，人家一不做二不休，直接偷到什刹海边上那些王府去了。结果这次啊，坏事了。那些个王府，也都请了高手做护院。而且啊，那些相邻的王府和贝勒府连成一片，互相掩护，一有状况那是一齐出动。这侠盗才进王府就中了招儿，砍翻了几个人，四周就都喊起来了，乌泱乌泱的打手啊，立马就闻风而至。那还能怎么办啊？那就只能跑啊。这侠盗一路被围追堵截，一路往南跑，就跑出了宣武门了。宣武门是什么门？由北往南，那是死门啊。”

“真坏事了，偏从死门出去。”华子附和着。

“哎呀，这就一路跑到了菜市口。这菜市口啊，当年是个三岔口，南边没有大路，只有一连串儿的小胡同。话说啊，就有那么一条小胡同，挨着大路的胡同口里面，就有那么挨在一块的两个铺子。一个裁缝铺，一个棺材铺，前后脚挨着。

“这裁缝铺的掌柜呢，刚好伙计生病回家了，就一个人守着铺子。这到了半夜里，就听外头叫叫嚷嚷的，掌柜的就醒了。他挨屋里听着，也知道是抓那个侠盗。外头兵荒马乱的，他能怎么办啊？干脆就躲在床上，心想，等闹过去就得了。

“过了一会儿啊，外头那些官兵过去了，这掌柜就接着睡。可是啊，他这眼睛才闭上，刚开始犯迷糊的时候，就听见这铺子后院里有动静。要是放平常日子，这掌柜也就当是黄皮子串门，不搭理了。可今天，这掌柜的可就有点琢磨起来了。”

华子也凑过来说：“可不是，这拿人的官兵才过去，就有了动静，搁谁不得多留个心眼儿啊。”

“要么说呢，这掌柜一半是害怕，一半是好奇，就悄悄绕到后院去了。才拐过角房的墙根，哎—哟—喂！”

二花这一喊一顿，再“啪”的一声甩了下尾巴，引得小猫们又是一阵“哇”“喔”的感叹。

“就见一个人正靠在这墙角上！这掌柜啊，估计这人八成是受伤了，但是感觉也不是什么歹人，身上没那种煞气，就摸着黑把人给扶到后院伙计住的偏房去了。”

“这掌柜的嘱咐了两句，正说去前面拿几个剩下的凉窝头，再找点铺子里啊，防着做活儿受伤的金疮药呢。结果这前脚才迈出偏房门，就听见远处又有一群官兵回来了，挨家挨户拍门板呢。

“这掌柜的知道不好，又折回屋子里去。那侠盗呢，也明白这地方留不住了，就跟着掌柜又出了屋，翻过后墙，进了一条特小的夹道。

“这掌柜的送走了人，就赶忙去开门。门一开，呼啦啦十几个官兵可就进来了。打头的一个一巴掌就把掌柜的打翻在地，钢刀就架到脖子上了，剩下的人就开始搜铺面和外院。这群人在前面没搜出人来，值钱的小物件倒是顺走不少。几个官兵正要进后院继续搜呢，突然就听见后院方向有人大喊：‘哎哟抓贼啊！贼人在这儿啊！官爷快来啊！’这一喊，一屋子官兵立马呼啦啦追出去了。”

“完喽，肯定是被抓了。”华子说。

“那可不，再怎么厉害，好猫难敌四鼠嘛。那侠盗被那么多官兵围追堵截的，插翅难飞啊。”

“唉，那是怎么抓着的啊？谁缺德冒烟的，喊了一嗓子啊？”华子又问。

“这裁缝铺后院过去，走那个夹道，没几步路就是先前说的那个棺材铺的后院。那户人家啊，虽说不上富贵，但也是有点家底。这闹了大半夜了，谁不知道是抓侠盗啊，人家都不喊，就他家的喊。这一看就知道啊，贪那一百两赏银啊！”

“嘿，我看哪，也是恨那侠盗只偷富人呗。他家不也是有钱人，起码不穷！”华子插嘴道。

“想必也是有点那个意思。有钱的，那还不都一个鼻孔出气儿啊！”二花说。

“那后来呢，大侠真的被抓了吗？”一只小猫问道。

“那可不，被顺天府盯上了，藏得住鼻子头，藏不起尾巴尖嘛。哎呀，这后面就是连夜的大刑。可这侠盗呢，除了招认偷过那些大户，其他的一概不说。给哪些地方的人撒过钱，不说。夜闯王府到底是什么目的，也不说。到了白天，宫里又派人来会审，事情越审越大了。

“这宫里派去的人啊，说是这侠盗在王府里的时候，丢过麻雷子。这贼去偷东西，都是越安静越好啊，谁揣着麻雷子去啊？所以认定这人夜闯王府不是偷财，而是要行刺，肯定和南边作乱的那个太平天国有关。如果是乱党，那不可能是一个人作案，必有同党。于是这京城里又是一阵闹腾。那时候，城里的穷人和汉人都说，侠盗这是散够了财，要杀鞑子，替天行道了呢！

“眼瞅着事情越闹越大，却找不出个眉目。南边战事吃紧，城里人心惶惶，当官的都想早点了结这案子。既然已经认了罪，于是就判了个砍头。这侠盗就从菜市口被抓走，又回到菜市口掉脑袋了。”

“这不是鬼故事，没有鬼嘛。”一只小猫说。

“鬼都是人变来的，所以讲鬼故事，都要先讲人故事。”华子说，“这人，都得先死了，尤其是那些个冤死的，才能变成鬼。”

“对，冤死鬼、屈死鬼那是最多了。”二花说，“就砍头这天半夜，还是那个裁缝铺的掌柜，就听着有人偷偷摸摸进了前头铺面。

“这掌柜心想：城里查乱党搜捕这么严，谁还敢来偷东西啊。何况一个裁缝铺，前不久才被官兵抢过一次，能有什么值得偷的。只要不进屋伤人，随便他闹腾吧。

“于是这掌柜的干脆就没管，蒙头接着睡。第二天大清早，这掌柜的就被外头嚷嚷的闹醒了。怎么回事啊？他出门循着声音过去一看，你猜怎么着！”

“这不能是诈尸了，来缝脑袋的吧？”华子问。

小猫们也窃窃私语起来。

“这故事要是砍头的来缝脑袋，那就落俗套了不是。这故事，奇就奇在这被缝的不是那个侠盗！是那喊官兵的棺材铺两口子！人就躺在菜市口，嗝了，可是那眼睛、嘴和耳朵，全都给缝上了！”

“哗——”小猫们吓得又是一阵叫唤，有几只吓得缩起了耳朵。

“裁缝铺的掌柜一看，就想起昨晚的事儿了，吓得两腿就软了。回店里铺面一看，那针线笸箩还在，就随手一翻看看少没少东西。谁知道啊，这一翻就发现这针不对劲。再一仔细看，那针全都变成金针了！”

“这指定是侠盗回魂，有恩报恩，有仇报仇来了！”华子说。

“那肯定啊，这人类的鬼故事，最后讲的都是这么个理儿。不做亏心事，不怕鬼叫门嘛！怎么样，这故事，带劲不！”

二花讲完，看听故事的小猫们有的还在后怕，甚是满意。不过他很快注意到，晓华歪着脑袋出神，似乎在思索着什么。

“晓华兄弟，您这是，还在咂摸那味儿吧？”华子看到晓华的表情，问道。

“二花兄，请问下，这故事，是从人类那传来的吗？”晓华问。

“这个，我也说不太好。宫里的小猫们都是从大猫那里听来的，一代代这么讲下来。这根儿在哪儿还真搞不清楚。不过这鬼故事嘛，只有人类才会编出来吓唬人类自己，咱猫族见多识广，根本不用编。”

晓华听二花儿说到这，又接着说：“那这个故事确实很奇怪。”

“到底哪里奇怪啊！”“是啊是啊！”旁边的小猫们又闹了起来。

“这故事发生在人类清朝。那个朝代对讲故事的都管得很严的，一句话说不好写不对，都有可能掉脑袋。那时候有个专门写鬼故事的人，写了几百个故事，都是神仙鬼怪。即便偶尔提到叛乱或改朝换代之类的，也是虚言一句带过。那个写几大家族衰败的，不是也添油加醋地搞成了什么石头转世、才子佳人吗。所以这个侠盗的故事里，讲了太平天国造反，还说了战事吃紧，又讲给官府报信的被鬼报复，窝藏侠盗的被报恩赏金，绝对不像清朝那个时候民间敢流传的东西。哪怕到了清末，人人都知道大清不行了，可谁要真敢坐在茶馆里头闲扯一句‘大清要完’，也要蹲两年大牢呢！”

“嗯，有道理。”二花说。

“而且还有几个更加可疑的地方：如果鬼来找棺材铺那户报仇还说得过去，给裁缝铺老板报恩就显得奇怪了。给裁缝铺老板送金针，这不是明显把他暴露出来了吗？人家看到尸体身上的针线活，难道不会首先怀疑近在咫尺的裁缝铺吗？官府不会搜查针线的来源吗？至于这个侠盗，在全城防备的情况下，还要独自一人去闹王府，不是很奇怪吗？他以前那么精明，却做出主动求死的行为？这不正常。”

“哎呀，还真是这个道理。”华子拍了下尾巴说。

“那这个故事是瞎编的啊！”“人类真没脑子！”小猫们叽叽喳喳议论起来。

“这倒并不是说，故事是瞎编的。”晓华接着说，“我怀疑，这故事背后有更深的隐情，编故事的人，可能很有点脑子。我记得按照人类当时的律法，如果真的是犯上作乱，甚至还要谋害亲王，应该判凌迟才对。但最后只判了枭首，说明最后案子的定性，不是叛乱，而是窃匪。很明显，带着火药去闹王府绝非求财，但是官府却故意按求财判了。”

“那这侠盗为什么要去王府呢？不为求财，那他白白送死，图个什么呢？”二花问。

“总不能跟现在有些人类一样，跑故宫来折腾事，就为了火一把，出个名儿吧？”华子抖了抖耳朵说。

“还真有可能是这样，”晓华说，“他去王府闹，很可能就是为了求名，让大家知道，有人敢刺杀大清王爷，这大清朝没那么了不起。甚至，我怀疑这人可能不一定是之前的侠盗。或者说，如果这个事情人类不是胡编出来，而是当年确有其事的话，那这个人肯定不是侠盗！”

“为什么这么说呢？”二花问。

“是呀，怎么会不是一个人？”“这不是侠盗的故事吗？”“怎么可以讲到一半换人呢？”小猫们叽叽喳喳起来。

晓华示意小猫们不要着急，又继续说：

“先说之前的侠盗吧。很明显，那个侠盗，或者说，可能是一伙儿人，劫富济贫，很明显不是寻常盗贼。他们偷了那些达官显贵的钱，发给穷人，目的只有一个：就是人心。以清朝末期的情况看，官府追查那么久，根本目的却只是给富人和权贵们追赃，让穷人少了一份期盼，这分明就是要把朝廷无能无德、民心尽失，暴露于天下嘛。”

“晓华兄弟，那你的意思是，这伙人其实是叛军乱党?”二花反问道。

“确实有这个可能。故事里提到太平天国，又提到南方战事吃紧，人心惶惶，那应该就是太平天国北上的时期。”

“这事儿我熟啊，”华子插话道，“旅游组的敖老爷子老讲这段啊：天国精锐北上伐清，直逼到天津附近，朝野震动，万民期盼。奈何世事弄人，只因援兵不济，败于僧格林沁铁骑冲杀之下。全军将士拼死抵抗，终于突围，然后转战……“

“行了，连宫里两个月大的小猫都会背了。”二花用尾巴拍了下华子的背，又接着问晓华，“那么这些人，是太平天国的人?”

“不能肯定，但确有可能。”晓华答道，“太平天国北上时，确实派遣过暗探渗透北京城，人数也不少。但是这些暗探，多数是干些侦察和传谣之类的工作，且不少人刚进城就被抓获，并没有什么太大的成果……何况那时候，好像也没有听说刺杀王爷的事儿啊。”

“这倒是。要说清朝末年，在这四九城里杀皇亲国戚的事儿，咱宫里猫族还不熟啊？也就是那个，叫康小八的吧？也不过是在外头斗殴，最后打死个贝勒爷。何况这事离天国那时候都过了几十年了。太平天国暗杀王爷的事儿，真没听说过。”

“我知道，太平天国在天津暗杀了东王爷呢!”一只小猫嚷道。

“哎哟我的小祖宗，那是天京，是南京呢，东王是他们天国自己人，那是闹内乱呢。”华子说道。

大小猫们都笑了起来。

“那这说起来，确实这鬼故事编造的部分很多。仔细对着历史一找，按照逻辑一推，到处都是漏洞。那又回到老问题了：你说这编故事的人，哦，或者说乱党，到底是图什么？太平天国没赢，所以余党找回点面子？”二花问道。

“编故事的肯定是清末乱党，但是，绝不会是太平天国那些。”晓华答道。

“嗯，这故事肯定是太平天国之后才有的，而且反清的意图这么强烈，流传的时候清朝应该还没亡。这样看来，只能是清朝最后那些年的事情了。那会儿闹得大的事情那可就多了，但是要说乱党……”二花说到这里，他看着晓华，突然猛地一下明白了。

“革命党！”二花和晓华一起说。

“等会儿着。革命党？这隔了几十年，八竿子打不着的，怎么就扯上关系了？”华子不解地问。

“管事讲课的时候，你又睡了吧？”二花说，“清末的革命党，不是老讲什么民族民生吗？不是也有反对大清统治的内容吗？这不是很像抢劫满人，再散财给汉人穷人的侠盗吗？而且革命党当年不是也在后海那边干过刺杀王爷的事？用的还就是炸弹，刺杀载沣嘛。好像是在甘水桥还是银锭桥吧？”

“应该是甘水桥，银锭桥下面那么深的水，想必也埋不了炸弹。”晓华说。

“对，这么一说，还真像那么回事……炸弹……麻雷子……看着像说天国，其实是在说革命党啊。”华子恍然大悟道。

“所以，我猜这个故事搞不好就是刺杀失败之后，革命党编造传开的。一来扩大影响争取人心，二来也是为了掩护自己人不被揭发吧——毕竟这故事的要点，落在揭发就会遭报应上了。”晓华说。

“应该就是这么回事。当时那几个革命党刺客的据点就在琉璃厂，那不就在菜市口边上吗。全对上了！”二花甩了甩尾巴说。

“那没必要再加上棺材铺老板得财的事吧？那闯王府的人和侠盗那伙人，到底是什么关系呢？故事里还是没交代。”华子锲而不舍地追问着。

“估计是事发紧急，顾不了周全。其实这故事我在宫外面都没怎么听过呢。菜市口砍头缝脑袋的鬼故事倒是有不少，流传也很广，估计是临时借来改编了一下吧？”晓华说。

“大概是。如果确实是那次刺杀失败后才传出来的，大清第二年就没了，民间没流传开也正常。咱宫里嘛，当年有专门收集民间谣言和传闻的机构，咱猫族不是就顺爪也拿来了。不过话说回来，很多人类的谣言什么的，本来就没什么逻辑的。”二花说。

“人类看起来倒是蛮聪明的，几句瞎话就能给骗住，真是可笑啊。”华子说。

“就是说鬼都是人编出来的……”

“本来就没有鬼！”

“脑袋掉了怎么可能自己去缝嘛！”

听到几只稍大的猫不一会儿就破解了故事背后的隐情，小猫们又议论起来。

“不过，可别小瞧人类的谣言。”晓华说，“先生曾经给我讲过，人类的谣言，往往是一种愿望的实现。人们渴望什么而不得，于是编造出谣言来自我满足。如果有人有相同的愿望，那就极其容易相信了。”

“嗯……确实。人类的谣言都是有目的的。”二花说。

“谣言、谎言，很多都没有逻辑，甚至压根不需要逻辑。因为很多时候，那只是一种宣传。宣传不需要逻辑，只需要你相信。”晓华感慨道。

“是啊，人类确实很可怕。他们可以把不存在的东西，甚至是假的东西拿出来摆弄。”二花说，“咱们宫里老猫们流传下来，当年皇宫里那些人类之间尔虞我诈的故事，也是充满了谎言和欺骗。”

“我不明白，为什么说谎就那么厉害？”一只小猫问。

“是啊，假的东西厉害了，那真的东西就不厉害了吗？”另一只小猫问。

“哎呀，小家伙们有点儿糊涂了呢。”二花笑着说。

“假的真不了，真的假不了。有人类说过，谎言可以在有些时候欺骗所有人，也可以永远欺骗一部分人，但绝不可能永远欺骗所有人，大概就是这个意思。”晓华说。

“不太懂……”

“有点儿不容易理解哦……”

“能不能举个例子啊？”

小猫们嘟囔着。

晓华甩了下尾巴，突然想到了一个有趣的例子，于是讲道：“你们知道，宫外头，南锣里白家那一窝吧？”

“当然知道喽，咱们宫里经常拿白家做反面教材呢。”华子说。

“知道！他们是大坏猫！”

“不像人也不像猫的大怪物！”

小猫们叫唤起来。

“那你们知道，这白家刚开始做坏事的时候，是怎么在胡同里说的吗？”晓华问。

“怎么说的啊？”

“难道他们会说自己是好猫？”

小猫们问道。

“他们用了一个特别简单的办法：不管人家说他们白家什么不好的话，他们从来不去解释和争论，而是一遍遍大喊：白家就是好啊就是好，就是好啊就是好！”晓华说。

小猫们听到那句口号，不禁愣起了神。

晓华看了看二花和华子，他们俩倒是马上会意，笑了起来。

突然，一只小猫笑着大喊起来：“就是好啊就是好！”

这一声仿佛打开了什么开关似的，小猫们不仅喊了起来，而且无师自通地开始演绎：

“睡懒觉就是好啊就是好，就是好啊就是好！”

“晒毛就是好啊就是好，就是好啊就是好！”

“黄皮子就是臭啊就是臭，就是臭啊就是臭！”

“哈哈哈！”

“踩奶就是好啊就是好！”

“哎呀，这可不太好……”

“就是好啊就是好！踩奶就是好！”

小猫们连蹦带跳地编造起口号来，喊得越来越大声，原本在院角睡觉的胖头不得不跑过来维持秩序。

二花喊华子去帮胖头管小猫，自己和晓华又继续聊起来，讲起宫里的各种事情。

快到晌午时，一只大猫过来通知，白管事和厉云正在和朝阳门过来的几只猫开会，让晓华吃过饭后休息一下，晚上参加夜间训练。

大猫走后，敬事房小院里的猫们便开始向故宫深处转移觅食。胖头走在前面开路，华子居中看护小猫，二花带着晓华殿后。

在小猫们排队上房的时候，二花悄悄对晓华说：

“咱宫里闭馆的时候，朝阳门那边都会有几只猫过来汇报的，不过一般管内务的管事们都不会参加。今天白管事也去了，看来人类那边有大事要发生。”

“朝阳门那边会有什么事呢？”晓华问。

“朝阳门东边是人类的使馆区，有好多窝猫盯着，侦察外国人类的动向。使馆区北边由工体那窝指挥，南边是日坛那窝负责。两边的猫族隔几天就派代表去朝阳门集结，然后从东四那边一路过来宫里。一般每周闭馆的日子都会来。”

“听起来和几十年前打仗的时候很像啊，宫里好像也是四处打探人类动向。”晓华说。

“是啊，那时候咱猫族真是过了段苦日子。四九城里能饿到咱猫族都快过不下去了，真是想象不出来人类惨成啥样。”二花说着，摇了摇头。

小猫们陆续上房后，二花带着晓华也翻上了房檐。

晓华站在屋顶上俯瞰四周——一片红墙金瓦。

“晚上风光更好呢，夜里训练的时候你就知道了！”二花说完，带着晓华翻过了屋脊。

当天晚上，晓华参加了猫生第一次故宫大猫窝的夜间训练——从复杂建筑环境中如何捕鼠开始。

11. 小院争执

11. 小院争执

11. 小院争执

这天中午，四奶奶还是和往常一样，抱着晓华坐在轮椅中，由陈姐推着从南锣鼓巷回来。拐进岔口时，院门口却站着一个中年男人。

晓华歪头看过去，只见这人小平头，山羊胡，一身运动装。看到四奶奶进来，这人马上迎过来喊："奶奶！"

四奶奶微微点了点头，没说什么，只是继续捋着晓华的毛。晓华眯眼看着这人，想起之前在院子里见过一两次，是四奶奶的孙子，叫胡要武。

陈姐略惊讶地打开院门，招呼道："小胡，你来了。"

"嗯。"胡要武应了一声，抢着把四奶奶推进小院，问道："奶奶，您身子骨还好吧？"

四奶奶又点了点头，只是这次闭上了眼睛。

胡要武见状，没有再说话，在院内板凳上继续坐了几分钟，便到厨房里看陈姐做饭。

陈姐看到他进来，赶忙说道："我给奶奶做个青菜肉末粥，一会儿就好。小胡你吃了没有？"

"肉末能消化得了吗？老人该吃清淡点吧？"胡要武没好气地应着。

"老年人要吃点肉，要不营养跟不上。你放心，我照顾这么多老人，都这么吃，好着呢！”

小胡没答话，又回到院子里坐下，问四奶奶：

“奶奶，您这缺不缺啥，要不再给您添点吃的用的？”

四奶奶摇了摇头，轻轻回了句：“不缺东西，都挺好的。”

“我觉得，您老还是别勤着挨外头颠儿了，又热，蚊子又多，过两天又该凉了。我给您屋里换个大液晶电视吧！再连上网，什么节目都有，比现在这个老彩电强多了！”

“我也看不大清了，都是用听的。这个就挺好。”四奶奶说着，摸了摸腿边放着的老式旋钮调频收音机。

“您这个忒老了，不赶趟儿了。给您换个电子的，锃光瓦亮，那声儿嘎嘣带脆！对了！再给您弄个手机，特智能那种，您就说找谁，自动拨号！那手机还能聊天呢！有问必答，讲得真真儿的！”

四奶奶没说话，继续摸着晓华的头，说：“这些猫也很会说话的。”

这时，仿佛应和一般，从轮椅旁边传来一声“喵”。胡要武低头一看，另一只三花大猫正蹲在那，看着自己。

“妈爷子，吓我一激灵。奶奶，猫能管什么事啊！真有点啥，这些东西是能打电话还是挨外头喊人哪。”

他见四奶奶没接话，便继续说下去：

“跟您说，我这不是刚摇上车号吗，马上就买车了，到时候接您到处逛去，多闲在啊！香山、圆明园、长城、十三陵，挨哪都行啊，转眼儿就到！您真别老窝在这儿了，太潮太阴了。”

“你忙你的，好好上班。”

“我那班儿不是晚上吗，白天闲着也闲着不是。嗐，您瞧，差点忘了说了。我现在新谈个对象，小惠，人特正经。我们俩现在搬到奥森公园边上，两居室大楼房，环境好得那是没二话啊！奥森里有山有水，不比这后海南锣差。奶奶，把您也接过去得了。小惠学护士的，伺候您老肯定尽心尽力，没跑儿！”

“四奶奶住这几十年了，哪舍得走啊。岁数大了不好搬来搬去的，老人都念旧。”陈姐这时候端着肉末粥出来，边走边说。

“我也是为自己个儿家人好。这么大岁数，一个老人，让外人管着，总不是个事儿吧。”胡要武扭过头说。

“老人啊，就怕动来动去的。现在奶奶生活规律，住到你们那儿去适应不了的。年轻人的习惯，老年人受不了。再说你上夜班，你对象医院里也要轮夜班，管不过来吧。”

“那您要这么说，我们白天过来伺候，晚上再走。”小胡又对四奶奶说，“奶奶，自己家里头人伺候，总比外人强。”

“这事儿跟你妹商量过了？”陈姐搅着肉末粥问。

“不关她的事儿。我是长孙。”

“这种事还是应该打个商量，要不……”

“您甭操这个心，犯不着去她那儿矫情。”

“哎哟，这都是你家里的事情，我好说什么……”

说着，陈姐给四奶奶一小口一小口地喂粥。胡要武则在小院里四处张望，探头探脑。他本想进北屋看看，结果不知何时来的一只大黄猫趴在门槛上，见他过去便低声吼了起来。他试着赶那猫走，那猫反而弓起背，更凶了。于是他撇了撇嘴，又去旁边屋里看了看——不过除了卫生间和杂物，也没什么特别的。

“您这老弄着这些猫，多闹腾啊。哪天这群畜生不开眼，再把您挠了咬了，那不都是事儿吗。”小胡转过头来说。

“这猫都养熟了，不碍事。有猫就没老鼠。”四奶奶说。

“要么说不如住楼房呢，没这么些个操心事儿。”

陈姐给四奶奶擦完嘴，推着轮椅进了北屋。胡要武正要跟着进去，小院的门开了，一个和他年纪相仿的女子拎着两个袋子走了进来——这是小院常客，四奶奶的孙女，胡美。

胡要武见到胡美愣了一下，胡美便先开口说：

“哟，什么风儿把我哥吹这来了，稀客啊。”

“哼，我可不像有些个，整天惦记往这踅摸。”胡要武冷冷地说。

陈姐听到声音出来一看，忙打招呼：“小妹来了！”又进屋和四奶奶说：“您孙女又来看您了！”

胡美走了两步站在院里，也冲北房喊道：“奶奶，我给您拿了一箱牛奶一袋米！”说完拎着东西进了厨房。

胡要武坐在小板凳上，跷起腿，撇着嘴，小声念着秧子。见胡美放下东西出来，他歪过头，吊着眼，问：

“你又跑来干吗？怎么兹要我一来，你也来？”

“我隔两天有空就来看奶奶，你问陈姐是不是，说得好像谁上赶着找你似的……”

“小胡你来得少不知道，小妹确实常来的。”陈姐从北屋出来，说着又到厨房里去收拾。

“是，她给你钱，你可不帮着她说话，哼！”胡要武小声念叨着，“就差说她天天挨这住了。”

陈姐进了屋没有听到，胡美坐在另一张板凳上，似乎听到了，却不搭理。

“本来我想先找奶奶问，不过今儿个你也在，就把话挑明了吧。”胡要武看着胡美说，“你昨儿个跟妈说的，是怎么个意思?”

“我就那么一说。这事咱回去弄，别在奶奶这儿添乱。”

“谁给谁添乱？我不管你在妈那儿瞎鼓秋倒腾啥玩意儿，这事儿奶奶不说，谁都不算!”

“我干吗了？妈跟你说什么了?”

“你干吗了？你干吗也得有商有量，有里有面吧？少瞎整事儿!”胡要武越说嗓门越大，最后那几个字，简直要喊出来了。

“你别混不吝在这逗闷子，回妈那儿说，别这闹!”胡美皱起眉，压低声音说。

“谁闹了？什么都挤对我，还我闹？我闹你大爷!”胡要武说着站了起来，一脚踹翻了板凳。那板凳翻了两圈，啪的一声撞到胡美腿上。

胡美往旁边一躲差点坐空，身子一歪，也顺势站了起来，瞪着眼说：“你少犯病……”

“我犯病？我今儿就犯个大的!”胡要武说着，便冲过去踹翻了胡美刚才坐的板凳。

“你们别吵啊，有话好好说……”陈姐从厨房里出来，正打算劝解，谁料却被胡要武劈头盖脸骂了回来：

“告儿你啊，你少掺和别人家事儿！她背地里你知道吗？你拿她的钱，给她说话，你损阴德你!”

“哎哟，这……”陈姐一时愣在那儿，不知道该怎么说。

胡美这时上去拉住了胡要武往院外扯。两人边扯边嚷着出了院门，在外面继续吵。

陈姐走到北屋，见四奶奶靠在轮椅上，怀里抱着三花小猫，闭着眼，也不知是睡是醒。陈姐不敢惊动四奶奶，只好轻轻关上门。

陈姐一转身，发现不知何时又来了几只猫。院里一时间成了大猫窝：大三花猫、玳瑁猫、黄猫，屋顶上还蹲着几只小一点的各色花猫。

“这些猫是怎么了，怪吓人的。”

陈姐心里毛毛的，转过身也出了院。她听外面闹得厉害，怕那两人在外面打起来。可出了院门，见那两人吵得急赤白脸的，又怕惹火上身，干脆回去把院门一掩，进厨房里做事了。

可掩上门又有什么用呢？小半条巷子的人都能听见这对兄妹在骂街。

“你哪儿不能上学！扯半天闲篇儿就是想占房！”

“那你去跟老太太说！她不是老辅仁的吗？她但凡把孩子办到北师大附小去我就不扯旁的事儿！”

“你找茬也不盘算盘算！那都哪辈子老黄历了！”

“我算不着！凭什么……“

“少跟这扯淡整没用的！我就告儿你，你孩子哪儿上学去我不管，你想吞这院儿就他妈不行！”

“是，是，都给您留着！就您有本事，整天挨酒吧里玩小妖精！你怎么不找个狐狸精，一块儿忽悠老太太把棺材本都塞你完事！”

“我在酒吧干怎么了？那叫正经营生！你就没歪心眼？就你丫的最他妈贼！”

“我行得正！买东西找阿姨上医院，连交水电费都是我！你才来过几回！我歪心眼？这是胡家孙辈的正经事儿！”

“你那叫管？你那叫全把自己手里头攥着不撒手！这房你占不着我告儿你！你孩子又不姓胡！”

“你不满意你也生去！你今天兹要是囫囵个儿地把姓胡的长房长孙抱来戳这儿，我分分钟麻利儿地滚蛋！”

“你丫欠不欠！你找抽你……“

“你抽不着！爸当年留那房，妈是不是给你结婚了？你白瞎了！你有脸吗你？你有脸要这边的房么你！”

“我为什么赔人家房子！人家老家过来两车人剁门的时候你挨哪儿呢！”

“是！你没在外头胡搞，你也没被人抓包是吧？你当年但凡敛着点……”

“那他妈是做局讹我！你再胡咧，大嘴巴列子我抽你丫……

“你有本事你抽，抽啊！谁也不欠你的！你自找的活该！你不找老四九大妞你就活该！你有本事弄去啊！你找个有房的去啊！你不是牛逼么你！你……”

“瞅你丫内贱样儿！你经适房不是骗来的！开了多少假证明！你假离婚再骗套两限房去啊！就知道惦记……”

“一码归一码，你少扣屎盆子！你自己把房糟践了少扯我！我没败祖宗家什，你他妈管不着我！你自己傻×鸟事儿秃噜到外头……”

“操！”

两人最后还是动起了手。

几个围观的街坊们报了警，事情闹到派出所，两人都被带走了。陈姐见外面安静下来，进北屋一看，只见四奶奶正坐在桌前收拾东西。几只猫围着她，或坐或卧。

听到陈姐开门的声音，四奶奶扭过头，说：

“陈姐，对不住您。”

“奶奶，你没事就好，我没什么。”

“我知道他们闹什么。为了这房子，对吧？”

“唉，什么都瞒不过……”

两人沉默了一会儿，四奶奶又说：

“我这个孙女，家在朝阳，说那边学校不好，想把娘俩户口都迁过来上学。”

“她又不上学，她迁过来干什么呀，孩子户口自己过来嘛。”

“孩子自己过来是重孙，可能上不了，排不上队。”

“那她户口过来就能排上队了？”

“她想做承租人。”

四奶奶话音刚落，陈姐就一个激灵，说道：“哎哟，难怪呀，那不是没小胡的份了吗？”

四奶奶没再应话，陈姐靠着门框也不再出声，只看着四奶奶用干瘪的小手，一点点收拾桌上的东西。

过了会儿，陈姐仿佛想起什么似的，又接着说道：“唉，要说胡要武也是，老大不小了，也不生个娃娃。我干了两年多，他对象都换了好几个，也不安安分分成个家。”

四奶奶依旧没答话，只是手里拿着东西，扶着桌边要站起来。陈姐见状赶紧走过去，把四奶奶扶到轮椅上。

“我这房子，当初交给国家，早就是公房。”四奶奶坐在轮椅上，招手唤小三花猫跳上来，边摸着小猫的头边说，“如果他们妈妈没改嫁，户口还在这儿，或许可以转给她。”

四奶奶闭上眼，停了停，接着说：“何况，建国也不是我亲生的，他们真要办，也未必走得通。”

“啊？他们父亲不是您亲儿子？”陈姐推着轮椅诧异地说。

“我一直一个人。建国是我收养的。”

“难怪一直没听您说过老伴。我有次问小妹，她也不愿意说。”

四奶奶并没接话，只是递给陈姐一叠杂物，说：

“陈姐，这些东西，麻烦您给烧了吧。”

“哎哟，奶奶，上次我烧了点垃圾就让街道社区说了，人家不让呢。”陈姐并没接过去。

“咱们就在院子里烧，不让他们看见。”

“院子里烧更容易着火。一会儿扔到门口就好了，环卫那些人会收走的。”

“陈姐，麻烦您了，”四奶奶看着陈姐说，“这是给我一个朋友的。打仗的时候，他把东西放在我这，没再见面，人大概早不在了。明天过盂兰盆节，别再等了。”说完，四奶奶又伸出手。

陈姐觉得再不拿也不合适，便接了过来，说：“那我晚上在院门口烧完了再走。”

“谢谢您了。”

陈姐把那叠东西拿到门口板凳上放好，随手又翻了翻，说：“奶奶，这些纸好烧，衣服鞋可烧不干净啊。”

“烧了吧。”

“这可容易着火，我找个火盆去。”

陈姐进了厨房，过了一会儿拿出一个早已破烂生锈的搪瓷脸盆，摆在墙根边上，摞上杂物，便又去忙活别的了。

四奶奶靠在轮椅里，抱着晓华，过了一会儿就睡着了。

晓华轻轻跳下来，跑到厉云和格格那边——他在四奶奶怀里时，就看到他们俩在交头接耳说着什么。不过晓华还未开口，厉云就先问：

“四奶奶要烧掉的那些东西，你都看清了吗？”

“有套旧衣服和鞋，还有些旧报纸、信、几张稿子。先生，奶奶要干吗呀？”

“大概是觉得要被她的‘好孙儿’搬家，先收拾一下吧。”格格笑着说，“你看这家里闹的，乱了好一阵呢。”

“那套衣服和鞋，四奶奶不是一直放在枕套里的吗？是宝贝吧？怎么说烧就烧呢？”晓华追问道。

“先别说衣服了，有篇很旧的诗稿，你看清楚了没有？”厉云又问。

“看清了，是首七绝，就是四奶奶以前老翻着看的那个。”

“记得内容吗？”

“嗯，记得：

风风雨雨龙摧日，

暮暮朝朝柳望槐。

万万千千花落去，

星星点点炬成灰。

这诗没题，而且……”

厉云和格格对看了一眼，格格便转身过去找黄爷了。

晓华不解地问：“先生，那些旧衣服旧报纸要烧，为什么带着这诗一起烧啊，写得不错，应该留着啊，要不我一会儿翻出来藏到……”

“这是四奶奶的心愿。顺其自然吧。”厉云转过头看着晓华说。

“顺其自然……”厉云又说了一遍，转过头，看了眼四奶奶，又对晓华说，“今天晚上，你跟着我。咱们走吧，先回格格那儿。”

说完，厉云转过身，一路跳上房顶，晓华紧跟在后。在屋檐上，厉云回头俯瞰了一眼小院，和格格、黄爷点了下头，便转身向西而去了。

这天傍晚，四奶奶要陈姐推着她在胡同里转了一圈，然后又去后海周围看了看。入夜时，格格窝提前一天举办了盂兰盆节拜月会，来的不仅有平日里时常走动的黄家几只主事猫，海居士，连北海和景山也都派了代表参加——虽然月亮还差一点才圆。

12. 北平夜嫁

12. 北平夜嫁

12. 北平夜嫁

赏月会在后半夜走向尾声，来访宾客纷纷和厉云作别。随后，厉云带着晓华沿院墙翻上屋顶，向东而去。众猫远远目送，直到两只猫沉入黑色的夜里。

晓华跟着厉云在屋脊上潜步快行，很快便过了婉容故居，不一会儿就到了四奶奶小院西侧。两只猫向南折去，一直走到帽儿胡同路北的一排屋脊上。

厉云蹲坐下来，晓华靠在他旁边。两只猫静静地，一言不发地看向在夜色中延伸着的胡同。

一阵微风吹来，轻轻撩起晓华背上的棕毛，让他略有凉意。这时，厉云对他说："一会儿你千万记住，不要出声，也不要乱动。"

"先生，会有事吗?"

"你不会有事的。"厉云微微笑了笑，"你还有很长的路要走。日出后，你去找格格，她都安排好了。"

"先生？……"

晓华才张口，就被一阵飞沙走石的狂风压得说不出话来。风很阴，很寒，晓华不由得缩起耳朵，闭紧眼睛，等着风势过去。

晓华不知等了多久，突然感到呼呼作响的风声变了音调，竟转成人类嘈杂的说笑声。他微微睁开眼，发现周遭已经完全变了样子，变成了一条他从未见过的胡同。

东边不远处现出一座小庙的轮廓，西边那些小楼也不见了，只有一片青砖灰瓦。他顺着声音看下去，只见身下变成了清水脊蛮子门，两侧还挂了几只灯笼，一些穿着旗袍和裙衫的妇人正进进出出。门外街面上，则三五成群地聚着一些穿西装和长衫的男子。他回过头，只见大杂院不见了，一套三进三出的四合院映在眼前，院内明亮的灯火中传出妇人们的嬉笑。

晓华不明白这到底是怎么一回事，瞪大了眼睛望着厉云。厉云没有说话，依旧稳稳坐着。晓华想起勿说勿动的嘱咐，便缩起爪子，团起身，紧紧靠在厉云身侧。

晓华感受着厉云呼吸的起伏，沉稳而平静，这让他稍稍感到安心，闭上了眼睛。他希望这一切像梦一样早些过去。但适得其反，闭眼后他的听觉反而更加灵敏了。大门旁恰好有三个人正在倚墙而谈，晓华便不得不一直听下去。

“齐掌柜，二十九军撤退，确有其事吗?”一个拄着拐杖、身穿青灰色长衫、戴着圆眼镜的长须老者问道。

“是真的，钱老师。我家老三才刚回来，说是真走了。宋委员长和很多大员都去保定了，街口上前两天才堆起来的沙袋也没了。”答话的齐掌柜是个身穿缎衫、短平头的中年人，话语中透着一股老北平生意人的诚恳和持重。

这时，一个穿着笔挺西装、腆着肚子、头发油亮的中年男人从墙边闪出身来，一边扇着纸扇，一边以一种久混官场的腔调接了茬儿：

“那必定是撤走了，要不然，能大半夜的来接人吗。齐掌柜，您看，这日本人是天一亮就要进城了吧?”

“哼，小日本!”钱老师不屑地说。

“唉，管先生，那日本兵前两天不是已经来了。从广安门进来，在牛街打了半天，还打死了咱们几个警察呢，唉。”齐掌柜应道。

“是啊，这都怎么放进城来的?听说还开了炮，把广安门的门板儿都打坏了!”管先生说。

三人无语。

沉默一会儿后，钱老师突然用拐杖杵了几下地，狠狠地说:

“最后关头，最后关头哟!怎么就弃城而走了呢!昨天不是还说丰台克复，通县反正，廊坊收复，北宁肃清，不是到处大捷吗?怎么一转眼，一转眼我们就做了亡国奴呢!难道大捷是假的吗?抗战也是假的吗?中国人为什么要骗中国人!”

钱老师话虽说完，喘息却依旧不能平复。

“钱老师，不是都说这张自忠将军还在和日本人谈判吗?就算谈不拢，”管先生四下看了看，小声说，“我听说，有几个要人正在组织维持治安会，这北平城不还是咱中国人管吗?”

“哼，那些个汉奸?刀俎鱼肉而已!”钱老师瞥了管先生一眼，哼道。

“钱老师，您看，这不管怎么说，日子还得照旧过不是。哪朝哪代不是这么过来的，管他是宣统还是昭和呢。我听说那日本人，最喜欢中国古代东西，他们都作旧诗啊，还喜欢画画啊，种花啊，这些您都会啊，全才!您看您，给那金息侯勘清史稿，才几个大洋啊，您真该运动运动，去给日本人……”

管先生话没说完，已经被钱老师双眼射来的寒光慑了回去。

“哎，这日子还得过嘛。再说您小儿子不是开汽车吗，难道过两天还敢不拉日本人……”

管先生一边自言自语，一边整理西服，却依然感觉浑身不自在，便又转头问：

“齐掌柜，您家老爷子这次存了几个月粮啊？三个月可不够吧？”

“家里头大儿媳管着呢，”齐先生应道，“可是最近这米面，也不好买。社会局、警察局不让涨价，可不涨价，大家都不愿意卖啊。”

“谁说不是呢。听说天津那边，码头上的面粉都五元一袋了。上海的面粉不给咱们运，说是怕资敌，结果叫中国人挨饿，这都叫什么事儿呢！”管先生说完摇了摇头。

“上海，听说日本人在那边也不安分哪。”齐掌柜说。

“天津、上海，如今铁路不通，电报也不通。北平早已经是一座孤城，唉。”钱先生闭上眼睛，叹了口气。

“就是说，样儿样儿不通，”管先生狠狠地扇了几下扇子，继续说，“真是与世隔绝呢！这以后啊，恐怕连报纸和电影也要没有啦！嘿，我太太和两个闺女还等看《三星伴月》呢，周璇演的。报上说啊，就快上映了，里面有一段歌舞，特别的……”

管先生话音未落，院子里的喧闹声突然大了起来，妇人们的笑声一阵阵传出来，惹得大门外的男士们不禁抬头张望。

“可惜啊，”钱老师说，“要不是赶上这个年月，本该风风光光出嫁的。”

“是啊，大晚上的突然就说要接了走，娘家人都不在，就她一个人。”齐掌柜说。

“这要不是街坊们帮衬啊，指不定什么样呢！”管先生接着说。

“唉，人家小姐，人也好，心也善，不能叫人家寒了心。”齐掌柜说。

“不过，她到底是什么来历呢？那一身气派，该是大户小姐才有的。她那些个亲戚，可是没有那种派头。他们真是一家人吗？”管先生有些狐疑地打探起来。

“咱们四邻里可没有包打听。”钱老师依旧闭着眼睛说。

“人家能从东北逃出来，那就英雄不问出处。再说这平日里，谁家孩子没人管，人家都给帮忙带，谁家缺把手，她都肯帮忙干，可没有小姐的架子。能娶到这样的媳妇，是好福气啊！”齐掌柜感慨道。

“她那个相好，就住后面吧？原本在报社写文章，怪不错呢，怎么突然去了二十九军学生训练团呢？”管先生依然不死心，便换个方向打探起来。

钱老师又哼了一声，齐掌柜则淡淡地说了句：“国难当头，年轻人投笔从戎，常有之事。”

“那训练团就在南苑柳营吧，听说昨天打得很激烈呢……”管先生又补了一句，这次却没有人搭理他了。

三个人听着院内欢声笑语，沉默了一会儿，还是管先生又开启了话头：

“这眼瞅着日本人就要进城了，国际上怎么就不管管呢？怎么不给好好调停呢？”

“国际调停，哼，他们连东交民巷的侨民都调停不过来！日本人从东北到察北，多少年了，调而不停，国际能管得成什么！”钱老师侧过头瞥了一眼说。

“不是都说，好些个友邦都很上心这事儿吗。那些个大使，三天两头去王宠惠外长那打听。”管先生又说。

“打听归打听，他们却不帮咱。法国说同情，英国说关心，能顶什么用呢。美国说严格中立，却私底下卖给日本人铁和油。苏俄在黑龙江被日本人打沉了炮艇，也不了了之。那德国、意大利，早和日本一个鼻孔出气儿了，更指不上嘛。”齐掌柜应道。

“洋人少造孽就积德了！看看那西班牙，给祸害成什么样子！”钱老师说。

“是呀，听说西班牙也打得紧，他们调停好久也没辙。”齐掌柜应道。

“对哟，我明白了！”管先生把纸扇啪地一叠，拍了拍手，继续说，“西班牙，那是他们家门口呢，都在忙那档子事，所以才顾不上咱这东洋。要不然，他们必定得来干涉。只要有那么几百个西洋兵往城门头楼一站，嘿，日本人必定不敢打了。”

听到管先生这番话，钱老师猛地用拐杖跺了下地，激动得全身都颤抖起来，哑着嗓子说：

“我中国有四万万五千万同胞，我们难道保卫不了自己吗！谁要他洋人来！叫他们来干什么！他们哪一次来有好事！”

“可您说，这香月司令前几天刚发了最后通牒，宋委员长就下令抵抗，喊的是响，结果呢？这前后脚儿连两天都不到，咱们的军队就全退走了。北平城里这百十万人，就说继续抵抗，拿什么打呢？那日本人，天上有飞机，海里有炮舰，地上跑的全是装甲车，咱们有什么呢？就算有心，也做不成事啊。好汉不吃眼前亏嘛，倒真不如……”

管先生看钱老师已经铁青了脸，便撇了撇嘴，没有继续说下去。

齐掌柜叹了口气，接过话头：

“依我看呢，这二十九军撤退，也未必就是不抗战了。咱们这北平城，如今虽说是边塞之地，但毕竟是几朝故都。城里这些个宝贝，可都是老祖宗留下的，受不起火光刀兵之灾。再说还有这么些个老幼妇孺逃不走，万一打进城来，伤及无辜啊。”

“唉，从东北到北平，以地事秦，哀而不鉴哪……”钱老师摇了摇头。

“钱老师，您也别伤心难过。您不是爱下棋吗，我看咱们这北平，就像那棋盘上一个角，丢了固然可惜，但下棋更要看全局啊。咱们这么广阔的河山，他日本国小人少，占得过来吗？只要咱们最后能赢，这北平城，迟早有光复的一天。”

“对，齐掌柜，是我老糊涂了！”说着，老人的眼中又重新燃起了希望。

“您二位说得高明之极。可光复之前，咱们怎么办呢？”管先生插话道。

“先别忘了自己是中国人！”钱老师愤愤地说。

“是这个理儿，以不变应万变，咱们该干什么干什么。”齐掌柜应道。

“我看哪，还是先找个太阳旗挂起来要紧。还得存些米面，煤是不是也该备上几千斤？这不也快立秋了么。”管先生转了转眼珠，又接着说，“尤其是煤，一准儿涨价。对，还有那些个铜铁家什，一准儿成稀罕货，可不能便宜给了打小鼓的……”

管先生于是自顾自地念叨起“生意经”来。一会儿是公债价格下跌该如何了，一会儿是黄河奖券以后怎么兑奖了，忽而又谈起上海纱布投机，说日本人来后棉纱必定紧俏，北平也该投机布料才是。

不过，无论管先生算计什么，其他两人却不再接话了。

不多时，突然有人轻轻喊了起来：“过来了，西边，来了嘿。”

晓华听到喊声，抬起头看向胡同西口：只见从远处的黑雾中恍出一队背枪扛刀的军人，旁边还有人拉着一辆洋车。

“还真来了。这城里黑灯瞎火的，就咱们这儿亮堂。日本飞机不会来投毒气弹吧。”管先生缩起头说。

钱老师并不搭理他。齐掌柜小声劝道：“一会儿老总们来了，您可别说这个。”

转眼间，队伍到了大院门口，十几个学生模样的年轻士兵聚拢在洋车旁，周围的街坊也三三两两围了过来。

一位年龄略长，在前头领队的汉子是这队士兵的长官，他拉过胸前扎了朵红花的年轻士兵说：

“感谢众位街坊，给我们这位弟兄办喜事！兄弟们谢谢大伙儿了！”

说完，这位长官和士兵们给街坊邻居们行了军礼。

“您客气！喜事总是要喜办嘛！这对新人，在咱们这胡同里谁不说好，都是有目共睹，有口皆碑。大家伙儿总不能亏待了他们。老朽祝二位百年好合，白头偕老！”钱老师说完，街坊们也纷纷祝贺起来。

这边道着喜，那边早已有人到院里去通报。在等新娘子的空当，胡同里的人们便和士兵们闲谈起来。

管先生往前走了两步，向带队的长官打听着：“老总们辛苦，辛苦。这一会儿接了新娘子，是挨哪儿去啊？”

“我们训练团的都是佟麟阁将军部下，接上人就去和将军会合了。”

“是是，这晚上出城的路不好走，您看要不要给兄弟们再预备点儿什么？”

“我们不出城。”

“啊？不出？那这是奔……”

“佟将军在柏林寺，我们自然也去那。”

“柏林寺？哦，在北新桥啊，倒是不远……那这城里的弟兄们，都去佟将军那会合吗?”

“赵登禹将军的人马都在南边龙泉寺。我们都从南苑来，进城后分散行事。”

“哦，龙泉寺，南城陶然亭西北边上……好，弟兄们都在就好，好……”

管先生打探了一番，得知二十九军竟还有一部在城内，可能不需要治安维持会了，身子便蜷缩了回去，最后的“好”字说得简直泄足了气。

这时，院子里突然热闹起来。

晓华在门楼上回头看去，只见一群女眷簇拥着一位罩着红盖头、身穿白色女学生裙衫的新娘子出了垂花门，三两步就到了大门口。

士兵们此时已列好队，在长官的命令下一起行了军礼。

年轻的士兵迎上去，在人们的哄闹中，正要掀起盖头。晓华伸头看下去，只见那年轻人慢慢掀起红布——四目相望，欲言又止。

就在这时，那新娘猛地跨出一步，扣住新郎的手——十指相交，两胸相贴。

刹那间，新娘的白色长衫上绽放出无数朵血红色的花——旋开的花瓣向四面伸张着，交叠着，覆满了全身上下。

“好!”有人吆喝起来。人们纷纷向这对新人贺喜。

“弟妹，仓促了些，大半夜的实在找不到轿子，委屈你了。咱们到了佟将军那儿，再请他主持，给你们拜天地。”长官说。

新娘点了点头，由新郎挽着向洋车走去时，似乎想起什么，突然停了下来。晓华正在好奇时，却看到那新娘刷地回过头，盯着自己所在的位置——盯着这门楼上。

晓华原本一直看不到新娘的正脸，这时却惊得所有的毛都奓了起来。那新娘不是别人，正是年轻时的四奶奶——和晓华在老相片里见过的面孔完全一样！

这时，胡同里的人们，也一起齐刷刷地看了过来。新郎、长官、钱老师、齐掌柜、管先生，一众街坊和士兵，不知道多少双眼睛都盯在这门楼上。

晓华脑子里“嗡”地一声响，又“轰”地一下炸开了锅，身上好像被压了无数块巨石，喘不出一丝气来。他想叫，却叫不出来；他想喊，喉咙却好像堵住了；他想转身跑，却感觉自己的身子不见了——确切地说，他发觉自己居然飞到了天上，正向下看着。

他看到门楼上有两只猫，一只是自己，另一只是厉云。只见厉云纵身从门楼上跳下，走到四奶奶身旁。四奶奶轻俯下身，把厉云抱起来，一起上了洋车。

士兵们列好队，在长官的带领下，簇拥在洋车旁，向东飘去。胡同里的街坊们也一个又一个地加入到这队列中。

突然，有声音喊了起来：“本家赏钱一百二十吊！”

晓华耳边不断传来“一百二十吊”的应和声，又看见那些人一个接一个地消失在夜色里。他不断地挣扎，突然感觉身子一沉，直直往下摔去，眼前一黑便不省猫事。

当清晨的阳光再次照亮胡同时，环卫工老王正在值早班。他骑着三轮车到帽儿胡同不一会儿，便被一只奇怪的三花小猫拦住了。这猫上蹿下跳，拦在车前大声叫着。

老王认得这是四奶奶家的猫。他常见老人家抱着这猫在胡同里晒太阳。他原本并不打算停车，却不想这猫竟追上来，还用爪子勾住他的裤腿往边上扯。

老王心里一怔，便下了车，跟着那猫进了岔口，来到四奶奶的小院前。他轻轻一碰院门，竟然没有锁，“哗”一声开了。

片刻之后，岔口外已经停了一辆救护车和两辆警车。

是日农历七月十五，盂兰盆节，清晨。

四奶奶走了。厉云，也走了。

13. 二次猫会

13. 二次猫会

13. 二次猫会

四奶奶去世的消息很快传遍了四邻。不消说，胡家兄妹俩动心思的小院是肯定到不了手了，这是板上钉钉的。

不过对于猫族，尤其是白家来说，最大的问题是厉云没有露面。

四奶奶去世当天，白家便派猫向厉云慰问，却被告知厉云目前不便见客。隔日又去，却说厉云外出了。这是厉云走前便安排好的——除了对黄家和后海两窝的主事猫透露实情，并密报宫里之外，对其他猫窝均秘而不宣，让白家自己去猜。猜久了，白家必然按捺不住，便要开始行动，这时便可以见招拆招了。

白三爷果然四处打探。不论是从周边猫窝传出的流言蜚语，还是从他自己的观察推测，他都认为厉云肯定出了什么变故。但到底是什么程度的变故，他却拿不准。

事情过去快一周，依旧没有厉云踪影，而其他猫窝打探来的消息也显示他并未在周边出现。白家窝里都认为厉云非死即伤，但白三爷却依然有顾虑，唯恐这是个圈套——万一是反唱空城计呢？他反复思量，认为还是应该缜密计划，小心行事。

于是白家召集交道口南大街东边交好的猫窝商讨对策，最终决定找个借口，先引格格和黄家出动，然后再一起清理两个猫窝。

正巧，这时人类又开始了新一轮的腾退改建工作，在胡同里四处张贴告示，准备新一轮动迁。白三爷便决定，借机再开一次南锣猫族大会，明为共同商讨对策，实则探听格格窝虚实。

会议召开地点定在中戏本部花园，和上次小猫聚会一致，只是时间改为深夜，以避免人类干扰。参会的猫窝，白家比照上次，依旧邀请格格窝、黄家，以及后海广化寺的海居士，另外以腾退区域接近交道口为由，又添上了府学那一窝。

会议召开当晚，黄家临时推托没有去，海居士带了几只身手矫健的年轻猫前来，而格格窝的主要角色几乎倾巢而出：格格、黄爷和虎妞三只大猫，以及晓华——名义上作为厉云的代表，再加上几只护卫猫。

白三爷见到这样的阵势，嘴上说着好听的，心里却落定了八九分。他派去探查的侦察队已经汇报了玉河周边的情况：桂爷主持格格窝的防御，并以招待为名留下了一队广化寺过来的护卫猫监视方砖厂胡同，此外还有黄家的一个分队埋伏在三岔口附近协防。而黄家则把主要队伍拉到玉河西岸埋伏，紧盯对岸动向。

双方都明白，今晚便是亮爪的日子，并且都希望对方先把胡子探进洞里，然后在后面狠狠地给上一击。

会议由府学猫窝的一个管事主持，内容相当乏味，毕竟没有猫真的把心思放在人类活动上。双方在话语间反复试探，试图找到对方的破绽。

月上天顶，两边在口舌之争上都没有占到什么便宜，气氛却十分紧张。或许是都怕自己这方控制不住，先出爪而失去道义名分，于是两边便商议暂时休会，小歇后再继续过招。

这时，白二小姐走到晓华边上，笑着说：

“晓华兄弟，你方便过来看下人类新弄的花吗？我想摘几朵布置下睡觉的地方，可是我们窝儿这些大老粗都搞不懂。”

“人类种在花园里的，想必不会有问题吧？”晓华并未直接回答，而以反问做了回复。

“也不远，就这花园边上，那边，”白二小姐往花园东边撇了下头，“那边新摆了几排花盆，我看怪漂亮的，可是又认不准。唉，我上次就是吃了人类的亏，真是后怕得不行。我这才疏学浅的，没猫帮忙真是不容易啊。”

晓华被她这样一点，也想起了之前小猫聚会后的闹剧。因为当时没能及时照应，晓华心里确实隐隐有点儿愧疚。不过局面正紧张的时候，他也不敢擅自做主和白二小姐行动，便想先请示下格格。

他张望了一下，只见格格正和海居士在花园边上讨论事情，而白二小姐正瞪着眼睛等着回话。于是晓华便和黄爷打了个招呼，跟白二小姐走到灌木丛外侧。

“你看，我也搞不懂人类弄的这些花草。万一又有什么奇怪的品种，搞出问题可就不好了。”白二小姐说。

晓华看了看那几排花盆，不过是些寻常的观赏花：串儿红、月季、吊兰、葵花，还有几盆尚未开放的菊花。

“都是些常见的观赏花，应该不会有事。”晓华对白二小姐说完，便转身要走。

“晓华！”白二小姐突然伸出爪子，扯住晓华的肩膀说，“上次让你看笑话了，其实我平时不是那样的……”

“意外嘛，常有的。”晓华随便敷衍了一句，便打算回到花园里。

“你……其实，你也能懂我的意思吧？”白二小姐急忙说，“你觉得怎么样，厉云先生不反对吧？”

“我们也就是半大猫，比小猫们强不了多少，不着急这种事吧。”晓华见白二小姐挑明了，便很直接地堵了回去。

“咱们还小吗？你看那些……唉，其实，如果厉云先生今天来了，我爷爷是打算正式提亲的。”

“是吗？”晓华随口应了一声，却并没打算停下脚步。

“你不喜欢我吗？你不喜欢中戏这么好的地方？”白二小姐上前两步，贴到晓华身边追问道，“你是豆角25号的，我是东棉花22号的，都是中戏宿舍，说到底咱们也算一个大窝儿。”

“如果我们是人类，大概可以算一窝。”晓华侧过身，往后缩了缩，继续说，“可我们不是。”

“晓华，其实，我真的挺喜欢你的，真的，”白二小姐说，“我知道我爷爷是有点儿混，可那都是老一辈的恩怨了，咱们年轻一辈何必……”

“快开会了，咱们还是回去吧。”说着，晓华转身便走。

白二小姐一愣神，又冷冷地笑了：“行吧，那就当我没提过这事。借光了您！”

说完，白二小姐便大步抢到晓华前面。晓华不想继续和她犯冲，便缓了两步。

没想到，晓华的步子才缓下来，白二小姐猛地一俯身，整只猫扑到他身下，大喊起来：“非礼了，来猫啊！”

晓华在慌乱中试图挣扎，白二小姐却死死揪住他，恶狠狠地说：“让你活鼠不吃吃死鼠！姑奶奶我就没有找不回来的场子！”

两只猫正在纠缠间，花园里的猫群已经赶了过来。打头的几只猫才转过花园旁的灌木丛，就看见白二小姐和晓华正扭作一团。

见到有猫来了，白二小姐猛地把晓华一推，闪到一旁，趴在地上又嚎又哭起来。晓华呆坐在花盆之间，一动不动地看着大伙。

格格仗着腿脚快，抢在白三爷前面出了花园。她横扫了一眼，便径直冲到晓华面前，大声喝道："说了多少次，你们小年轻的有话好好说，一言不合动爪打猫算什么本事！"

说完，格格一爪子狠狠拍到晓华脑门上。

白三爷后脚出了花园，只见格格在训斥晓华，而自己的宝贝孙女却趴在地上哭。白二小姐原本正斜着眼睛边哭边瞅，看到靠山来了，便直冲到白三爷怀里嚎起来：

"爷爷，你得给我做主啊！我可没脸见猫了！活不下去了！"

"这八横一纵的地界，哪个敢欺负你！啊！爷爷给你做主！"

"他……"白二小姐边说边看向晓华，"本来我喊他赏花，可他……他就……就对我……"说到这里，白二小姐又嚎了起来。

"白三爷，您看这小猫之间哪有不打打闹闹的，"格格不等白二小姐说完，便抢先对白三爷说，"我管束不严，先给小姐赔个不是，让晓华当面认错！"

"格格，这可不像是小猫儿拉拉扯扯吧！"白三爷狠狠拍了几下尾巴说，"自古以来，啊，公母有别，在我白家地界上如此乱来，到底有没有……"

"三爷，您先消消气，"海居士走过来说，"都知道您三爷家大业大面子大，又关系到小姐，您还是要三思而行啊。就算真是您想的那样，咱们猫族自古以来，都有'小猫自作亲，老猫皆不论'的说法。两个小辈，即便真的是一时冲动，还是以疏导为宜。"

白三爷见海居士这样说，便吩咐一旁的管事猫先带哭哭啼啼的白二小姐回去。这边，格格也把晓华拉起来，让黄爷看管住。

白三爷见白二小姐走远了，又说：

“格格，晓华虽然算是你窝的猫，啊，可毕竟还是云兄带着的。两个小辈这样闹了一场，想必也不是没有意思，啊，只是年纪还小，不会相处罢了。干脆，我明天就找云兄提亲！啊，还请格格你到时候做个见证，免得传出去让外面看了两家的笑话！”

“哎哟，白三爷，您这怎么让晓华担得起啊！他这年岁比二小姐还小，嘴边的毛都没长齐呢，怎么敢配您的爪心肉啊！”格格赶忙推却起来。

“这您甭操心，啊，我自然会跟云兄谈妥的！”白三爷依然不依不饶赶着话。

“三爷，要我说呢，这俩孩子要真是自己开了头，咱们长辈不如就按老规矩，让他们自己发展。等他们自己定下来，咱们再谈不迟。”格格赔着笑说。

“格格，这我就不乐意了。啊，长辈不论？那都是没猫窝儿的东西才干的事儿！白家孙女，啊，云兄高徒，学他们，成何体统！”

“三爷，”海居士赶忙说，“我看格格的意思是说，二小姐现在情绪激动，两家如果急忙定了亲，万一她又闹情绪，这不是也不好嘛。要不等二小姐心情平静了再……”

“那您的意思，我孙女吃了亏，啊，就没猫负责了！”

“这不是都还小嘛，何必……”

海居士话才说到一半，又被白三爷堵了回去：

“那咱今儿个就不说俩小辈的事儿，啊，就当我找云兄讨教个说法，行不行！我就要问问，啊，宫里是不是有这样的规矩！他徒弟是打哪儿学来这些玩意儿的！谁都别拦着！谁拦着我，啊，就是与我白家为敌！天一亮我就要去！”

海居士还要劝白三爷，格格却把嗓子一立，凌厉地说：

“白三爷，您非要上电杆走电线，说晓华怎么怎么样了，就不合适了吧。什么叫占了您家小丫头片子的便宜？那小丫头自己心里头，难道就没个数吗？”

“绣球，给你三分面儿你就不知道自己是什么了！啊！你把话给我说清楚！说清楚！什么数！啊！我孙女该有什么数！”

白三爷大喊起来，激动得连耳朵都缩回去大半。

格格看着白三爷，一字一顿地说：“什么猫扑什么鸟。真当大家伙儿不知道，您那小孙女，什——么——德——行——呢？”

“你说什么！”白三爷狂叫起来。

格格并不理会他，继续呛道：

“她连路边一只公狗都能放开了串儿，如今反倒怕起猫来了！故——意——的吧！”

格格把“故意”那两个字，说得特别重。

“好你个绣球！啊！我现在就找厉云！现在就去！啊！这会不开了！没法开！”

白三爷喊着，尾巴一立，便要带着身后一群猫向中戏校门奔。海居士见状连忙拉住白三爷劝着，格格却板着脸继续说：

“我看您本来也不是想开会。不过厉云先生今儿个不在，改日再说吧。”

“啊！那你说他上哪儿了！他在哪儿我就去哪儿找！你今天必须把他交出来！”白三爷依旧不依不饶，根本不理会海居士的劝解。

“厉云先生怎么说也是宫里的猫，他去哪儿，好像不挨您的事儿吧。”格格说。

“怎么不关我事儿！啊！他的徒弟动了我的孙女，怎么不关我事儿！你说他在哪儿！啊！今天必须有个交代！”

格格瞪着白三爷，冷笑一声，说：“哟，那要是先生刚好回宫里，您还打算带着这么一大窝儿，去神武门外头，拍紫禁城的门板儿么？”

白三爷听了这话，愣了一下神，转而胡子都气歪了。他不甘心被格格堵住，刚要张口找回面子，又被格格抢了话：

“白三爷，今儿个我们就先回去。等先生回来了，自然会知会您一声，到时候再谈吧。”

格格说完，便转身推着晓华要走，海居士见状也赶忙告辞。

白三爷这时突然大叫一声：“谁敢走！”

话音刚落，周围一群白家的猫便把来客团团围了起来。

“怎么着，你还敢学人类，摆鸿门宴么！告儿你，少拿人类那套吓唬猫！”

格格厉声喝着，把晓华挡到身后，黄爷则抢上一步挡在格格和海居士前面，双方眼看就要大干一场。

这时，一直旁观的府学窝管事凑到白三爷身边低声说了几句。白三爷点了点头，便又说道：“这样吧，给个痛快话，厉云哪天在，把日子就定下来，账一起算，今儿个就先过去了！”

“这是你我两窝的事儿，别扯上旁的，你让海居士他们先走。”格格冷静地说。

白三爷略一思索，向几个带队的领头猫点了点头，于是围住海居士的那群猫散开了。

“格格，现在是机会。”海居士低声对格格暗语道。

“您先走，我有办法。”

海居士见格格似有盘算，便不再多言，带着自己窝的几只猫撤出了花园，候在操场边上观望。

“厉云先生两三天就回，最迟不过四五天，我们窝里也要和他再商量下，我看就定七天后吧。”格格见海居士出了包围圈，对白三爷说。

“七天？耗子都晒干了！啊，你要七天后再拖着呢？不行！”

“您又不是不知道，厉云先生每次出去都没个准日子。或许今儿在这儿，明儿个在那儿，我也不知道他当下在哪儿。您要想立马解决，也不是不能去四处找找，只要您不怕这事传得全北京城尽猫皆知，您随便。我看啊，您还是先回去自己窝里头，把事情问明白了再说。别真见了先生，反倒成了您要赔不是。”

白三爷听了，龇着牙正要发作，府学那窝的管事猫开口说：

“格格，咱四九城里，谁不知道您是个顶明白的窝主。我这旁观者清，就说句公道话：这两个小辈之间的问题，换做寻常路边猫，本也不是什么大事。但毕竟一个是大户窝主千金，一个是宫里名师高徒，又在咱们这几百年传承的八横一纵里。事情传出去，坏的是咱老四九的脸面。俗话说毛长蚤多，白三爷和厉云先生还是尽快调解的好，您总挡着也不合适。要是两个小辈才猫佳咪固然最好，若实在有缘无分，只要把话说开，冰释前嫌，成为一段佳话也未可知。我看您也不用再推脱了，还是一切从速吧。”

“对！遇事就躲，没这个规矩！啊，是狸是猫，总得拉出来遛遛！就快定下来吧！”白三爷也跟着说。

格格甩了甩尾巴，说：“我定了日子您又不肯，那您说几天吧！”

白三爷伸爪捋了捋胡子，说："三天。一天不能多！"

"行，那就三天。"

格格说完，转身就要走，却又被白三爷喊住。

"你就不问问在哪儿谈吗！"

"还能在哪？您喜欢哪儿就是哪儿，到时候您派猫说一声就结了。"格格回过头说。

"绣球，你真当我老糊涂了呢！啊，你以为我不知道你和黄家搞的那些破事！厉云今天不来，啊，到底是不想来，还是不能来！你三天后交不出猫，啊，没你的好果子！"

格格并不搭理白三爷，转过身接着走，但白家的猫却并不让路。格格回过身见白三爷阴着脸，便索性直逼上前，走到离白三爷仅两步的地方。几只白家猫立刻围上来，正要堵住格格，白三爷却示意他们让开，对格格说：

"我倒要看看你现在还能叫出什么调子！"

"我倒是听出来，你们叫的哪个调子。你们今天就是找不痛快的，还有什么，都一起招呼上来吧。"格格轻蔑地说着，爪子却在下面微微伸开，接着又骂道，"你们爷孙俩就没一个好东西！"

"哼，别以为我不知道，啊，"白三爷边说边瞪大了眼睛，"你和黄家联手想搞我。厉云一向阻挠你们，所以你们……"

说到这里，白三爷突然大吼起来：

"就把他，害——死——啦！"

话音未落，格格已经猛地抡出爪子扑了上去。白三爷往旁边一闪，躲开了正脸，脖子上却被抓出两道大口子，顿时歪了下去。

格格趁着群猫这一刹那间的慌乱，一闪身退回来，赶着晓华便跑。

黄爷和虎妞带着几只猫挡在格格身后，对付围堵过来的追猫。

白三爷缓过神，瘫在地上，捂着脖子大叫："这是要杀猫灭口啊！弄死他们！弄死他们！"

不过这时，黄爷和虎妞带着几只猫已经且打且退，一起出了花园，至于格格、晓华和海居士一行，早跑没影了。

格格他们沿着帽儿胡同向西飞奔，一路上不断有白家的猫试图拦截。但格格和晓华混在海居士的队伍里，白家的猫最终没敢动爪，只尾随到三岔口，便被黄家埋伏的小队堵回去了。

格格带着众猫回到家属院，便吩咐桂爷带了一队猫出去接应黄爷，随后跳上车棚里一辆电动车的坐垫上休息。

晓华看着格格，感觉自己闯了大祸，走过去说：

"格格，今天都是我的错……"

听到晓华这么说，格格突然笑了起来。海居士拍了下晓华说：

"晓华，还好今天他们是找你的茬儿。云兄早知道白家要发难，所以提前布置了好几个计划。从你这下爪，已经是最容易对付的。"

"我看，白家也没有完全掌握实情，所以只敢利用你来试探。"格格说，"剩下的事，就好办了。晓华，你要出趟远门了。"

"我都听您的。"晓华低着头说。

"你别怕，"格格继续说，"厉云先生原本也是要你出去修行的，还嘱咐过，如果白家找你麻烦，就提前实行。海居士，您看，这又要麻烦您了。"

"格格，您放心，"海居士坐起来说，"能给云兄实现最后的心愿，我也安心了。晓华，明天一早就送你去北师大，当年云兄修行的地方。"

"那边有厉云先生的同门，早都安排好了，会全程照应你的。"格格说，“你安心修行便是，胡同里这点儿小事，你完全不用放在心上。”

既然晓华的行程已定，海居士便先派猫回去安排。

这时，黄爷和虎妞也带着护卫猫回来了。断后的众猫身上都有伤，不过并无大碍。

格格跳下来查看大伙伤势，又安慰起来。

黄爷哈哈一笑，说：“还以为他白家多厉害，结果全是不中用的货！”

虎妞也舔着爪子说：“是呢，先前他们或许有点儿本事，如今整天在南锣鼓巷胡吃海塞，都成软脚耗子了！瞅瞅，一爪子拍上去油腻腻的，烤串、丸子、炸奶糕，什么都有！”

听了他俩的话，大伙一起笑了起来。

不一会儿，桂爷又派猫回来送信，说白家的猫已经全被驱赶回去，今夜不会再有问题。于是格格又和海居士讨论晓华修行的细节。

后半夜，黄大姐带着几只猫赶了过来，见格格窝里没出大事，便派带来的猫去外面一起盯梢了。她听说晓华要走，又过去和晓华聊了一阵。

晓华和窝里的猫们辞行后，便跟着海居士一起向后海奔去。海居士带着晓华穿过后门桥，一路回到广化寺里略作休息。

在寺里，海居士带着晓华跳上当日和厉云一起作诗的大殿顶上，讲了不少年轻时和厉云一起闯荡的往事。

“那时候，这后海还没怎么开发起来，确是清修之处啊。不像如今，缩到这庙里都断不了尘世纷扰。”海居士说完，叹了口气，又对晓华说，“晓华，云兄这一脉，就只有你一个孤苗，你可不能让他失望啊。”

“我会努力继承厉云先生的志向，努力修行，不丢他的脸！”晓华说。

“哈哈哈，继承云兄……”海居士笑道，“那你说说，你打算继承他什么呢？”

晓华被问住了。厉云的学识固然极好，但他为猫之道也很优秀，运筹谋划亦颇为在行，更不说从宫里传下的一身功夫。这么多到底哪个最值得继承呢？该从哪里开始继承呢？

晓华脑子里想了几圈，却不知嘴上该说什么。

海居士拍了拍晓华的头，说：“走好你自己的路，就是对云兄最好的继承。”

“自己的路？”晓华不解地问。

“他就走出了自己的路。这就是他留给你最重要的东西。”

晓华想着“自己的路”这几个字，看着月亮，陷入了沉思。

寺里和尚将要起床作早课时，海居士叫来管事老黑，带着晓华一起出了寺门，沿着后海北沿向西而去。

14. 投奔北师

14. 投奔北师 14. 投奔北师

海居士带着晓华一路奔到积水潭桥，再向北穿过马路来到新街口外大街西侧，便和晓华作别。他嘱咐晓华不必担心，安心修行，就沿着北护城河向西，去“会个老先生”了。

晓华很好奇——是什么样的“老先生”比海居士还年长，值得他这把年纪还要亲自前往。老黑看出晓华的疑惑，便在走出不远后，对晓华解释起来：

“老居士不是去见猫，是去祭拜一个人类，舒先生。当年这一带是个湖，太平湖。半个世纪前，那先生就是在今天，在这湖里没的。老居士祖上受过他的照顾，所以几代猫都坚持在每年这一天，去祭拜一下。”

“难怪海居士要这么早赶着过去。”晓华说。

“赶早不赶晚嘛。何况那先生挺有学问，和猫族关系不错。传说他还去过外星猫城，见过外星猫族呢！也不知道真的假的，神得很！”

晓华从没听说外星球还有猫，但又不想扫了黑管事的兴致，便转而问道：

“黑管事，那些有学问的人类，都喜欢咱们猫族吗？”

“这我可不敢说都喜欢，因为也有不喜欢的。你去师大就知道了，那边有个人类大文学家，自称‘猫敌’，会用飞石打猫呢。但是他这种算少见的，一般文化人，和咱们猫族交好的，大约还是占多数吧？”

两只猫一路聊着向北行进，很快到了小西天路口牌楼下面。

“这牌楼可真高，看着都眼晕。”老黑说。

“我在雨儿胡同口也见过类似的牌楼，不过要小得多。”

“嘿，那可不，这个可是大马路口的牌楼！”

晓华端详着小西天牌楼——二柱三间三楼不出头式，横跨东西走向的文慧园路东口南北。牌楼两侧匾额均为蓝底金字，东侧书“小西天”，西侧书“太平盛世”；通体以金龙和玺彩画作饰，两侧雀替绘卷草纹，中二柱为悬空垂花柱；又作庑殿顶，两侧斗拱三跳，中间五跳，顶覆金色琉璃瓦，坐三只脊兽。

“这确实比雨儿胡同那个单间一楼旋子画的牌楼气派多了……”

晓华正自言自语，老黑已经在路对面招呼他了。晓华赶忙穿过空荡的马路，老黑又给他介绍说：

“把角这儿是个电影院，每年都搞大学生电影节；西边下去是一大片小区，一直到路尽头高架桥的地方有个枫蓝大厦，里面玩的吃的可多了。”

两只猫继续向北走，不一会儿又来到一个大院门口，有几个穿制服的人类在站岗，而岗楼拐角处则趴着一只大花猫。看到晓华和老黑一行经过，大花猫站起来冲他们点了点头。晓华跟着老黑一起回了礼，随后瞅准无人无车的空当，快速蹿到了另一边。

“这里头是人类的管制区，有不少人类队伍。那窝猫耳濡目染，成了这一片最能打的，别惹他们。当年厉云先生在这边的时候，都不惹他们的。”

老黑嘱咐完，晓华忙点了点头。两只猫继续向北，经过一排小店之后，终于到了学院路东口。

此时天色已经渐亮，上早班的人们开始出行，更有拎包拖箱的学生聚集在路口等着过街。两只猫蹲在路边便道灌木丛后面，等待机会。

“记住这个路口的大厦，”老黑对晓华说，“这是京师大厦，位置就在北师大东南角，是这附近的地标。要是你出来溜达找不到路了，冲着它走就能回校。”

晓华看着对面那栋浅咖色的大楼，点了点头。

“接你的猫就在对面，哎？怎么回事……”

晓华顺着老黑的眼光看过去，只见一只黑白相间的母猫正蹲在京师大厦南侧铁栅栏里，冲他们摇着尾巴。

“之前回话说的是老黄来接啊……咋回事……绿灯了，咱先过去吧。”老黑带着晓华瞅准空当，从人群中蹿过路口，飞奔到京师大厦，从铁栅栏缝隙间钻了进去。

“欢迎来北师大哟！你们可真会挑日子，跟着人类新生一起来！”

晓华顺着声音看过去，只见刚才那只黑白猫迎了上来，年岁似乎和自己相仿。

“老黄呢？不是说他来接吗？”老黑向四处看了看，又转过头问道：“那个……您是？”

黑白花母猫一愣，反问道：“黑叔？您真不记得我了？”说完，她侧过来拉长身子，露出密密的白底黑菱花纹——好似蟒蛇一般的纹路。

“噢，你是教授家的小蛇丫头！”老黑恍然大悟道，“去年见你的时候，那纹还没长开呢，我说看着眼熟……”

“哎哟，黑叔，您别叫人家小名儿啦，”那母猫转正身子说道，“咱现在叫派森了，够洋气吧！”

“啥森？这哪国的名儿啊？咱只会念点梵文经，别的可都不灵光。”老黑回道。

“是英文啦，蟒蛇的意思，我找了个人类博士给起的呢，配咱这花儿多地道，多有味儿！”

派森又笑着用眼角柔柔地瞥了晓华一眼，上下打量着，说：“晓华吧？厉云先生和我爷爷当年是同窗，你在这里的一切就都归我们负责了！”

晓华忙应道：“给您添麻烦了！请多关照！”

“哪儿的话啊，真见外。这是你先生窝，也就是你窝。”派森说着，走向晓华，“你岁数不大吧，我这瞅着，比我还小点呢。”

派森走到晓华身边，在他后脖子闻了闻，激得晓华本能地缩了一下头。

“老黄到底啥情况啊，他这不露面怎么让你来了。”老黑说着又往远处瞅了瞅。

“这不是今天又开大南门了吗，一年一度的，实在忙不过来。接个猫这种事何必劳烦他呢，他接了还不是交给我，我就自个儿来了，这不是更省事！”

“那也行，小……森丫头，我这就算完成任务了。麻烦你给老黄带个好，老居士也托我给教授带个吉祥，我这就撤了。”老黑说着转过身，准备钻出去。

“不再待会儿了，黑叔？今儿个人类新生报到，连着社团招新，可热闹呢！”

“不了，我还得去接老居士呢，他又去太平湖了。再过会儿人车都出来，街上一乱，我不太放心他一只猫。”

“行，那我不留您了。麻烦您也给居士爷爷带个好，还有庙里老少爷们，还有格格，让她放心！”

“黑叔谢谢您，您慢走！”晓华也赶忙和黑叔作别。

“得嘞！保重！”老黑一转眼钻出栅栏，趁着绿灯蹿了出去。

老黑走后，栅栏边就剩下两只猫。派森转过头看着晓华，笑了笑，说：“今天你可是贵宾啦！按理应该给你好好接风洗尘的。不过不赶巧，大家都去迎新了，忙着给新来的人类学生留个好印象呢！所以咱们就把那些省了，跟我去见我家老祖宗吧！”

“谢谢您！派森小姐！”

“都说了这是你家了，还这么客气干吗。你就叫我森姐好了，咱们姐弟相称！好不好，晓弟弟？”说完，派森嘻嘻地笑了起来。

“嗯……嗯……”晓华被这么一喊，脸上有点儿挂不住，低了下头。

“哈，不跟你闹了，”派森伸出爪按了下晓华的鼻子，接着说，“走吧，晓华弟弟，见我爷爷去，他和厉云先生当年特别好。在这边修行的事，他一早都安排好了，就等你来呢。”

派森带着晓华沿京师大厦一路向西，到大厦和校园之间的栅栏时停了停，给晓华介绍起校园情况：

“对面这块大空地就是京师广场，广场南边是学校大南门，北边是新主楼。今天是新生报到日，各个院系还有不少社团都来这儿搭台接人呢。”

晓华从栅栏缝里向西看去，只见一片帐篷、遮阳伞和桌椅，立了好几排写着院系名称的大牌子。

“广场上是新生报到的地方，”派森接着说，“新生报到后就去宿舍了，必从广场西边出去，所以社团就在那边招人。不过这一带人类太多了，而且忙忙叨叨的，没人有心思管咱们猫族，所以学校里的猫基本上都去宿舍和食堂那边待着了。”

“派森姐，那个很大的东西是什么啊？”晓华望着广场西侧一个三四层楼高、像铜钟一样的东西问道。

“哦，那个，是大木铎。木铎金声，北师大的标志嘛，用了差不多一百年了。”

“原来这就是木铎。我只听先生讲过，并没见过。”

“那你知道这木铎的含义吗？”

“先生讲过，人类说，‘天将以夫子为木铎’……”

“嘿，厉云先生讲错了！人类古代没电铃嘛，敲这个声音大，用来做上课铃的！”

“啊?!”晓华不禁喊了出来，瞪大眼睛看着派森。

派森看到晓华的样子，突然笑了起来：

“哈哈哈！新猫还真好骗呢！”

派森如此一说，晓华又觉得脸上一烧。

“快走吧，咱们去教二那边草地，从京师大厦后面过去。广场人太多了，还是绕开好。”

晓华一边跟着派森跑，一边转头看向广场北侧的新主楼：

匚型主体，坐北朝南，总高近十层，顶上覆一块四方玻璃板拼接天幕，从而使整座建筑形成一个内里透亮、向南而开的半封闭空间，显得极为高大端庄。

两只猫钻过京师大厦北面铁栅栏，挨近教二楼南侧，再沿西墙根绕到北面，便进入了一块绿地。绿地东沿立着一人多高的孔子雕像，一只全身乌黑的老猫正趴在基座旁休息。

“瞅，我爷爷，”派森说，“他现在老喜欢在那儿打盹。对了，你知道那雕像是谁吧？”

“写着‘孔子圣像’，那只能是孔子啊。”晓华应道。

“对喽，流水的皇帝，铁打的圣人，就是他。你还认得人类发明的那些方块儿字，那你跟我老祖宗能聊到一块儿了。”

“难道这大学里还有不认识字的猫族？”晓华惊讶地问。

“校园大了，什么猫都有。这里不比外头，说是学校大猫窝，其实基本没什么猫管，大家自由自在，各过各的。再说，现在也远不是爷爷和厉云先生当年了。”

派森带着晓华向孔子像奔去。老黑猫听到动静，慢慢抬起头，坐了起来。两只猫快到雕像前，派森回头小声说：“你喊我爷爷教授就行了。”说完，派森小跑两步上前，对正襟危坐的教授说：

“爷爷，晓华接来了！”

“欢迎欢迎，云兄高足，果然一表猫才！”老黑猫用略沙哑的嗓子缓缓说道。

“教授先生您好！久仰您大名！不才穷极来投，愧不敢当！”晓华伸出前爪，做了一个极为恭敬的俯身礼。

“都是自己猫，不必拘束。云兄原本已经安排你过来修行，只是他暮年收徒，想再亲自多带一带才耽搁了。不想天命难违，时不猫待。这既是他的命数，也是你的命数，既来则安吧。胡同里一个小小白家，不知天高地厚，莫说他们敢来这铁狮子坟，就是新街口都过不来。那白家老猫为老不尊，横行霸道，自有他的报应。你在这里，只需静心修行，安心研究，留待有用之身，日后有所成就，才不辜负云兄一番栽培。”

“是！一定谨遵教诲！”晓华又低头行了个俯身礼。

“好啦，报到完成咱就去四处转转，赶紧认认地方。”派森说着就要拉晓华走，教授咳了一声，接着说：

“今日人类也在迎新，上午很乱。我看你也不要带晓华乱跑了，不如就在这，听我讲讲北师的传统和云兄的师承，也好让他快些进入状态。”

“好的，十分感谢您。”晓华说着，又对派森做了个抱歉的眼色。

派森甩甩尾巴，贴近晓华的耳朵轻轻说：“真的又长又枯燥的。”接着便到雕像基座边趴下，打起盹。

教授正了正身子，开始讲起来：

“这北师大，历史相当悠久，建立至今百年有余。那时候的校址还在四九城内，之后合并了后海南边的辅仁大学，一起搬了过来。云兄也是机缘巧合来到师大，却也续了祖辈前缘。云兄祖上和师大的机缘，你知道吧？”

“嗯，先生之前讲过。”于是晓华就把当日在广化寺里的情形大略又说了一遍。

教授一边听，一边又略作补充和解释，最后说：

“是这样没错，所以你更要珍惜当下的机会。”

“讲完了！”派森听教授似乎做了总结，便猛地坐起身，跳过来拱着晓华就要走。

“等一下，这才讲完云兄身世，还没……”

“我的老爷爷，新生讲话就算了吧，那老一套的谁爱听啊。我们再不去，下午学生们都出来逛，那就什么都干不成了！”

“那至少校训……”教授又说。

“知道了，一会儿从校训碑过不就行了！”派森已经推着晓华走出几步远了。

“教授先生，我一会儿就回来！”晓华回头对教授说完，便跟着派森一起走了。

“别忘看看老校长……”教授又喊了一声，看着两只猫远去的背影，抬头瞅了瞅头顶上的孔子像，慢慢卧下，闭起眼睛。

“年轻可真好啊……”他这样想着，又打起了盹。

派森带着晓华在草坪上向西边走去，介绍起周围的建筑：北边的是教四楼，有外文院的语音教室；南边刚才绕过的是教二楼，相当古老；孔子像东边是出版社；西面的大建筑就是刚才看到的新主楼。

为了不引人注目，两只猫穿过小路，贴着主楼东侧的墙根向北前进，在东北角上停了下来。

“那个是后主楼，才建起来没多久，”派森冲新主楼北侧约20层高的大楼指了指，“他们说，这是北京城三环路里最高的建筑了！”

晓华抬头看向天空，几乎望不到大楼的顶部。

“这楼里，上层有不少学院办公室，下面是新图书馆，里面书可多呢。”派森说完，又贴着主楼的北墙根向西边走去。晓华跟在她身后，边走边不时向后主楼张望，引得派森直逗他：“小心你把那楼瞅倒了，砸自个儿身上！”

两只猫走到西边路口，派森又给晓华指了路口西北角的教七楼和西南角的数学楼。随后他们到数学楼东北侧，潜入路边草丛里，绕进南边一个非常大的花园。

“这个地方呢，就是八卦亭花园啦，”派森指着花园中间一个八角形小凉亭说，“这里可是师大花最多的地方，整个八卦亭四周都是花海呢！来，到这边看！”

晓华跟着派森小跑到数学楼南面正门，蹿上门口高台阶，花园面貌顿时尽收眼底：西侧是用于教学的教九楼，南侧是物理系和天文系所在的物理楼。八卦亭就处在三座楼所围空地的中间，亭子四周的花海占去了园内大半空间，而在花海旁走道里，竖立着一个近两人高的雕像。

“早上呢，很多学生在这里晨读。傍晚呢，则是情侣更多一点。”说情侣二字时，派森故意在晓华身边蹭了蹭，惹得晓华一哆嗦，“不过入夜以后，你可不能来这里了。半夜里这一带很危险。”

“为什么啊？”

派森扭过头，一脸阴沉地说：“你没听说过，好奇害死猫吗？总之别来就对了，如果有别的猫拉你半夜来，千万不要上当。记住！你要是去了准出事，别说我，我家老祖宗都救不了你！”

晓华点点头，不敢再问东问西。两只猫又蹲在数学楼的高台阶上看了一会儿，引来几个学生围观逗弄。

“学生们就这样，习惯就好了。得，咱们从这穿过去，瞻仰下老校长，再去校训碑吧。”派森带着晓华进了花园，沿着灌木丛间的小路走到雕像前面，对晓华说：

“陈校长，名垣，字援庵，老辅仁的老校长，并校后新师大的新校长，也算是厉云先生和我爷爷的祖师爷，你也认个祖归个宗吧。”

晓华对着雕像行了个礼，又拜了拜，才刚抬起头，派森便探过来，对晓华说：“来，叫声师姐吧！”

“师……啊？”晓华突然停下来。

“哪哪哪，我呢，比你大一丢丢儿，正式入师门却比你早得多，还是我爷爷嫡传。你先生和我爷爷是同辈，现在你又过门到这边来，不管按哪条算，我当然都应该是你师姐喽，对吧，小师弟！”

“可是，厉云先生好像比……”

“叫——师——姐！”派森斩钉截铁地说。

晓华感到不叫不行了，于是小声说：

“……派森师姐。”

“欢迎小师弟！”派森得意地笑起来，“以后还是喊我森姐就行啦！”

“请森姐多多关照！”

“唉，可惜，一直听说要立启功先生的像，可惜还没搞起来，要不也拜一拜才好。他是陈校长的学生，前些年还在世的，我爷爷、你先生，都跟他学过的。不过没事，你瞅瞅，学校里这些楼名牌匾，都是他的字，你就对着牌匾拜一下吧！”

晓华四处一看，果然在教九楼的“曾宪梓教学楼”牌匾下落着启功的款，于是便远远地对着拜了拜。

“走！去校训碑吧，”派森才转过身，又突然回过头说，“不过有言在先，校训八个字，你随便看看就好，千万别当真。”

“为什么呢？那不是校训吗？”晓华不解地问。

“那是人类的校训，咱们毕竟是猫。何况你看了就知道了。那可是全天底下……唉，先走吧，你看看就知道了。”

派森带着晓华从花园西侧一路奔向物理楼，再向西一拐，来到一条南北走向的宽阔马路，只见车水马龙，人来人往。

“这条路叫京师路，算是师大的中轴线吧。平时车多人多，今天迎新，就更多了。南边那个小南门是平时走的，京师广场的大校门只有特殊日子，比如迎新才开的。物理楼西边对着那条东西向的路叫立身路，路口西北角那一圈围起来的小楼是四合院，里面有不少咱们猫族驻扎。西南角是学生宿舍十六楼，住的都是女研究生。立身路再往西是体育馆，一大片宿舍楼，好几个食堂，还有些小店铺。这条路算是师大最热闹的路了，社团招新，毕业甩卖，都在这路上。听爷爷说，以前周末的时候，路边全是书摊，不过现在没了，人类都看电子书了。今天咱就不去逛了，你瞅瞅这人，乌泱乌泱的。”

晓华听派森讲着，又沿着立身路向西看——只见到处都是拖着箱子背着行李的家长和学生，路边还能看到不少售卖生活用品的小摊贩。

“来，咱们到物理楼南边去，校训碑就在一进校门口的路西边。看见了吧，就那个大石碑。”

晓华望过去，只见那石碑约两层楼高，通体黝黑。他跟着派森又往南跑了一小段，在物理楼前的草坪上立起来，便看清石碑正面书八个大字：

“学为人师，行为世范”，落款为“启功敬书”。

“看完了，走吧。”说着，派森便转过身去。

“师姐，是不是该讲讲……”

“八个字解释‘师范’的含义，有什么好讲的，”派森边说边用尾巴拍晓华的头，“那是他们人类的校训，咱们猫族才不稀罕呢。”

“可教授……”

“是是，我爷爷是跟人类学过点东西，自己也教过几个猫族学生，可他也就做个猫师而已。你瞅他趴那儿打瞌睡的样儿，能给谁做世范啊。”

派森坐正过来，接着说：

“你知道吗，这八个字，可是人类世界里，全天底下最难的校训。人类管老师叫什么？灵魂工程师，人生引路人。乖乖，吓不吓猫？人类里做先生的，一个个都要像活菩萨一样度人呢！你再看那‘世’字，是哪个世？过去的，现在的，还是未来的？他们人类古往今来，上百亿人总有过吧？能做到万世师表的才有几个人？谁做老师能配得上给世人做典范？那非得要圣人不可！标杆就是孔子他老人家。谁敢比呀？谁能比呀？后人再厉害，不也就封个亚圣吗。可这校训，就要你每时每刻拿最顶级的标准要求自己。你做的事，说的话，和古人比有没有失了水准，在当今会产生什么影响，未来的人又会如何评价。这校训可不是那些只会堆词汇的死校训，这校训可是活的！从过去活到现在，还要活到将来，永远盯着你！这有什么好的？”

晓华默默地听派森讲完，问道：

“师姐，如果真的这么不好，那人类为什么还要建这些教人做老师的学校呢？没有老师，人类怎么继承前人的东西呢？我听厉云先生还有格格他们说，人类特别重视传承，尤其是这个国家的人类，传承了几千年，在这地球上绝无仅有呢。”

大约是没想到晓华竟然会自己琢磨，还说得有那么点像样，派森竟愣了一下，转而又觉得有些气恼，于是头一扭说：

“那也是他们人类自己的事！咱们是猫族，学习人类也是为了咱们猫族自己，这个道理你该知道。再说了，这校训，是对‘人师’的要求。你是人吗？我是人吗？这大街上到处是两脚走的家伙，他们才是人！他们信不信这校训，做不做得到，咱们管不着，懂了？咱们是猫！记住，咱是猫！别把身份丢了！”

派森说完，转身便走，晓华不敢再顶撞，只好跟了上去。才刚走到物理楼拐角，派森已然蹲在另一侧等着。晓华猛地吓了一跳，四条腿直直地往后蹦了两步。

派森见晓华的窘相，又乐起来，招呼他说：“让你别信了人类的校训，也是怕你误入歧途啊。你也知道那个白老三，在中戏里头跟着人类学演戏，结果呢？不仅把自己真当成人了，还是那个三国里的人，把胡同里搅得一塌糊涂。我是怕你也着了人类的道儿。”

晓华见派森这会儿又笑盈盈说着软话，更摸不透这师姐的心思了，只好应和着说：“谢谢师姐提点，谢谢师姐！”

“走吧，带你去北边看看！”

派森一转身，竟高兴地不断摇起尾巴，乐呵呵地带着晓华一路北上。两只猫经过敬文讲堂、京师学堂，继续向北，来到科技楼南侧。

科技楼是个坐西朝东的巨大建筑，以南北两个高层主楼为主体，东侧横一个作为连通和入口的矮跨楼。跨楼外有一弧形汽车坡道，东低西高，汽车可以从这里直开到二楼平台上装卸货物，也因此这科技楼的正门就开在了跨楼二层向东的一面。

派森带着晓华从汽车坡道切入，向上跑去，直到二楼平台上。两只猫跳上护墙，向东边眺望着由学校大东门一直延伸过来的道路。

“这条路也是主路，学生们都叫这条路是天屎路。”派森说。

“天使路？师大跟辅仁一样，是天主教的？”晓华惊讶地问。

“屎啦！天上会掉屎的路！”派森笑了起来，“你看那路上又白又黑的，都是乌鸦拉的恶心东西。”

“怎么会那么多啊，这都快铺满了！”

“谁知道呢。很多人类分析过原因，不过大家还是更愿意相信这地方风水不好。”

“风水？”

“是啊，你从南边过来，看见那个小西天牌楼了吧？这地方又叫铁狮子坟，再过去是北太平庄，都是跟人类坟地有关的。以前在那边还有个大监狱，叫功德林。所以，这些乌鸦世代在这儿……”派森撇过头看了晓华一眼，接着说，“吃死人。”

晓华听了，不自觉一个哆嗦。城市猫族不去招惹的物种之中，便有成群结队的乌鸦——何况还是祖上吃人的乌鸦族群。

“这些大黑鸟可不好惹，没事别贱招。师大的猫族，很多小时候都挨过他们的欺负。不过好在他们只在傍晚时回来睡个觉，白天都在外头。所以傍晚以后躲开这附近就好了。”

晓华看着眼前被乌鸦屎覆盖的马路感到一阵恶心，眼睛又被科技楼前一排汽车的反光刺得难受，突然头晕起来，歪着头闭上了眼。

“小师弟，怎么了？”派森问。

“师姐，我觉得有点……不是太舒服。”

“累了吧，你从胡同那边一夜过来，都没歇过，难怪精神不好。走吧，找个地方歇着去。”

派森带晓华下了科技楼，穿过马路，进入草坪，沿着墙根向南走了一段，随后往东拐入一个圆拱门，有条小路直通向不远处一个灌木丛围起来的花园。

“这儿是曦园，是个好地方呢。”派森说着，带晓华在路边的小竹林和草丛中前进，在楼边拐角处停了下来。

派森指着墙角几只装了猫粮和清水的碗说：“这儿是人类伺候咱们的地方，师大里有好多处呢。”

说着，她又探头闻了闻，对晓华说，“挺新鲜的，才放下没多久，边上水也是新的，赶紧吃吧。”

晓华闻了闻，是金枪鱼味的猫粮，他在胡同里也吃过类似的，于是小口尝了一点。派森看他秀秀气气的，把他头往下一按，笑着说：“吃吧，没有耗子药。”

晓华吃着猫粮，听派森继续介绍师大校园：

“从科技楼再往西边过去是体育场和研究生宿舍，还有一些院系的科研办公楼。学校北边近一半的地方都是家属区。校医院咱用不上，幼儿园管得严老赶咱们，附小只有白天孩子多，大西门边上还有几个学院，生物、化学、地理、艺术这些……”

派森讲完校园布局，又开始介绍起师大的猫族：

“……现在学校的猫族，基本都跟人类混到一块了。往宿舍楼门口一蹲，吃喝不愁。晚上钻进去，有人伺候不说，那些娱乐的东西更是不得了啦。冬天蹭暖气，夏天蹭空调，大多数猫也都窝在宿舍区不愿意过来了。那些来教学区的也不一定干什么好事，搞那些有的没的……”

派森念叨了一会儿，看晓华吃完了，便带着他进了花园。

花园四面由小叶黄杨环绕，长宽四五十米。西侧是一小片草地，东侧较开阔，有一座带假山的水池。园内几条小径蜿蜒蔓布，各处设有长椅石桌。在园子中间，矗立着一棵高大的落地松。松树宽大的松枝下垂交叠，在树根附近笼出了一个别样的小天地：

阳光透过层层枝条一丝丝浸入，映得树根旁堆积的松针泛着微光，柔和的松香气息更弥漫在这半人高、一人宽的穹隆中，堪称曦园内最隐秘又极有情趣的所在。

派森这时便带着晓华来到这里，在松叶堆上躺了下来。

“这地方不错吧，又安静又舒服。今儿个没别的猫来，是咱们在曦园的独享日！”

“是挺不错的，学姐你真是厉害，什么都知道……”晓华闻着松香，慢慢眯起了眼睛。

“那还用说，你在师大跟我混，保准没错！”派森颇为得意起来。

躺了一会儿，晓华渐渐有了睡意。这时派森慢慢贴到晓华身旁，对他说：

“有个事儿，刚才忘了问你。厉云先生叫你来之前，跟你说过具体的安排没有啊？”

“他是托格格给我安排的。格格送我去后海时，叫我听海居士的。海居士说让我跟教授好好修行……”

“哎哟，我是说，他们都没说过什么具体的安排吗？”

“修行内容吗？我也还不清楚具体修行什么。”

“唉，你……你看你，也不小了。一般猫族到了咱们这个岁数，最重要的就是张罗终身大事了吧？他们难道不替你考虑这个，就知道让你修行？”

“那没有，原本……”晓华说到这停住了，派森却立马追问：

“原本什么？原本给你定亲了？”

“不是，是胡同那个白家的，想利用我罢了，后来她还故意害我呢。”

“我知道，不是说这个，是正经的那种，就是你们窝长辈都点头的那种？”

“那没有……修行不是应该专心吗？”

“他们居然没给你张罗别的猫啊……也难怪了，呵呵……”派森微微笑了起来。

“师姐，难怪什么？什么别的猫？”晓华转过头，看着派森问。

“唉，说来话长啊。你知道我爷爷和你家先生，当年是至交吧？”

晓华点了点头。

“那你觉得，他们那辈老猫，什么样的关系才能称得上至交呢？”

晓华歪着头想了想，一脸不解的样子。

“现在是不怎么流行老一套的规矩了。不过，你知道吗，那个年代，关系特别好的两个朋友，会结幼猫亲哟!”

“啊？那……”晓华正要坐起来，却被派森抢先蹿上来压住了。

“厉云先生一直无后，收了唯一一个入室弟子，把你当小孙儿养呢，那就由你来履约吧!”

“学姐！森姐！等下……”晓华想爬起来，却发现自己使不上力气。一来是被派森抢了先手，二来长途跋涉后尚未复原。只三两下，晓华就被派森压得动不了了。

派森贴着晓华的脸说：

“我的乖弟弟，当年这事儿，附近老猫们没有不知道的。他俩下一代没结成亲，那就下下代吧。咱们也算名正言顺……”

“森姐，你别……我，我还没……”

“那就当我想要你，我现在就要你，行不行?”

派森抬起头，侧过一点给晓华看自己的右耳朵——在耳尖上有一个明显的小缺口。

“看见没，他们人类把我绝育了，所以你别怕负责的事。我好不容易盼到个对上眼儿的猫……”

派森慢慢低下头。

晓华不知所措，浑身一阵酥麻，任由派森摆弄着。

他闭上眼睛，只感觉一股暖流涌上全身。

15. 潜入宿舍

15. 潜入宿舍 15. 潜入宿舍

晓华随派森在教学区混了几天，慢慢熟悉了师大基本情况。派森又带晓华在几个猫族聚集点亮相，炫耀自己收了个师弟——而且耳朵上没有剪过，这搞得晓华很不好意思。认识了一些猫后，晓华发现，派森先前的话的确得到了证实，大多数猫并不像他和派森一样去听课。

派森说，大学里的猫族，很多都是弃猫，在学校里也是讨生活而已。一般校园猫谈不上有什么目标，和教授这类世居校园、耳濡目染的猫族大不相同，也远不像晓华这样被派来修行的猫。

在说起这现象的原因时，派森是这样解释的：

“以前大学里的猫族还是有一些修行传统的。但现如今是人类信息爆炸的时代，咱猫族这点寿命，越来越不容易跟上了。就说小师弟你吧，如果没有格格窝里的大猫们给你打基础，没有厉云先生亲自带你，你能这么快就来人类大学听课吗？

“理科的东西，咱们猫族算不过来，只能听个大概；文科这些东西，你看我，如果不是爷爷从小带大，也是跟不上人类如今这些学问的。就说人类自己，文盲进大学也是不可能跟得上的。那些被人类扔进来的弃猫，很多都是圈养家猫，或者繁殖场养的，在人类那小屋子里也学不到什么，更没有猫族那些大猫窝的传统。他们生存能力本来就弱，被扔到大学里，找吃喝都忙不过来，哪有心思去修行。这校园里，愿意学人类这些东西，又能听得懂的猫，越来越少了。”

晓华听着派森的话，真真切切地感觉到自己进入了一个完全不同的猫族社会——或者说，他以前所接触的那个猫族社会，并不够完整。的确，胡同猫族，不管是散养的家猫，还是无主的野猫，都归所在猫窝管辖，往往能找出个大概的家族和谱系。但是大学里的猫，背景可就复杂多了。除了少数家属区住户养的家猫，其他猫的身世背景五花八门，更谈不上什么宗族血脉。在校园里，猫与猫之间的关系淡薄了许多。

不过，派森表示，晓华不必担心和别的猫相处的问题。既然他是来研究人类的修行猫，没有别的事情干扰反而是好事。而晓华也注意到，自己被介绍给其他猫的时候，他们似乎也并不太感兴趣——实际上，他们对派森也不怎么热情。

按派森的说法，这首先是因为自己出身好，不是弃猫，所以被那些遭弃养的猫嫉妒；其次，她捞着一个不缺耳朵的伴侣，让其他猫眼馋；最后，她和大多数人类都保持距离，这让那些随人摸随人抱的前家猫们也看不顺眼，认为她总是“端着架子”。不过派森并不在乎其他猫的看法，对于人类，她更是经常理直气壮地说：这帮两脚的家伙全都欠我的！

晓华在学校里住了多日，都是和派森一起睡在曦园大松树下。不过随着天气开始转凉，空气中又透着一股闷燥，晓华的睡眠质量越来越差——毕竟，外面再好也不如屋里。晓华有些怀念四奶奶的小院和那张小床了。

一天早上醒来后，晓华渴得不行，浑身难受。派森看着他笑了起来，说下午翘课半天，带晓华去做一次“特殊见习”。

“见习什么呢？”晓华问道。

“到了饭点跟着我走就对了!”派森说。

听完上午的课程后，派森带着晓华跑到大西门南边的研究生宿舍区。晓华还是第一次到这里来，小心翼翼地跟着派森躲到A座楼门外的灌木丛里。

“一会儿等人多的时候，门禁一开，咱就立刻溜进去。”派森说。

“人类会让咱们随便进去吗？这可不是教室了。”晓华有点儿担心。

“放心，我可是这边常客。先前知道你要来，特意给你找了合适的目标。”说着，派森看着晓华，突然眨巴了几下眼睛，说，“我这可都是为了你！你个没良心的……”

晓华低头不语。

等了一小会儿，路边走来三个穿背心的男生，其中一人手里抓着篮球，而走在前面的那个，正从裤兜里掏出一张绿绿的卡片。

“跟着我，要跟紧哦。不要理会那些人的反应，绝对不要停下!”派森对晓华说完，便弓起身子，做好了冲刺的准备。晓华在派森身后，也压低了身子。

前面的男生走到楼门旁，在感应器上刷了下绿卡，大铁门便“啪”的一声弹开了。那男生随后把铁门拉成直角，等后面的人进楼。当第二个男生的前脚正要跨过门槛时，派森瞬间弹了出去，一眨眼就冲到门槛边，而晓华紧随其后。

“哎哟我去，这啥……”男生被两只猫冲得一个踉跄，撞到其他两人，篮球也掉在地上啪啪作响。

坐在门口的值班楼管听见响动，起身探头查看。而这时，两只猫已经直蹿到值班柜台下，一个急拐冲进走廊，再闪进楼梯间，一口气爬上二楼，躲进敞开的楼梯间大门背后。派森把头探出去瞄了一眼，确定没人追上来。

“呼……”派森喘了口气，问道：“刺激吧！”

“是有点刺激，要是楼管追上来，那就更刺激了。”晓华说着，往门板后又缩了缩。

“就算真追上来，进楼梯口旁边就是水房，从那跳窗逃走呗。”

“你还真挺熟的。”晓华说。

“咱可是老司机，踩过好几次点了！”

这时，楼梯间下面突然传来嘈杂的脚步声。派森赶忙把头偏到外侧，竖起耳朵仔细听。

上楼的正是刚才那三个男生，边爬楼梯边抱怨着。

“现在连四楼都不能坐电梯了？太扯了吧！”

“之前三楼不让坐就不对劲了，这下可好。”

“中午人多，找个借口不让咱们坐罢了。”

“瞎搞！”

几个男生很快走过了二楼，这时，楼下又传来其他脚步声。两只猫被堵在门后动弹不得，派森紧紧贴着晓华，一脸很享受的样子，但晓华却觉得有些尴尬，便想找点话说。

“哎，哎。”晓华轻轻推着派森。

“干吗，嫌我挤是吗？”派森抬起头瞪着晓华问。

“不是，我是想问，为什么不让低楼层的人坐电梯呢？”

“哎呀，”派森小声回道，“还不是因为电梯少，楼层高。如果每一层都停，坐的人多，停的次数也多，不就要等很久嘛。所以低楼层的一律用腿儿，省的高楼层的人上不去。”

“就因为这个吗？”

“对啊，难道还为了别的？”

“所以这就是高楼层的人要求低楼层的人必须遵守的？”

“也不能说必须吧，算是，怎么讲呢……”派森想了想说，“共识？公约？反正如果有人住低楼层不遵守，会被别人数落。他们甚至会去网上挂人呢。”

“把人……挂到网上惩罚？”晓华不解地问。

“哎呀，就是师大的校园网，互联网啦。曝光什么的，让那人出名，大家一起骂。”

“哦……”

两只猫又默默无语，静静地等人类通过。然而中午正是忙碌的点儿，人类似乎总也走不完。除了吃完饭上楼的，还有下楼去上课的，脚步声此起彼伏。

“森姐……”

“又怎么了？”

“我觉得，人类有点儿不对劲啊？”晓华疑惑地问。

“怎么不对劲了？”派森扭过头盯着他说。

“既然人类公认四楼以下的不能坐电梯，是为了效率，那明显这个办法其实很差劲啊？”

“为什么差劲？难道不应该这样吗？”

“我想到个更好的办法。”晓华接下来轻声给派森解释了他的方案。

既然宿舍楼有十层高，那么电梯直接停在中间一层就好了。比如只停一楼和六楼，其他楼层的就近上下楼梯即可。既然住高层的人都认同少数楼层可以用腿走，那么从一楼走到四楼，和从六楼走到九楼其实没有本质差别。这应该是能最大程度满足共识和效率的办法。

"哎呀，小师弟啊，你可真愚。"派森叹了口气说，"那为什么只能停六层呢？停一、四、七，三段行不行？还可以一楼以上只停奇数，或者二楼以上只停偶数，对不对？真要解决问题，方案多的是，可为什么最后成了低楼层不许坐，高楼层每一层都能停呢？"

"难道不是因为人类有点傻吗？找不到更好的方案？"晓华问。

"哎哟，这楼里住的可都是硕士博士生，傻子能在这京城四大名校里读研吗？"

"那为什么呢？"

"哎，其实这和傻不傻没关系，每个人都只会支持电梯刚好停到自己楼层的方案罢了。懂了吧？你再好好想想。"

晓华歪着头想了想，又摇了摇头。派森见状，只好不厌其烦地解释起来。

如果电梯只停一楼和六楼，那么在所有楼层里，只有六楼的人最满意，其他楼层的人会因距离远近而产生程度不同的不满。假设电梯按一、四、七，或一、五、八停，那么只有两个楼层的人最满意，其他楼层的人会不满。假设电梯只停奇数或者偶数楼层，各自都会有另一半的人不满。然而目前这个看似效率极差的方法，也就是某个低楼层以下不停，高楼层逐层停，却可以保证超过一半的人都满意——只要这个低楼层的位置不高于楼层总数的一半。

"现在你懂了没有，你看这个楼，最高十层，一楼不计，也就是实际考虑九层。二、三、四楼都不许坐电梯，五楼以上逐层停，那就是五楼到十楼的六层楼都满意，二、三、四楼不满意。所以你看到了吧，这不是一个最有效率的办法，甚至可以说效率很差。但是这个办法，能让多数满意的人压倒少数不满意的人。这就是人类的'共识'。"

“可是，人类自诩高级生物，难道不应该按照效率做事吗?”

“哎呀，说到底，都是利益啦！人类管这个叫博弈!”

“所以人类为什么不直接说，就是为了自己舒服呢?”晓华瞪大了眼睛问。

“哎哟，你可真是……这些人类都是读书人，你晓得吧，读书人偷东西都不叫偷，叫窃呢，明不明白啊你！哎，真是……”

派森本想说“鼠头狗脑”，又怕晓华生气，便止住了话头。而晓华呢，则想问，人类是不是只要读过些书，就可以自己定义词汇的含义为己所用。但他怕又被派森嘲笑，于是也没说出口。

两只猫就这样躲在门后，谁也不出声，继续静静地等待楼梯间的人潮退去。

过了一会儿，他们钻了个空当，一口气爬上楼。派森在楼梯间探头瞄向楼道里，没有发现情况，便带着晓华溜进楼道，来到一间宿舍旁。两只猫蹲在虚掩着的木门旁侦察，只听到门缝里传出轻轻的交响乐声，还透出一丝凉气。

“这是我已经搞定的一间宿舍，里面学生人不错的。除了不要到上铺去，其他地方随便待。”派森说完，伸头把门缝顶开，钻了进去，晓华紧跟在后。

宿舍面积不大，标准四人间。一扇窗户正对门口，左右两侧各贴墙并排两张高架床，床下是一体化书桌柜。窗户上面装了空调，下面摆了张方桌，屋子中间横放着几把椅子。一套廉价音响正放着巴赫1401号a小调小提琴协奏曲。

此刻，屋里只有一名男生。这人穿着红色T恤、蓝色大平角裤衩，坐在窗右侧的书桌旁，正盯着液晶屏幕打着字。

派森走到屋子中间，轻轻叫了一声，并没能引起男生注意。派森见状倒也不再坚持，轻轻跳上那人身后的小椅子，趴下来静静地听着音乐，晓华则走过来蹲在派森旁边。

过了不知多久，宿舍门被推开了。晓华扭过头，看到一个穿着白衬衫、西服裤，偏分头的男生走了进来。那男生看了一眼屋里，惊讶地喊："师兄！怎么来了两只猫啊！"

先前打字的男生猛地回过头，也惊了一下，立马关了音响站起身来。

"进来的是杨硕士，叫杨望泉，刚起来的是武博士，武江涌，俩人是师兄弟。"派森扭过头对晓华说。

说话当口，武博士一把抱起派森搂在怀里说："买一送一，不错不错！"

他又想伸手摸晓华，晓华却趴下身子躲开了。

"恭喜师兄猫星后宫初具规模！"杨硕士笑着说。

"这三花让给你吧，看来跟我不合，再说我也怕派森吃醋。"

"我可不敢抢师兄的啊，师兄这驯猫功力，调教两下就搞定。"

杨硕士边笑边换上拖鞋，拎着一袋盒饭放到桌子上，说："师兄，京酱肉丝打完了，买的鱼香肉丝。"

"行啊，都行，唉，你看看碗里猫粮还有不？"

"没了，我给这俩倒上。"

"哎，你们俩，一会儿得给投喂官撸几下，现场报恩，懂不？"武博士歪过头才说完，派森便马上向杨硕士叫了两声。

杨硕士从柜子里拿出猫粮倒好，接着脱下外衣，套上跨栏背心和大裤衩。他正要坐下，突然对武博士说：

"师兄，你怎么剃了个光头啊？"

"留那么长又热，还要洗，没那个工夫。Time is money, right?"

"师兄你这哪剪的啊，脖子后头不太齐呀。"

"自己动手丰衣足食，"说着，拉开边上的抽屉，掏出一个理发推子晃了晃，"自己推六次就回本了。要是给你也推推，咱俩各三次，后面都是净赚，咋样？"

"师兄你放过我吧，我才刚兼职，还得坚持俩月光辉形象啊！"杨硕士说着拉过一把空椅子，坐在了晓华边上。

"三花妹子，你不上来啊？"杨硕士拍了拍腿，对晓华说。

晓华依旧坐着不动。派森见状，便从武博士怀里爬到杨硕士腿上，探头对晓华说："别吃醋哈，投喂官福利，惯例啦。哄着他们才好套消息嘛！"

杨硕士捋着派森的背，对武博士说："师兄上午都在忙那个啊。"

"嗯，你瞅瞅。"

武博士按了个几个键，屏幕上便从代码变成了流程图。

杨硕士把椅子拉近，伸过头看了看，问：

"师兄，这个是全都后台化了吗？"

"对，从登录到退出全程后台，前台连个窗口都没有。之前虚拟机调用模式有问题，改了下就搞定。"

"厉害啊师兄！"

"你再瞅瞅这个。"

说着，武博士打开另一个窗口，屏幕上顿时跳出一张花花绿绿的图片。

这时，晓华扒着桌子腿立了起来，也探着脑袋看向屏幕。

杨硕士盯着屏幕看了一小会儿，问道："看不懂……这是啥？看着像分子扩散啊，分数维动力学?”

“游戏客户端后台记录的鼠标操作，光标移动轨迹和时间。”

杨硕士叫了一声：“哎哟！这不会送到服务器分析吧。”

“肯定会，要不他们收集这个数据干吗，而且上传函数我都找出来了。你看，这是手动操作的鼠标轨迹图，你再看旁边这个，现在他们用的脚本的轨迹图。”

“差别还真是明显，脚本都是直接给坐标，鼠标瞬移过去的。”

“你实习那公司后台检测这个吗?”

“前几天跟他们技术部的聊过，他们主要还是反外挂，脚本这块不太管，说是用的人太多，管多了怕玩家闹。”

“确实啊，”武博士关闭图片窗口，又切回到代码上说，“全程服务器校验的游戏确实不多。”

“那现在这么弄，后台也会被检测吗?”

“所以得做个操作混淆，给定坐标的鼠标移动路径拟人化。做一个特征值分析然后用蒙特卡洛反向随机生成。咋样，这个功能块你能搞定吧?”

“行，我搞一个！不过，师兄，我看咱们做的这个，开发商在外服那边管得挺严的。要这么下去，咱这生意往后也不好做了吧……”杨硕士说着摇了摇头。

“怎么管？隔壁那家直接做外挂。上次去法院打官司，结果代理商都打输了，还能管啥。开发商难道自己绕半个地球过来抓人?”

“这确实，也是奇葩了。”杨硕士感慨道。

“所以说啊，”武博士挪开键盘，端起盒饭说，“这年头，就是比谁胆儿大，比谁路子野。咱不行。人家不是说了，北大都不如胆子大，咱中间还带个师字，没辙啊。”

“那他们后面要是也做外服业务，玩家都换外挂，咱们怎么办啊？”

“没办法。就咱俩，没人家产业化那个实力。那个团队据说也是人在国外，专门做内服，跟咱们刚好反过来。可是人家有法务啊，国内层层转包洗得干净，咱不行。咱弄出点事，没人罩着，来个处分，学位都拿不到了。”

武博士扒了一口米饭，接着说：“听说人家老板都拿了外籍，服务器都放在国外的……”武博士正说着，突然被辣椒呛住了，又是咳嗽又是喝水。杨硕士赶忙过去给师兄拍后背。

晓华一直盯着显示器，看着代码出神。这时派森把他拉到一边介绍起具体情况。

这对师兄弟所做的“兼职“，是开发一个网络游戏在外服的脚本程序，可以让外国客户在游戏中谋取不正当利益，用于虚拟物品交易获取现实利益。这对师兄弟的“酬劳”，便是从客户的游戏产业链中分红，以游戏充值卡密码的形式在境外交割，再转手国内交易平台倒卖。

这两位高材生，最近的“生意”便是如此，为了满足客户需求而无所不用其极。当然，辛苦还是有回报的，收入比做家教之类高多了。毕竟，京城居，大不易，只靠研究生每月那几百块补助，连食堂饭费都快不够了。

武博士缓过劲儿，坐下来拍着胸口。这时，宿舍里的座机突然响了起来，杨硕士起身拿起话筒接听。

“喂……哦！老师，您好！……在呢在呢，我喊他。”说完，杨硕士拖着电话线，把座机拿给武博士。

“您好！嗯……嗯……行，就是那个模型吧……行，我马上收一下文件。好的。做好了马上发过去。好，好，再见。”

挂了电话，武博士又坐到电脑前，抱起派森放在腿上，检查起电子邮件来。

“你老板怎么老喜欢给宿舍打电话，打手机不好吗?”杨硕士放好电话，坐下来说。

“变相查岗嘛，看我有没有出去干私活。又不像你导师，允许你们出去实习兼职。”

“这次是啥事啊，搞模型?”

“嗯，就上次大组会上那个，估计是投稿了，审稿意见要求加强定量分析呗。”

“那怎么搞啊，他们不是做回归了吗，还不行啊?”

“说不够强，还要再做一个，用多层线性模型做，还要再做个聚类。”

“那还挺麻烦的，给师兄挂名吗？他们文章都投出去了。”

“挂不挂有区别吗？又不是一作，也不是通讯。万一数据不行，没准儿还得凑个和结论一样的结果，那还是不挂名最好。”

“唉，师兄你又打白工了。”

“烦，歇会儿再说吧。”

武博士说着，从抽屉里拿出支激光笔。

派森一看这东西，立马坐了起来，冲晓华悄悄说了句：“配合一下而已。”

说话间，武博士已经把激光点打到地上，派森立刻扑了上去。这对师兄弟便专心地看着派森玩弄红点。

那红点移到远处的宿舍门上，派森就扑过去趴在门上狂抓；红点到了天花板上，派森又站起来伸着爪子使劲往天上够。突然，红点跑到了晓华身上——派森愣了一下，便冲向晓华，一个飞扑把晓华撞了个四脚朝天。随着红点在两只猫身上来回游走，派森和晓华也抱在一起，扭来扭去。

在一旁肇事的师兄弟都大笑起来。

“师兄啊，你这俩后宫是自己搞起来啦。”杨硕士边笑边说。

武博士原本也笑着，突然间却喊了一声：“哎哟！我的天，这可是个大公猫！”

杨硕士仔细一看，不禁也叫了起来：“还真是啊！怎么回事，三花的不都应该是母猫吗？”

“这可真是稀奇了，我网上查查。”

杨硕士蹲下来，看着派森，又看看晓华，笑着说：“师兄啊，重点不对吧，这明明是派森跑外头偷汉子了！这下你得和大公猫抢老婆啦！”

“又不会变猫娘，跑就跑了吧，咱也拦不住啊……还真查到了，说是突变，还有可能是什么……嵌合体啊，概率几万分之一。通常基因型有问题，不能生育。”

“那也不错，至少不用咔嚓了，还能留着把妹子，哈哈哈。”

师兄弟一起笑了起来。

晓华原本蹲在地上和派森推推搡搡，听到“不能生育”四个字，立马僵住了。派森也愣了一下，不过她马上贴到晓华身边，对他说：“没事，反正我也不能生的，别想太多了。”

不过，晓华并没有因此感到宽慰，他扒到桌子边上又伸长了头，想看屏幕上的画面。派森坐到晓华身后，用脸贴着他的背，似笑非笑地叫着。

研究了一会儿三花公猫的遗传问题之后，两位研究生就各自忙活起来了。至于两只猫，一只心里凉透，另一只嘻嘻哈哈，一起在宿舍里度过了空调凉爽之夜。

16. 历史讲座

16. 历史讲座

16. 历史讲座

入校月余，晓华不仅适应了大学生活，而且他发现自己过得比人类学生惬意多了。

学生们为了学分绩点，要按时出勤，交作业，期中期末还要准备论文或考试。倘若有失，轻则影响评优保研，重则可能留级劝退。而作为一只猫，晓华全然没有这些烦恼。

按照教授的说法，既然是猫，只需要学习人类最精萃的知识就行——而这些往往并不会出现在照本宣科的课堂上。在派森的观念里，人类如今信息化如此发达，不管是检索还是计算，都直接用计算机了——所以那些还在手写抄算、死记硬背的课程，都可以免了。两相结合，晓华发现这也可省那也能免，几乎只剩下旁听讲座一条路而已。

于是晓华就开始在校园里四处“走穴”，专听讲座。教授和派森都很赞同他的选择，于是分别给他安排旁听。教授侧重文科，派森更偏重理科。师大里几十个院系和研究所，从来不缺讲座，这让晓华的日程也排得满满当当。

这天上午吃过早饭，教授带着晓华在教四外侧窗台上休息，旁边教室里陆续来了不少人。晓华顺着动静看去，只见一个年轻女教师正站在讲台上调试笔记本电脑，台下坐了好几排叽叽喳喳的学生。

“这边好像也有个讲座，没见贴布告呢。”教授说。

“咱们要听吗？”晓华问道。

“那边还没到点，不忙。听听吧，也没什么坏处。”

于是晓华往窗台里凑了凑，听了几耳朵才知道，这是一节演示课，由历史学院一位王老师主讲，给本院新生介绍文献搜索方法的。

“每年新生入学都有这个，你正好听听，我过去眯一会儿。”教授说完就跳下窗台，跑到一张洒满阳光的长椅上打起了盹。晓华挪了挪身子，找了个更适合看投影幕布的角度，仔细听了起来。

历史学讲座似乎总有一种传统，便是开场要问今天是什么日子。10月10日，在历史上固然有许多记录，但台下学生却没有一个踩到主讲人的点上——1945年10月10日10点10分，华北战区侵华日军在故宫受降，故都北平正式光复。

有鉴于此，王老师便把这一天的历史典故作为第一个案例，展示文献搜索方法，也顺带讲讲北师大所在的北京市的历史——只不过她并非讲光复，而是讲沦陷。她在黑板上写下“北平沦陷”四个大字，以此作为关键词进行文献搜索，来讲解主题、篇名、关键词、摘要、全文检索的不同。

在“篇关摘”三项的联合检索结果中，王老师简单讲解了数据库的文献来源，其中学术期刊、学位论文和会议论文最为常见。而在搜索结果的排列上，也可以使用相关度、发表时间、引用数、学科类别和刊物来源等做进一步筛选。

接下来，王老师继续展示进阶方法，即利用最新的可视化分析工具，做定量化的文献分析。

“现在定量化方法越来越普遍，咱们历史学里也有计量史学了，所以从文献分析开始，大家就要习惯这个方法。”王老师解释道。

在可视化结果中，最先出现的就是文献数量图像。从时间轴看，关于“北平沦陷”的文献在2015年出现了一个非常明显的高峰——这“很显然是和纪念反法西斯胜利七十周年有关”。

在研究主题方面，通过柱状图可以看到以沦陷区和抗战为主题的文献最多，其次是老舍先生的《四世同堂》相关研究。与之相仿，在文献涉及的学科饼图上，近三成是近现代史学，两成是文学，还有一成多是各类历史人物史传，如周作人、李苦禅、齐白石等。

“可见，在北平沦陷这一研究领域中，除了史学问题之外，文学问题，尤其是以老舍先生《四世同堂》为代表，也是一大研究方向。此外，名人研究也是一个重要的方面。”王老师说。

在研究机构统计结果上，可以看到在京高校是很重要的研究力量，包括北大、北师大、首师大。在京机关和研究院所的研究成果也很多，如中国社科院、北京市委、北京社科院、中国测绘科学院等。此外，近年来一些外地高校也有研究涉及，如湖南工业大学、山东大学等。

在研究基金上，可以看到国家社科基金支持的课题最多。

“通过上面的可视化定量分析，我们可以比较快地掌握‘北平沦陷’这个研究领域的基本状况，并用来指导自己的学习和研究。比方说，这一领域涉及几个主要的学科方向，都可以作为学习和研究的切入路径，比如历史的、文学的、人物的，这些都很成熟了。再比如，一些主要的学者和研究机构，我们也可以重点关注，通过追踪他们的动向，可以梳理出一个大致的研究脉络和发展过程。此外也能看出这个研究领域的整体层次比较高，有很多大基金支持，说明这方面有一定的研究价值。所以我们在做研究或者学习一个领域之前，稍微花几分钟做一个简单的文献调研，就可以迅速地掌握这个研究领域的大致情况。”

接下来，王老师又开始介绍具体的文献查找方法。例如，在总体的文献分析之后，可以进行二次筛选，以针对性地寻找文献。此外，研究主题自身也引出了很多必读经典文献，例如《四世同堂》《北京苦住庵记》《北平日记》等。

还是以“北平沦陷”为例，王老师又特别指出了关于“切片”或“瞬态”研究方法在历史研究领域中的应用。

“过去的历史研究，比较注重宏观式的、体系式的叙事语境。‘北平沦陷’在以往研究中，主要是作为日本侵华史当中的一个局部，比如从七七事变的意义，作为抗战过程中的一个历史阶段和地域样本来考察。近些年，开始注重对历史瞬间的探查，在研究方法和史料上，也从宏观视角切换到民间视角，比如说开始挖掘口述史、日记、信札的史学价值。那么对于‘北平沦陷’的这个瞬间的探查，大家看文献列表，可以看到首先是对于沦陷时间的认定。有按28日晚南京通电命令撤退算的，也有按29日凌晨华北当局和守军实施撤退算的，还有按照8月8日这天日军正式进城算的。那么最后统一的结果，按29日算，主因就是随着守军和当局撤退，汉奸和特务在这一天已经组织起伪机构并开始夺取控制权。

“那么，从1937年7月28日夜到29日晨，这不到10个小时的时间里，北平人民在时局的飞速转换中究竟是何种模样？要知道，当时北平的报纸前一天还在说反攻大捷，结果第二天军队就撤走了，连报馆都跑掉了。整个北平城的老百姓在这一夜是如何经历这个转变的，是如何反应的，这一块薄薄的历史切片到底是什么样子，这个问题在过去是比较模糊的。那么近些年，重新把这个历史瞬间翻了出来，应该说是有史学价值的。

“我们现在看到的一些资料，比如说《北平日记》，已经是日本占领中后期的记录了。就算是文学领域，比如老舍先生的《四世同堂》，实际也没有陷落那一夜瞬间的文学呈现。而一些很重要的史实，长期埋没以至于险些‘失传’，例如28日夜到29日凌晨这段时间，北京的寺庙僧人冒死出城，搜寻和隐藏佟麟阁、赵登禹两位将军的遗体，这个几乎鲜有人知。甚至于有些记录和呈现是错误的，比如一些电影，里面的场景是日本军队在28日到29日夜里，在炮声隆隆中就进了城。这种场景可能有艺术处理的需要，但作为搞历史的，心里要清楚，这个确实是不符合史实的。

“当然，以上只是一个例子，给大家简单地说明一下历史文献调研的一般方法，大家作为本科生，能用好这些方法，本科毕业论文一般就不成问题了。当然，如果将来打算读研，深入研究某些领域，只用这种容易取得的公开的研究成果，就只能一直跟在人家后头了。所以关键还是要查找专门的资料库，尤其是第一手的资料库。公开的各种库就很多了，比如国家图书馆，这个大而且全，大家一定要多加利用。此外还有一些专门领域的文献、图书、报刊资料库。比方说还是做这个‘北平沦陷’史，那么很明显，民国报刊库、档案库，甚至未公开的一些例如信札、日记就很重要，因为这意味着你可能挖掘到别人忽略或者没有披露过的东西。那么，整体来说，资料这方面，咱们北师，尤其是特色资料库、古籍文献这方面，可以说优势很强，有很多咱们学校自己的东西。”

说完，王老师打开了北师大图书馆网站内网，讲解起学校各种特色数字资源。

“怎么样，晓华？”教授站在墙根问。

晓华听得正投入，没感觉到教授过来，吓了一小跳，忙答道：

“正在讲图书馆的文献库。”

“哦，图书馆每学期都有讲座的，讲得更好。走吧，刚才看见文学院几个研究生骑车过去，那边的讲座应该快开始了。”

晓华应了一声，又回头看了一眼“北平沦陷”四个大字，便跳下窗户，和教授一起奔向教二楼。

17. 巨擘雨果

17. 巨擘雨果 17. 巨擘雨果

教授把晓华送到教二楼大教室窗台上之后，便回孔子像旁边打盹，晓华则自己蹲在窗沿上听讲。

讲座题目是《〈巴黎圣母院〉改编史中折射的社会思想变迁——兼论中年雨果的思想转变》，报告人是文学研究所一位年轻的女助理研究员吴玥。

开场时，文学院一位老师先对报告人作一介绍，不外乎师承成果之类。随后吴玥再作开场致谢，讲座便开始了。

吴玥首先介绍了雨果在创作《巴黎圣母院》后的基本情况——按她的说法，雨果这时陷入了类似“35岁中年危机”般的困境：

发表《巴黎圣母院》之后，雨果在进一步获得名声的同时，自《欧那尼》以来的攻讦却还在持续，让他精神上备受煎熬。不久之后，《巴黎圣母院》被天主教罗马教廷宣布为禁书，打入《禁书目录》，事业上又受到冲击。由于需要养活众多家人，雨果不得不通过创作歌剧来赚取分红收入，如《国王寻欢作乐》（威尔第《弄臣》的原型）。但就在这时，他的妻子出轨自己挚友，导致雨果和挚友在报纸上打起笔仗，颜面扫地，精神进一步紧张。这时，雨果刚刚迈过30岁的门槛。

在事业和家庭都受挫时，雨果结识了著名保皇派杂志《辩论》的社长路易斯·弗朗索瓦·贝尔汀，并通过在新闻界和政界都有影响的贝尔汀家族结识了不少文艺界和政界人士。此外，雨果也常受邀去贝尔汀家族城堡旅居休养，以远离巴黎的纷争。雨果为了报答贝尔汀家族的友谊，答应为社长的女儿、女作曲家露易丝·贝尔汀改编《巴黎圣母院》。雨果在1832年完成剧本改编，但歌剧最终推迟了四年，在1836年才得以上演，并且内容做出大幅修改，使得两部作品成为风格迥异的“姐妹篇”。究其原因，在于四年间，法国的政治气候已经截然不同。

《巴黎圣母院》出版于1830年“七月革命”后的言论自由时期——当时路易·菲利普一世取消了出版和演出审查，第二年小说出版。但1835年奥尔良王朝颁布了新的审查法令（9月法令），对剧本进行预先审查。受此影响，雨果对1832年已经完成的剧本再次修改，并改名为《爱斯梅拉达》——一部争风吃醋的爱情三角恋故事。

但《爱斯梅拉达》的上演让雨果陷入更大的风波。

由于贝尔汀家族在政界有影响，尤其是家族中有人担任审查方面职务，因此关于雨果是搞特权才让歌剧过审的传言四起。另一方面，乐团指挥由与贝尔汀家族交好的柏辽兹担任，又传出了歌剧唱段为柏辽兹代笔的传闻。除此之外，还有很多演出排练和准备上的问题，包括雨果对演出装置不满意，以及对于频繁改变词本，尤其是对审查官“建议”修改剧名和隐去剧中人物宗教身份这些要求的厌烦——据说词本在演员上演前还在修改，以至于唱段中有些演员唱了老词本，而有些唱了新词本。

多方面不利因素导致歌剧演出时，台下有人闹事，台上演出混乱，最终惨淡收场。露易丝·贝尔汀从此退出作曲界，雨果则再一次遇到事业挫折，并遭到更多攻讦。

这之后，雨果开始步入政界。在吴玥列出的时间表上，如是记录着：

1836年，雨果首次竞选法兰西院士，由于舆论抵制，竞选失败。

1837年，哥哥去世，雨果继承子爵爵位，结识王储奥尔良公爵夫妇，并建立长期友好关系。

1838年，王储帮助雨果获得特权：雨果可以建立自己的剧院以排除对他剧作的干扰，即复兴剧院。

1839年，雨果作为有王室背书的候选人参选院士，失败。

1841年，雨果第三次参加院士竞选。竞选期间，对雨果造成不利舆论的报刊多被“消声”。院士投票时，多位院士表示，大家必须选雨果才能结束多年来的纷争。雨果当选后，有数位亲王参加其就任典礼以示支持。在就任致辞中，雨果通过赞颂马尔泽布尔表明了他在政治上的进一步渴望。

这之后，雨果获得文学家协会主席职务，并在缴纳贵族院议员选举权税金之前，获得了一大笔预付稿费，进而顺利当选。

自此，雨果进入文学低迷时期，剧作《卫戍宫》惨败，创作接近停滞。但同时，他官场得意。雨果成了贵族院议员之后，不仅和许多亲王，甚至和国王本人都有不错的私交。

1848年二月革命后，雨果转向路易·波拿巴。三年后因波拿巴政变，他在流亡中才再次开始作为一个作家的生活。

交代完雨果的中年经历后，吴玥开始讲起《巴黎圣母院》在后世的改编历程，内容包括：

《巴黎圣母院》和《爱斯梅拉达》的内容对比；跨越近两百年的近四十部歌剧、芭蕾舞、电影、动画和音乐剧分析；各国各时期审查制度如何影响改编，如弗洛罗副主教的二元化处理；左翼和右翼的改编分化，不同时期的改编如何反映西方社会当时的意识形态；后世改编如何继承和发扬雨果的人文精神——印刷机、黑话王国和爱斯梅拉达的左翼符号映射解读……

吴玥在讲解时，一会儿展示古老的歌剧词本，一会儿又播放一段视频片段，试图让听众能更加直观地理解小说的改编作品。

总体而言，讲座冗长且有些枯燥，有些人开始打起瞌睡，但晓华还是在坚持听讲，因为他关心人类社会的变迁过程，以及如何通过同一个原始样本在不同时代的投射变化，来分析人类时代差异的方法——《巴黎圣母院》就像一块“时代试金石”。

不过，晓华越坚持听，脑袋就越沉重——他最终还是睡着了。

当晓华再次清醒过来的时候，已经是答疑时间，一个看起来像是个老学者的人正在提问：

“……所以根据您的资料和分析看，似乎缺乏直接的证据来说明，雨果打算利用《爱斯梅拉达》作为敲门砖，向政界权贵靠拢——这应该只是一种猜测。既然如此，雨果进入中年时，弃文从政，思想从自由主义又有些回归保守的转变，是否能和这部《爱斯梅拉达》直接联系起来呢？再推而广之，一切圣母院的改编作品，是否一定都有目的性，或者转变性的成分？或者说，类似于左中右式的划分？文艺作品，尤其是改编的影视作品，考虑的因素往往很多，有不同时期观众口味、市场效益等等很多影响。欧美已经实行市场化导向，分级制度也取代了审查，现在都是为了经济利益，为了赚钱拍电影。一切都按左中右来进行这种意识形态的划分，是否合适？或者说把雨果本人，这样来划分，会不会有过度阐释的风险？”

吴玥首先感谢了提问人的提问，随后开始回答正题：

“雨果到底是不是有意，或者说心口不一，这一点我确实没有特别实锤的证据。所以在发表的论文里，我没有明确写出这一点。今天在咱们师大这里，我是想从探讨的角度，来交流一下这个问题。

“如果我们像侦探一样去推理，那么至少表面上看，雨果本人从文艺界转到政治界的节点上，恰好也存在把旧作改成迎合新审查规定的这么一个举动——尽管他不乐意，但还是同意了。这种行为上的同步性，如果不是有心之举，那么实在太过于巧合了。如果雨果真的抵制新审查规定，那么他可以放弃剧作上演——当然，这也许会得罪有恩于他的贝尔汀家族。但是我们反过来想，如果那个时期的雨果真的内心坚持自由主义的主张，那么他先前也不可能和一位保皇派人物靠得这么近吧？尤其是，在舆论看来，这部歌剧的批准，是直接和日益保守的奥尔良王朝画等号的。

“当然，有些或许属于诛心之论，摆在这里，是因为在之前的研究中，我感觉难以用常理解释这样一个巧合。因为我个人确实在研究中感觉到，雨果的这个思想转变，尤其是，他从浪漫主义领袖到投入奥尔良王朝怀抱，大概十年的转折历程，其实是个很值得研究的问题。

“以往我们可能更关注雨果流亡时，痛骂拿破仑小人之后的创作。这一时期，雨果步入晚年，进入创作成熟期。相对而言，他步入中年的这个阶段，研究上的关注不是很多。所以，我提出的这个观点，或者可以说是假说吧，主要还是希望能引起学界的重视。

“对于第二个问题，关于‘左中右’式的分析方法，我首先说明一点，这个角度也并不是我一开始就有的。实际上我研究的最初目的，只是希望梳理一下《巴黎圣母院》的改编历程，而且一开始我并没有去找歌剧。当时我根本不知道还有《爱斯梅拉达》这部作品存在。尤其是在中文圈内，雨果全集中没有收入这部作品，传记中和文献中也几乎没什么研究者提及。甚至于，《爱斯梅拉达》的中译本就只有1928年曾朴翻译的白话版，至今已经接近一百年了。

“但是在收集资料的过程中，尤其是找国外资料的时候，我就注意到了这部歌剧，一下就明白了——很多电影实际上是按照《爱斯梅拉达》的模式改编的。那么自然就会有一个问题，雨果当初为什么改编出一个差异那么大的歌剧版本，至今还在产生影响？于是就发现了露易丝·贝尔汀的事，以及当时审查制度的变化。

“至于欧美市场导向，如果我们再深入思考一下：什么是观众的认可？观众的意识形态和立场是哪来的？这就涉及一个更加广泛的问题，就是欧美如何通过大众媒体和文化产业，来塑造他们的民众思想。简单来说，就像之前提到的，分级制度下的市场导向和效益，实际上只是换一种方式，用经济方法来实行审查制度罢了。

“那么最后，关于用这种‘诛心’式的方法来讨论雨果是否合适……就像胡适先生所言‘多研究问题，少谈些主义’，对吧？但是在关于雨果中年转变的问题上，我个人认为，不谈主义，是确实没有办法解释的。尤其是，雨果所处的那个时代，是法国历史上最复杂的一个历史时期。

“往早一点说，从18世纪末的法国来讲，当旧制度不能再适应现实之后，到底是改良，还是革命，就一直是一个‘to be or not to be’的问题。法国人民当时的选择，就像毛主席所说的，没有选择‘请客吃饭’，而是开始了‘一个阶级推翻另一个阶级的暴力行动’。

“那么考察大革命的爆发，我们就会发现那个时期的法国文艺界是有进步传统的。比如说，拿破仑就认为博马舍的《费加罗的婚礼》是‘进入行动的革命’。

“所以我们可以看到，这种导致国王被砍头的革命传统，后世每一个法国君主都是相当清楚的。放在历史情境中就不难发现，当雨果屈服于审查制度之后，社会舆论的爆发，文艺界对他口诛笔伐的根本原因是什么。正如托克维尔后来在《旧制度与大革命》中说过的，‘思想、言论、写作自由正是1789年取得的最珍贵、最崇高的成果’。

“当然，前面提过，雨果经济真的很困难，他要活下去，这可能是他屈服的原因之一。那么除此之外，是不是还有别的可能的原因？雨果在自己的回忆录中写过这样一个事情：1825年他曾参加查理十世的加冕典礼，并且因为自己当时的保皇派思想，被支持共和制的父亲的朋友们取笑。这充分说明，雨果确实受到他保皇派母亲的长期影响，他的保皇思想根基不浅。步入中年面对困境时，他会不会也有些‘旧病复发’的嫌疑？尽管他自称支持的是君主立宪制的君主，而非旧制度的那种，但这距离共和派依旧很远。

“所以，我认为，这一时期的雨果，其思想和主义至少不能说是很进步的，因为他的表现确实是越来越靠近保守一侧。当然，雨果到底是不是心甘情愿的？还是说，这仅仅是一种‘人在江湖身不由己’？

“说到这里，大家可能觉得，为什么看起来这么矛盾？到底雨果是怎么想的？因为我们似乎看到了一些自相矛盾的地方。那么，我想再次引用托克维尔来做一个解释——旧制度带给法国人普遍的人性矛盾。他说‘大革命打破了旧制度，但新社会却是用旧制度的瓦砾建设起来’，而这种制度让法国人‘兼有革命性和奴性’。

“这就是托克维尔对法国人的人性分析。如果放到雨果身上来考察，我们也许会得到更多启示。步入中年的雨果，既有青年时期的保皇派思想残留，但也有对自由主义的向往——这表现在他第一次转变期那几部浪漫主义作品中。他的确曾从保皇党转向自由主义，但在步入中年的压力和挫折中，又有退缩的倾向，止步于君主立宪，而没有进一步延伸到共和制。这种矛盾性和转变性，在他后来带有自我投射式的小说人物，《悲惨世界》中的马吕斯身上也有类似表现。

“所以，步入中年的雨果可能处于类似‘波粒二相性’的状态中。《爱斯梅拉达》的改编和上演，就像一个探测器，让当时处于叠加态的雨果塌缩到了保守一侧。雨果在那个时候，最终还是走向了和奥尔良王朝的合作之路，成贵族，当院士，做议员，进宫廷。

“当然，这之后，雨果在进入晚年时再一次转变，最后实际上所秉持的，是人道主义这种带有折中性和调和色彩的立场。我们都知道，他在《九三年》中说，‘在绝对正确的革命之上，还有绝对正确的人道主义’。对于雨果晚年思想上的不彻底性，马克思是做了批判的。他的这种不彻底性，是否和他在步入中年时期的复杂环境与最终选择的妥协路径有关？从更宏观的角度来说，雨果在《爱斯梅拉达》的改编中，是否埋下了某种‘调和’主义的种子？如果雨果在当时选择宁可弃演也不妥协，他是否有可能走出另一条道路？也许是一条更加进步的道路？雨果有没有可能成为一个真正的革命家，像《悲惨世界》中的ABC那些人一样？可惜，历史不容假设。雨果的思想最终定格在人道主义。

“平心而论，雨果在其一生的历次思想转变中，中年这一次转变算不上积极。从意识形态上看，其带有保守性和退缩性，远不如他在流亡后带来《悲惨世界》的那次转变成熟，也不如在青年时期带来《巴黎圣母院》的那次转变惊艳。尽管如此，雨果步入中年的这次转变历程，在其思想史和文学史上，依旧是不应该被忽视的。

“雨果的文学创作在中年时确实沉寂了，但他在与上层权贵交往的过程中，得以窥视法国权力层的真实面貌。他也利用自己的职权进行了不少考察和调研，对法国底层人民的生活有相当深入的了解。

“因此，从文学的角度讲，我更倾向于用‘积累期’来替代‘低潮期’的说法——身为一个作家，雨果在此期间积累了大量的素材和经历，这是他在流亡后，依旧能写出反映宏大时代背景和深刻社会现实的名作的必要基础，也是他在通往文学巨擘之路上必经的‘弯路’。

“对于雨果，研究得越多，就越觉得，对他了解得还很不够。他的巨著、他的思想、他留给人类的精神遗产，是极其丰富的。所以从研究的角度来说，我希望能从更加多样的视角，以及可能平时容易被忽略的地方入手，来丰富对雨果的认识，算是做一点小小的工作吧。”

这之后，吴玥又回答了几个问题，讲座便散场了。

晓华静静地趴在窗台上，回想着和厉云一起上景山的情景。人类社会复杂的历史变迁，不管是这里还是那里，到处都是一样的。

对于雨果，他兴趣一般。但他认为，讲座中对于人性的分析，那个托克维尔，却是相当值得参考的。在某些情况下，人类在内心深处竟然隐藏着“奴性”，这让晓华既惊讶又兴奋。是啊，他似乎也听说过别的人类讨论过类似的问题，还听到过诸如“羊群效应”之类的说法。

人类的确是地球上最高等级的动物——但，毕竟依旧是动物。这意味着人类也必然有弱点。这种弱点，不仅仅是生理上的，也可以是心理上的。人类越是构造精巧的思维意识，便越有可能犯下严重且低级的错误。维克多·雨果，已经是人类中顶了不起的那种人了，尚且如此，那人类中那些芸芸众生呢？这意味着，他们更加无法免俗——如此一来，猫族依旧有机会。

想到这里，晓华不禁感到一阵欣喜。

18. 山寨机房 18. 山寨机房 18. 山寨机房

关于雨果的讲座结束后，晓华便打算去孔子像旁找教授，却发现派森正在和教授争论着什么。晓华忙跑过去，才搞清楚两只猫都想拉晓华去参加自己安排的下一场活动。

教授安排的活动依然是讲座，地点在英东楼，内容与教育学和心理学相关。这次的报告人来自一个很高端的教育研究机构，将会介绍教育统计和测量方面的最新成果。

派森安排的活动是去科技楼观摩人类的科技设备和技术。由于科技楼的特殊楼层构造，猫族平日很难溜进去。派森为了找到这次的机会盯梢了很久，十分难得，不能错过。

两只猫见晓华来了，便都希望能争取到支持。

“晓华啊，北师大，师字当头，教育和心理学是最大的特色和优势学科。这次讲座很有价值，有不少最新数据，尤其是关于人类独生子女的各种研究，比如学业表现、心理特点、体质差异等等，都是平时较少接触到的内容，而且……”

“爷爷，晓华今天都听了两场文史讲座了，还听文科的话脑子要听坏的！这次混进科技楼的机会多难得，我可是跟踪那俩人类好几天才搞定的！说什么都要去！”

“科技楼的那些东西不会自己长腿跑了，一直都在的，可以再找别的时候去。这次讲座来的人类可是著名专家，这次讲完，以后未必还能……”

“哎呀，以后以后以后！没看现在人类都不结婚不要孩子吗？还搞什么教育啊！现在人类的技术都到什么水平了，以后靠的是科学，是技术，这才是未来啊。都用机器人了，直接编程就行，谁还要教育人类幼崽儿啊！”

“你这……”教授觉得派森完全是胡搅蛮缠，但碍于晓华就在旁边，又不忍呵斥孙女。

派森见教授词穷，便以为得胜，推着晓华要走。晓华挨不过派森，只能和教授道歉辞行。教授无奈，便自己去听讲座，日后再给晓华“传达精神”。

派森带着晓华一路小跑，来到科技楼东南角。她看着科技楼的二层平台说：

“刚刚那边上去一辆车，有好玩的东西呢！”

派森说完便跑上坡道，晓华紧跟在后。两只猫上到二楼平台，躲在拐角处，向门口窥探。

科技楼二楼门前正停着一辆改装小型厢式货车，一团雾气从打开的车厢门低低地扩散出来。几个人正拎着一些大小容器忙来忙去，倒着泛出浓烟的液体。

“看见那个没，好玩不！烟雾缭绕的，你猜是啥？”派森神秘地对晓华说。

“这个……是叫干冰吗？”晓华问道。

派森把头歪在晓华肩上，笑着说：“都叫冰了，还能像水那样倒出来吗？这是液氮。”

晓华轻轻点了点头，没有说话。两只猫就这样看着液氮从大桶分装到较小的金属罐里。一些液氮洒到地上，立刻碎成很多小“水珠”，发出“嘶嘶”的声响。空气中凝结的冰晶扩散开来，连隔了数米远的两只猫都隐隐感到寒气。

“这些东西是物理系的，拿来做实验用。那个叫杜瓦瓶，瓶子壁很厚的，有两层，夹层里抽真空，可以隔热。”派森给晓华解释着。

“这个好像不太好玩，就看这个吗?”晓华问。

“哎哟，不是，刚好赶上而已嘛。”派森说，“你理科的东西也旁听了一些，不能再搞理论了。你得多看看这些人类是怎么搞技术的，要不怎么了解现代人类科技啊?”

“那咱们这次来到底看什么呢?”晓华又问。

“还没来，应该快了吧。”派森跳上平台护墙，向四处张望，突然对晓华喊，“来了，来了，那边。”

晓华跟着跳上护墙，看着派森指的方向。只见两个男生一前一后，推着一个小三轮车正在上坡。他定睛一看，那不是武博士和杨硕士吗?三轮车的车斗里还放着三个硕大的电脑机箱。

“你在这等着，别叫人瞧见。”派森嘱咐晓华藏好，自己一路小跑迎向三轮车，轻轻叫了一声。

“哟，派森过来了。”在前面拉车的武博士对身后的杨硕士说。

“师兄，派森这感应真是神了，居然能追到这儿来！可惜不会变猫娘，要不真的可以娶回家了。”

说完，两人都笑了起来，

派森跳进车斗里一起上了平台。武博士见到楼门口正在装卸液氮，便把三轮车停下，拿出手机打起电话。派森探出头，正招呼晓华也赶紧上车，却被武博士抱出来放到地上。

“今天不行，今天是办正事，你和小伙伴可不能掺和。”武博士对派森说。

杨硕士蹲下来逗着派森，又看了看晓华，对武博士说：“师兄，这三花公猫跟你抢派森，还敢追来，也太不像话了。”

“派森也得有个伴儿不是，”武博士看着手机说，“行了，进去吧，他现在出来接。”

武博士推着三轮车正要进门，却被楼管拦住了。楼管原本正坐在科技楼大门里值班，瞥见三轮车，立刻站起来喝道：“干吗的，三轮车不许进！”

“麻烦您方便下，门口搞液氮呢，我们怕搬来搬去的，再把他们碰了。我们研究组就在二楼拐弯那边，把机箱放下就出来。”

“不行，都这样还不乱套了。你们哪个办公室的？哪个学院的？”

楼管正在盘问时，从楼道里拐出来一个男生，一边跑一边对楼管喊：“张师傅，张师傅，是我们系的。”

“远帆师弟，辛苦你还来一趟！”武博士打着招呼说。

出来的男生跑到楼管旁边，解释了情况。楼管见有人接应，确实是来送货的，也就放行了，不过要求他们尽快，不要添乱。

派森本来想趁乱带晓华偷偷从门边上绕进去，结果还是被楼管发现赶了出来。派森眼看三个人就这样消失在楼道拐角处，也只好退回到平台上。

“唉，你看，我本来以为这俩人类会帮咱们藏进去的。”派森对晓华说。

“我们进去干吗啊？要去哪？”

“是物理系的一个小机房。没关系，还是能去的，不过麻烦点。B计划启动！”

“啊？什么……”

还没等晓华说完，派森已经跑向平台尽头，又沿着坡道往下走。晓华赶忙跟上，打算问个究竟。

“先躲到护墙外面，我再跟你细说。”

于是两只猫翻到护墙外沿躲了起来，派森大致给晓华讲解了B计划的内容：从跨楼墙外那一排排的空调机跳到窗口，再让里面的人类开窗放猫进去。

两只猫于是趴低身子，沿着护墙边溜上平台边缘。装卸液氮的工人正在忙着收拾容器，没有人注意到两只猫，于是派森趁机跳上护墙，招呼晓华说：

“你看清我的动作，跟着我一起跳。”

说完，派森弓起身子，一跃就跳到了和二楼平台齐平、约一米外的空调室外机顶上。随后派森又连跳更远处的两个室外机，便到了一个拉着厚窗帘的窗台外，喵喵叫了起来。

当晓华照着派森的样子也跳过来的时候，窗户已经打开，派森被一双大手抱进了屋子。

“你连这边都能找过来？你知不知道，如今动物不许修炼成精了？修成了都要被抓走啊？”武博士搂着派森，摸着她的头说。

“师兄我跟你说，这猫肯定能变身！就是得找对方法！”杨硕士说着把派森接过来。

“师兄这是你的猫啊，太神了吧！”远帆感慨不已。

“唉，她好像总是知道我在哪似的。”武博士说。

“三花也来了，进来吧。”杨硕士招呼着晓华，不过晓华只是进到屋内窗台上，却不下地。

“新来的，认生。这次真谢谢你，远帆师弟，没你差点进不来了。”武博士对远帆说。

“没事，应该的嘛。我先把集群搭起来。”说着，远帆便过去搬地上的机箱，武博士也一起帮忙，杨硕士则去还三轮车了。

晓华看着这个十多平方米见方的小机房，感到颇为有趣：机房北墙和东墙顶上共装了三台挂式空调；北墙和西墙边靠着几排机柜，柜面上铺满了塔式机箱和刀片机组，柜子后则布满了密密麻麻的电线、网线和软水管线；门开在西墙侧，门边摆着一张窄小的电脑桌，桌上架着一套外设齐全的台式电脑。

屋子里不仅拥挤，而且燥热嘈杂，处处透着简陋。毕竟，师大位处寸土寸金的北二环外，土地资源极为紧张。这间机房也是从大实验室的一个角落里，由临时铺设的隔音墙隔断出来的，实为“山寨”之物。远帆告诉武博士，目前机房集群尚未满载，否则近四十度高温和极强的噪声是待不住人的。

作为一个“山寨”机房，最大的挑战便是散热。为此，机房管理组建立了一套相当简单但实用的散热系统：三台2P空调是主要降温设施，制冷功率留有一定冗余；窗户用遮阳窗帘防护以避免阳光直射升温；数百米长细软水管蜿蜒覆盖各机箱外侧，通以自来水作为额外散热手段；在隔壁实验室冰箱冷库中，始终囤积尽可能多的冰冻瓶装水，以便在紧急状况时直接堆积在机房内吸热。

这个“山寨”小机房经受住了考验。去年夏天，多个学院和研究组的计算集群都发生了过热宕机故障，但这个机房在以上“土办法”的应对下，以满载无故障的成绩扛过了热浪，因而传出了一点点声誉。

武博士这次前来，便是找机房管理组的组长，也是本科同窗吴华博士，托管自己新配置的几台服务器——由于用电、散热和噪声问题，武博士自己实在没有地方安置。

原本两位博士约好今天午前交接，但吴华因为临时被喊去做个学术报告，于是便安排自己的师弟王远帆代为处理。远帆把三台机箱按品字形摆好，用一台路由器组成小集群内网，然后再把校园网的网线接入主节点的扩展网卡上。

网络架设好后，远帆坐到小桌前，把主机接入KVM控制器，随后开机进入预装的opensuse系统，进行软件设置。武博士抱着派森坐在旁边，看着设置过程。

晓华轻轻跳上一个空闲的凳子，仔细看着远帆的操作：首先设置网络环境，把内外网各自绑定对应网卡；其次建立SSH和NIS登录环境，便于用户共享和集群内网互登录；随后建立NFS文件共享环境，设置共享路径；最后进行排队系统Torque的安装和调试。

这时武博士问：“如果一个人用也需要排队系统吗？”

“啊，忘了，一顺手就给装了。”远帆说，“赶紧停了吧。”

“没事，我正好也学学。也许将来工作中还得用。”

“行，回头我把组里的Torque使用文档发给您，比自带的文档看着方便。”

“好，我回头瞅瞅。那如果一般不用Torque的话，集群这种怎么操作呢？”武博士又问。

“就按一般单机操作就行了。远程连入主机，然后可以用SSH登录到任意节点上，用户和文件都是共享的。节点上就当单机操作就行了。”

“行，这个装完就都弄完了吧？”

“嗯，最后设置一下防火墙就行了。”

正说着，机房的门开了，吴华走了进来。

“怎么样？搞定了吧？”吴华看着两只猫说，“哎哟，到这都要带你猫老婆啊！又弄一个，你这齐人福享受得可以啊！”

“这俩跳窗跟进来的，我真没带着来。你问师弟啊。”

“确实是从外头空调机跳窗进来的。”远帆应道。

“三花那只是公的。”武博士又指了指晓华。

“行，你真有猫缘，公的都能搞定！哎，说正经的，”吴华走过来瞅了眼屏幕，接着说，“行了，这不快弄完了，赶紧走，干正事去。”

“干啥啊，饭还没吃呢，杨师弟东门买汉堡了正过来呢。”

“当然有正事。我这刚才报告完了，他们南门烤肉店开了个包间，马上就撸串了，走啊！我跟你说啊，好多小师妹！叫小杨也直接过去，汉堡就在那分了还给他们省两盘肉呢。远帆你赶紧收拾下外头，咱一块走。”

“行。”远帆说着便起身出去了。

“拉倒吧，师妹都给你，我可一个都hold不住。”武博士说。

“嘿，我哪敢啊，小敏不把我生撕了的。”吴华轻轻掩上机房的门，接着说，“我跟你说，你可别犯傻了。这次来了几个数科女硕，有一个是小敏师妹，家里北京的，爹妈都教授，光学区房就有两套，一套海淀一套西城，四老都是离休老干部。这妹子做的方向跟你特像，金融数学，你赶紧给她拿下，别说少奋斗二十年，三十年都不止！”

“得了，人家北京的现在都自己圈里找了。没看他们都整出北京硕博士著群了，听说入群都要查三代户口本，肥水不流外人田呢。”

“你都不试试就打退堂鼓啊，万一成了呢？不成你也不少块肉吧！人家家里那实力，动动小手指头能给你拉一车显卡，铺一个墙面的集群，你还犯得着去淘N手矿卡么。更别说工作户口，肯定全套给你搞定。”

“嘿哟，你这春秋大梦我可做不起，有那么好能轮到我。再说我爸妈还指着我回去呢。哎，不过要是能跟我回老家，也不是不能考虑。”

“你这才真是春秋大梦！人家一北京土著家里要啥有啥，能跟你去海边吹风啊？人往高处走，这儿可是首都，全国一切的中心！”

“我可不爱做上门女婿，我又不欠谁的。”

“那上次给你找那个文院的，也算跟你半个老乡吧？人家也觉得你老家不错可以去吧？你怎么后来不搭理人家了？你可不能老这样，真打算孤独终老啊！怎么也得找个伴儿生个孩子吧。你爹妈能放过你？”

“算了算了，你看现在这卷的，还生呢，恐怕活不到孩子成年就累死了。我回老家将来给他们送完终，一个人也挺好，不行还可以当和尚去。我老家边上那个庙，现在都要研究生才行呢。”

“你可别整天听外头那些瞎说的，你知道以后什么世道？不结婚不生孩子的，将来能有好日子啊？你没看现在那些没老伴没孩子的老人，都过什么日子？”

“以后咋样确实不好说，但现在结婚生孩子立马就没好日子过。你看咱系那谁，本来当个单身技术男多好，非想不开娶个老婆。他现在头发都白了吧，人老了二十岁吧？”

“那不是他找的不靠谱么，咱给你介绍能有差的？我跟你说，这次可是内部消息，靠谱得很！这妹子平时特低调，知道她家底的人不多，还没什么人追，要不也轮不到如今跟你说！”

“那就当你没跟我说。我觉得就自己一个人挺好。赚的多就多花点，赚的少就少花点。其实不结婚，什么都可以省了，一天不就三顿饭么？还能有别的花销？怎么活不是活啊……”

“你这怎么搞得跟三和大神一样了！你这样你爹妈能饶你？你妈不是一直想着带孙子吗？早点弄完就得了，后面一代女孩数量更少，真的是赶早不赶晚。将来条件好的你哪找去啊，早都抢光了！”

“嘿，都卷成这样了，那我不是更不能结婚生孩子了。咱一没钱二没权的，生个孩子将来做卷剩下的？孩子得多恨我！嘿，你说这不是个很典型的博弈模型吗？家里条件好的，就让孩子强强联合，没条件的还没生就输了，那就干脆不生得了。预期和结果互相加强，完美自我实现！”

“你别这么悲观，这不都开放二胎了，开始给奖励了么。将来……”

“奖励啥都不行。你看日本，发钱都不行。不过你别说，要是一个孩子免费送一套房，我倒可以考虑下。”

“这现成一个自带学区房的妹子你不要，还发房子，你这想啥呢！”

“那不一样，不能贪图人家房子吧，那不是物化女性同胞吗？但是政策给的那就不一样了，那是对祖国花朵的关爱。”

“那你也得先把孩子生出来吧。你看看现在政策房都是家庭优先摇号，你不生怎么给你落实政策？”

“就那个概率，摇号摇到哪辈子去啊，摇不上又不能把孩子塞回去。再说了，摇上了还得花钱买，现在这房价？算了吧。”

“行行行，算你狠。那就说吧，这次就不带相亲目的了，学术目的总行了吧？王辉师兄总得去见见吧？”

“他回来了？啥时候啊？”

“上个月嘛，马里兰联合培养到期了，总得回来办毕业吧？他刚发一作那篇PRL，里面那个随机模型不是正好你也要用吗？”

“他现在忙啥呢，网上都找不到人。”

“能跟你一样，抱个猫在宿舍里泡一天。人家隔着太平洋追万老板闺女呢，黑白颠倒，夜猫子陪公主，爱情事业双丰收。这顿人家当夜宵吃呢。”

“不会吧，不是之前都说跟钱师姐么……”

“那都哪年的事了！师姐去九院那年，他去的马里兰老万那组嘛，还不就那啥了。他还说自己是个传统的男人，怕九院那边影响生育，不能续香火。瞎鬼扯，难道师姐这级别的人还能去搬燃料棒啊？”

“你看，所以我就说爱情不靠谱，你还让我上赶着。”

“我哪句和你说爱情了？这年头还有人信吗？一物降一物，能摆平吃死就行了！你要真有本事，把人家搞定，那还不都是你的？现实点吧。你看老王，一把搞定，立马从贫困县农家子弟，升级美利坚大牛导驸马爷，彻底脱贫摘帽了。”

“哼，那祝他幸福喽。”

这时，远帆过来推开门，说都收拾好了。吴华便要拉着武博士一起走。

“等会儿，我得把这俩家伙送出去。”武博士说。

“放窗外让他们跳空调机回去呗。可不能走前门，楼管看见可不是闹着玩的。”吴华说。

“不行，万一摔了呢。”武博士说着，环顾了一下小机房，看见桌子侧面挂着个装网线的大布袋子，接着说，“哎，这个袋子差不多，要不把猫装里头带出去？”

“哎哟，你还担心猫从二楼下去能摔着。你伺候女生能跟伺候猫一样上心，那你早脱单了！袋子多的是，干脆给你俩，一只一袋！”吴华说着拉开电脑桌柜门，抽了两个超市布袋子出来。

武博士把派森和晓华装进布袋，一手一只拎出楼，放到路边的草坪上。这之后，三个研究生直奔南门赴宴，而两只猫则钻到了路边的灌木丛里。

“怎么样，厉害不？”派森对晓华说，“这可是真机房，人类最先进的科技啦，人类现代文明都是靠这些电脑搞出来的。现在还有那些人工智能什么的，据说比人自己都厉害了！”

“比人类自己还厉害？那人类还能控制得住吗？”晓华问。

“谁知道呢，反正现在这些电脑没手没脚，造不了反吧。嘿，我前几天还听说，人类以后要搞什么虚拟世界之类的，把人类都装进去呢！头上戴个大头盔，身子装在大罩子里，都活在数字世界里啦！”

“那不是更没咱们猫族的事儿了？都去那里面养假猫了嘛！”

“咱们也可以戴上那东西进去啊！假猫那毕竟是假的，哪比得上咱们真猫啊！最后还不是得让咱们也进去！”

“我挺怀疑的……假作真时真亦假，那些人类习惯了假猫，没准儿反而觉得咱们猫族是假的呢。再说，他们真的会研究出来给猫用的什么头盔、罩子吗？”

“哼，人类如果不带上我们，”派森亮出爪子，把嘴一撇说，“那咱们猫族就正式抛开人类接管这个星球！把他们的电缆一拔，管子一割，让人类永远陷在那边回不来，这星球就归咱们啦！我大猫族重登食物链最顶端！”

晓华知道派森只是说说，所以并没有答话，只是扭过头盯着那机房的窗户出神。突然间，他想到了什么，又转过头对派森说：

“哎，这些人类博士都这么厉害了，怎么还要靠结婚去搞房子还有户口？那些东西比人类的科技还厉害吗？”

“唉，先吃饭吧，老想这些有的没的。你说是去教工食堂打野好，还是去学十六楼卖萌呢？还是卖萌吧，哈哈，那些女生最吃这一套了！”说着，派森便钻出灌木丛，往南边跑去。

晓华还在出神，回想着刚才看到的一排排机柜、一个个机箱、四处蔓延的网线、闪着绿色和红色的无数小灯。这就是人类文明的未来吗？这和他以前熟知的那些木头和砖头搭成的旧文明相差太远了。可是晓华又觉得，在那些博士的闲聊中，有些旧东西却依旧没变。

“走了！”派森在远处招呼着。

晓华纵身一跃，追上了派森的脚步。

19. 管理危机

19. 管理危机 19. 管理危机

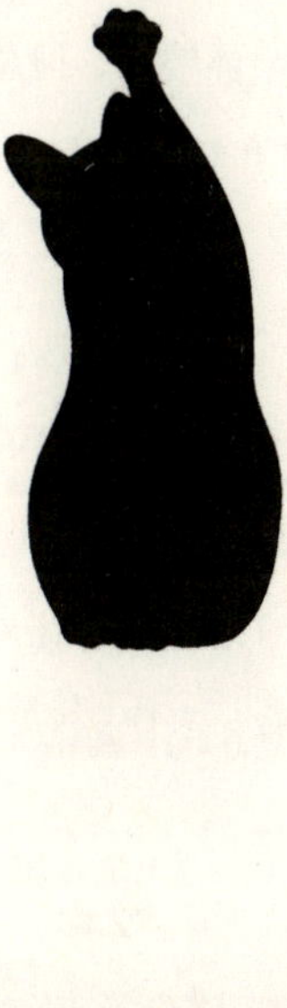

晓华入校已有一个学期，虽然他不曾踏出学校围墙半步——这是派森以安全为名对他的要求，但并不能说他不了解外面的事情。传信猫每周会来一两次，专门给他通报胡同里的消息。海居士也托小西天的猫窝定期派猫看望他。放寒假的时候，虎妞和黄二爷由老黑带着专程来师大陪晓华过年，还拜会了教授一家。

在和人类相处的问题上，晓华还是很有分寸的。他总是和人保持若即若离的距离：近的足以获得食物并便于研究学习，远的可以随时避开接触乃至危险。总体而言，在人类中，晓华只对武博士比较信任，杨硕士次之，经常投喂的学生再次之。

虽然晓华对人类的态度总体偏冷，但总的来说，学生们对晓华还是颇为友好的。毕竟，晓华常和教授一起活动，频繁出现在课堂和讲座上，因此也就格外受到关注。

实际上，晓华已经成了“校猫”候选。师大爱猫群组经常关注晓华的动向，发布了不少晓华在校园各处活动的消息。在现代网络加持下，晓华这只三花公猫的名声不胫而走，并获得了“三花大公”的称号。

俗话说，猫怕出名，公猫尤甚。在师大人眼里，除了少数家属区的家猫，其他猫便一律是流浪猫。不管是为了师生安全，还是为了同在校园内的其他小生物，这些流浪猫都应该被“加强管理”——这个管理，主要就体现在绝育上。

晓华是三花公猫，按科学规律说，一般是不具有生育能力的。但流浪猫，尤其是公猫都应该绝育，算是个“不成文的规矩”。有鉴于此，不少人建议，即便“三花大公”没有生育能力，也还是应该“咔嚓”一下。但这一提议也招致一些反对的声音，结果在师大的爱猫师生——主要是学生中，就爆发了一场不大不小的争论：一只天生没有生育能力的公猫，应不应该绝育。

支持绝育一方的主要观点如下：

首先，学校里的流浪猫一般都做了绝育处理，尤其是公猫实现了应绝尽绝。如果三花大公成了特例，对其他的公猫不公平。其次，就算没有生育能力，但发情却是不可避免的。发情期时，公猫攻击性增强，不管是意外伤人，还是半夜打架狂嚎，都是对校园秩序的严重干扰。最后，绝育有助于减少流浪猫患病风险，提高其生存质量。

而反方主要观点为：

首先，三花公猫由于基因特殊故而不具有繁殖能力，那么绝育最大的目的——避免校园内流浪猫过度繁殖也就自然达成了，不必额外干涉。其次，校园内的流浪猫不论公母多数都已经绝育，即便存在个别没绝育的公猫，孤掌难鸣，想打架也找不到配合的对手。最后，绝育对流浪猫的健康也是一把双刃剑——绝育本身就有一定风险，若无十分必要应慎重而行。

围绕着这个问题出发，相关讨论从科学到文化，从伦理到法理，从规则到道德，几乎全都扯了一遍。

最终，经济问题成了突破口：在成功众筹费用之后，绝育派终于获得关键性胜利，开始施行对“三花大公”的去势计划。

行动是在日常投喂实施诱捕中展开的，设伏地点在十六楼门口、四合院内、曦园和教二楼外这几个固定投喂点。然而，几次行动都以失败告终。寻常诱捕笼并不起作用，直接抓捕均被逃脱，更不必说时常有一只黑白花的母猫作梗捣乱。这之后，学生们发现三花大公便很少在投喂时间出现了。诱捕终于宣告失败。

绝育派并不甘心，又改成在“三花大公”出没的教学楼和教室附近蹲守抓捕。一些学生开始在教二、教四到数学、物理楼之间的区域望风，以期将其擒获。然而，他们发现这猫的行踪更加飘忽不定起来。讲座和课堂中，它往往是中途来，中途走，让蹲守的小组预判不到，追赶不及，甚至由于忌惮课堂和讲座纪律不敢出手。如是几次之后，有些人开始在艺术楼、化学楼，甚至操场一带观察到“三花大公”的身影，让蹲守的小组在人力上立刻捉襟见肘，疲于奔命。

就这样折腾了近一个月，由于时间和精力成本越来越高，临近期中的学生们不得不知难而退。经过商议后大家决定：已筹集资金将用来绝育更容易抓捕的其他流浪猫，至于“三花大公”，则采取“见机行事”的灵活策略——就是委婉宣告放弃而已。

晓华对人类的胜利完全是猫族智慧和毅力的成果。

在第一次逃脱诱捕之后，晓华和派森便去和教授商议对策。

教授的意思是，虽然晓华不能生育，但绝育还是应该避免的。毕竟晓华迟早要回到胡同，而胡同猫窝里，绝育的猫很少。晓华如果绝育，回胡同后难免会格格不入。再说，即便是厉云，当年也没有挨这一下子。

在对付人类的方案上，毕竟猫还是老的精，教授提出了对赌沉没成本的博弈策略。

人类常见的抓猫方法，不外乎诱捕笼、熟人抓捕之类。高级一些的方法，比如麻醉药啊、昏迷气体啊什么的，考虑到安全性和学校里的各类管制，学生们是不大会冒险采用的。

温和的方针限制了学生们的手段。不过最关键之处还是在于，人类习惯于低估隐藏实力的猫族，尤其是根本想不到会存在专门研究学习人类的猫。寻常陷阱和人类的拙劣表演是骗不了晓华的，再加上派森的掩护和协助，逃脱抓捕并无困难。

所以，这场类似猫鼠游戏的人猫游戏，制胜关键便在于逼迫对方首先失去耐心——用人类的话说，也就是比拼沉没成本的止损阈值。

晓华一方的优势在于，敌明我暗，对手轻敌。他只需要表现出猫族的孤僻天性，以及不引起人类怀疑的智力水平，在派森的配合下始终有惊无险。而晓华的劣势也很明显，且不谈为此要耽误多少时间，错过多少有价值的旁听，逼迫对手先放弃的策略本身就是一种赌博——人类是有组织的，有预谋的，而且人数众多，车轮作战，分摊时间和精力成本的极限难以评估。

在最终对决时，晓华采取了“随机游走”的策略来迫使人类拉长战线，投入更多成本。这个方案虽然代价不小，但成功引发了抓捕小组的内部博弈——有些人抓捕了几次之后，便埋怨那些不够出力的人。广撒网式的监控和应急出击模式，也让一些人感觉疲于奔命得不偿失。甚至于有人开始私下反思先前辩论时反方的意见不无道理，为自己的退出做好舆论铺垫。

期中考试的来临是压垮抓捕小组的最后一根稻草：没有人愿意为了给一只本无生育能力的公猫绝育而影响自己的成绩。在“体面”地退出后，几乎可以肯定，他们不会再找晓华的麻烦了。

晓华终于逃过一劫，派森也松了一口气。不过自此之后，他们还是保持着对人类的警惕：吃饭时避开人类，旁听时选择教室中人数较少或不易接近的区域。即便是去A座，他们也不会再冒险钻门了，而是让武博士或杨硕士把自己夹带进楼——这两个人类虽有极为便利的诱捕条件，但从未出手，无疑证明了他们的可靠。

在这一场人猫对决中，猫族的未来之星终于保住了他那虽然毫无能力，但依旧有莫大存在价值的象征之物。

20. 在八卦亭

20. 在八卦亭 20. 在八卦亭

又到一年毕业季。

日渐闷热的空气搅和着毕业生的离别，校园中充满了甜的、酸的、苦的各色味道。毕业生们以各种独特的方式纪念几年来的校园生活——行为只要不太过火，大家通常都是睁一只眼闭一只眼的。

譬如西西楼的男生有把自行车挂上楼前老树的传统；校内几处广场和花园里也有露天聚餐的固定节目；半夜里大醉归来的学生和出去赶场的学生排队翻栅栏进出，凡此种种。

武博士和杨硕士虽然尚未毕业，但饭局酒局还是少不了的。晓华和派森都不喜欢人类身上的酒气，所以也不常去那对师兄弟的宿舍里过夜，而改去京师广场的大木铎上睡觉了。

这天晚上，派森正趴在木铎铁横梁上打盹，晓华靠在大理石基座上回想着白天上课听到的内容。随着各宿舍熄灯，教学楼逐一关门，教学区里也几乎不再见到人影。晓华正想着也跳上木铎睡一会儿，却发现从后主楼方向蹿出几只猫——他们穿过夹道，跑向物理楼和数学楼之间的八卦亭花园。

“这些猫三两成群的，怎么会跑去八卦亭那边？派森不是说八卦亭晚上有危险吗？”

晓华正在疑惑，又看到从新主楼方向过来几只猫，进了花园。

这么多猫聚在那里干吗？

晓华转过头看了看派森，只见她趴在铁架上睡得正熟。他又抬头看向北面，依稀可见从教七楼的路口也来了几只猫，沿着路灯一路小跑。

晓华还是第一次见这样的情景。他记得派森警告过，半夜别去花园里，尤其是八卦亭，所以夜里他都会避开那一带。

可是这么多猫都跑了过去，不像是有什么可怕的事情会发生吧？大家聚在一起应该是有事情吧？难道师大的猫也像胡同里一样，定期开会吗？

可要是真的有这样的定例，派森为什么不让他参加呢？晓华还记得他问过派森类似的问题，派森一副很反感的模样说，校园猫闲散惯了没有这样的习俗。

晓华又回头看派森，只见她睡得口水都流了下来。若是现在因为这种事叫醒她，她一定会大发脾气吧，晓华想。

猫的好奇心一旦被挑动起来，便很难平复下去。

“一定要亲眼看看到底是怎么回事。”

晓华打定了主意，便蹑手蹑脚走下大木铎平台基座。他走到草坪上，回头看了看，派森还是没有醒过来。于是他便折向英东楼，贴着墙边向北，穿过大路，又沿着物理楼绕到北侧。他轻轻跳上物理楼北门外的台阶，趴低身子，悄悄看向八卦亭。只见八卦亭四周，已经围了大小二三十只猫。

这些猫聚集在八卦亭周围，三两成群地小声说着话。在亭子中心的水池边上，蹲着一只黑色公猫。这黑猫低声一叫，四周的猫群便立刻安静下来，一齐规规矩矩坐好，看向黑猫。

黑猫很低声地说了什么，晓华听不清楚，但是很显然在猫群中引起了一阵小骚动。随后这黑猫依次指了几只猫，被点到的猫都表现出很激动的样子，而其他猫有的和被点名的猫抱在一起，有的则在一旁暗自伤神。晓华正在仔细看着，身后突然有个声音说道：

“找什么呢？”

晓华吓得一哆嗦，猛地转身跳到一旁，发现说话的是一只白猫。这猫平时常在合作社一带活动，也常去曦园，和晓华也算相熟。

“我……我就是……”晓华发现自己暴露了，有些慌乱起来。

“就快结束了。请你过去聊聊，一会儿就好。”白猫说完，便趴在了台阶上，又回头对晓华说，“坐吧。没事的。”

晓华怀着疑惑，就地蹲在了门框边上。

猫群很快便散开了。白猫带着晓华进了八卦亭，便走开了。此时，八卦亭里只剩下晓华和黑猫。

“晓华同学，久闻不如一见。我是黑老六。你随便坐吧，咱们就随便聊聊，不用紧张。”

晓华点了点头，回了句“六爷您好”，便跳上八卦亭边上的长椅。两只猫就这样隔空谈了起来。

“其实，我老早就想找你了，不过你老和派森在一块儿。我呢，又答应过教授，不去打扰那小丫头，所以也就只好作罢了。我一直在想，你什么时候会找到这里，却没想到居然过了这么久。”

晓华不知道该说什么，便没有答话，只是把前爪又缩了缩，笑了一下。

“平时，咱们也远远打过几次照面的，你可能不记得了。其实全师大，也只有派森一只猫跟我不对付。她挺不喜欢我，所以也不想让你来这边，掺和这边的事。你知道为什么吗？”

晓华摇了摇头，轻声说：“她应该有她的道理吧。”

“没错，是有她的道理，不过也只是她自己的道理。”黑老六说完，站起来拉了下身子，又蹲下来说，“唉，这话还得从头说起。你知道我是做什么的，为什么半夜在这里开会吗？”

“不知道。”晓华摇了摇头说。

“全师大都知道派森跟我不对付，也就没人对你说这些事了。”黑老六摇了摇头，继续说，“我，或者说，我们，所做的事情，按人类的话说，算是‘走私’猫口吧。”

“啊？“晓华惊讶地叫了一声。

“我干的是走私猫口，可我不是往里走私，是往外走私，向人类走私。”老黑咧开嘴，笑了起来。

“向人类?!”晓华瞪大了眼睛。

“对。师大，包括旁边邮电大学，校园再大，日子再好，也终归是有极限的。总有被人类遗弃的家猫和流浪猫找过来，校园里的生存资源迟早会用尽。即便那些学生一直给猫做绝育也远不是办法，毕竟新跑进来的猫大多数都没绝育，有些母猫甚至就是怀着胎来的。包括家属区那些猫也很能生，学生们是不好管那些散养家猫的。

“而且很多被弃养的家猫，早年和人类住惯了，校园里毕竟多数时候是风餐露宿，所以有机会还是想找个楼房住，有个人类管的。所以，你懂了吧？有需求就有市场，我们就做这个。把那些想重新回归家猫生活的，再送回去。”

“可是，这……怎么能办到呢？”对晓华来说，这已经超出了他的理解和想象范围。

老黑笑了笑，告诉晓华，在师大和北邮存在一个秘密猫际网络——打探人类爱猫者情报，并最终促进收养的庞大组织。

这个组织已有些年头，大约在厉云离开师大之后不久，猫口持续增加时开始成形。最初的目的并不是走私猫口，而是校园猫族为了方便找食而形成的信息网——哪里经常有人类投喂，哪里有人类搭建的猫窝，哪个宿舍楼防备松懈容易混进去，传递诸如此类的消息。

后来，信息网络功能逐渐丰富，开始对人类个体进行追踪。校园里的猫族会把一些经常投喂食物的人类单独识别出来，然后追踪他们的行迹。例如住在哪个宿舍楼，什么时候上课，什么时候吃饭，上下课路线，经常出现路过的地点，以便利用其作息和行动规律来规划讨食日程。

随着师大和邻校猫口爆炸，越来越多的校园猫加入这个组织。毕竟掌握先机，就能在觅食中获得优势。不久之后，两校校园里绝大多数流浪猫和家属区的一部分家猫都加入了这个组织。每一只猫，都是组织的建设者，同时也是利用者。在这些猫中间，一些猫脱颖而出成为上层规划和组织者，黑老六就是其中一员。

原本，这个组织主要是用来方便猫族讨生活的，但是一次意外事件却促成了组织的巨大转型：一只被派去盯梢某个爱猫学生的侦察猫，在该生毕业的时候被领养带走了。原本，学校里的学生在毕业的时候带走个流浪猫也不是什么新鲜事，但是被派去盯梢的猫被带走，可就是性质上的变化了。带着任务的猫是不允许私自离队的，所以很显然，这只盯梢猫自己也有这个意愿，否则想拒绝是很容易的。

这次侦察猫的私自出奔，在组织里引起了不小的波澜。有些猫觉得应该支持其行为，毕竟校园猫族原本就是来去自由的。但另一些猫认为，作为组织中负有责任的任务猫，不应该私自做出出奔的决定。

争论中，黑老六却发现了巨大的机遇——和人类学生保持密切关系可以大大提高被领养的机会，这简直是同时解决猫口爆炸和弃养家猫渴望重新被领养的一爪二鼠之计。

最终，组织革新派大获全胜。组织中除了觅食情报网络之外，又设置了对人行动组，工作重点进一步侧重到侦察人类并促成领养的任务上。像黑老六这样的组织者，会汇总学校里的爱猫学生情报，比如他们喜欢什么类型的猫，籍贯是哪里，未来可能工作地在哪里，以及他们的经济条件，平时的表现如何，性情是否温和，为人是否可靠等等。在掌握详细情报的前提下，便针对性地安排想被领养的猫与合适的学生配对，提高成功率。

针对特定学生的促进领养计划往往从学生毕业前一两年开始。不过对于那些早有了中意的猫，甚至偷偷带猫养在宿舍里的学生，组织是不会轻易介入"横刀夺爱"的，通常是以防备毕业时重新遗弃为主。毕竟，组织的目的是促成领养，所以开发新市场才是重中之重。

黑老六的话让晓华惊呆了。他从没想过在师大这个猫族生活相当松散的地方，竟然能出现这样一个严密高效的组织。按黑老六的说法，猫族利用人类的方法多的是，这也不过是其中一种，而晓华平日忙于上课，关注的是教室里的事情，自然不会注意到那些发生在宿舍和食堂周围的情况。

"说了这么多铺垫，该说正题了：你想不想知道，派森为什么会抵制我们。或者说，派森是怎么变成现在这样不合群的。"老黑悠悠地说。

晓华没有吱声，只是竖起耳朵，仔细听着老黑说的每一个字。

"就在前几年，我们布置下一年领养计划的时候，教授找到我们，要求帮个忙。”

“教授？教授找你们？”晓华惊讶地说。

“对，就是教授。他一家子平时以修行为主，不直接参与组织活动，但组织的情况还是知道的。他希望我们，为了猫族，把一对特殊的猫送到一个指定的学生那里，要尽量确保能领养成功。”老黑说。

“教授，怎么会……那派森……派森那时候还没出生啊？”晓华疑惑地问。

“对，因为准备送出去的，就是教授自己的儿子和儿媳，也就是派森的父母。”

“什么！”晓华叫了出来。

“我是不太懂这里面的事，也只是按教授的吩咐办罢了。那个学生已经确定保研到某个研究所，据说研究的是人类很高端、很隐秘的学问。而这个学生，恰好也特别喜欢猫。所以教授认为，这是个让猫族打入那个研究所的绝佳机会。因为教授以前打探过那里的情况，发现那里的猫族修行不足，无法获得有效的人类情报。所以他就想，如果有机会，派一对修行不错的夫妻过去，在那边长期扎根，一边教育当地的猫窝，一边不断生猫接力，猫族就又多掌握一份人类的秘密。利用人类学生带过去是最好的方案——一来路途遥远，自己过去太困难；二来有熟悉的人类做依靠，也更容易进行渗透和侦察。”

“所以，教授就……”

“对，很早就规划好了。他一直让自己的儿子儿媳去学那个专业的东西，然后在每一届学生里物色合适的对象。那一年，可以说是天赐良机。他拜托我们，就是希望能全力促成这次的任务。”

“那派森呢，派森是怎么回事呢？”晓华更困惑了。

“派森是他们走之前生下来的。那一胎只有三只，一个生下来就死了。还有两个，就是派森，和她妹妹。”

“可是派森从来没提过有妹妹啊，也没见过？”

“当时姐妹俩是跟着教授过的。结果那一年，校外有个什么宠物医院，来学校做宣传，说是免费给校园流浪猫做绝育手术，就把这两姐妹也抓去了。当时不少猫被带去外头做手术，结果派森的妹妹是个什么银渐层，听说毛色在人类那边很值钱，就被人领养了。派森没人要，就给放了回来……”

“所以，派森就一直一只猫……”

“对。她怪我们组织把她父母送走了，也怪教授没管好她们姐妹俩。所以，她现在不合群，教授也管不住她。在她看来，我们都欠她的，所以她就要由着性子来。大家看在教授的面子上，也就由着她了。”

“难怪……所以她也不喜欢离开师大，总说外面的世界没什么好的，一提起来都是些负面的东西。”

“这也没办法，她小时候遇到的那些事情，全都和外面有关。说起来，教授那一窝也一直有外派的传统。如今教授那些子女和孙辈，七七八八都派出去了，派森如果不是脾气太倔，大概也会承担什么任务吧。”

晓华没有说话，他不知道该说什么。不管是猫口走私，还是派森的过往，都给他不小的冲击，他还需要反复思索和消化。黑老六看出晓华的心思，也不再多说什么。

这时，刚才的白猫又轻轻走进八卦亭里，看了看晓华，又到黑老六身边低声说了什么。黑老六便对晓华说：

“北邮那边喊我过去，北航有猫过来商量事情。听说北大加强了流浪猫管理，人类各高校可能跟进，说不定以后会有人类牵头的高校领养组织了。咱们下次再聊吧，我先失陪了。”

晓华忙起身回了一句“慢走”。黑老六点了点头，便和白猫一起离开了八卦亭。

漆黑的夜色中，晓华一只猫蹲在长椅上琢磨着进入校园后的生活。他一直忙着四处学习人类的知识，却没有发现师大里的猫族也有这样复杂的组织。派森是他进入师大后认识的第一只猫，也是唯一的伴侣，但他也从没想过派森会有如此复杂的过往。

他思量着，派森自己大约是不乐意回想那些伤心事的，而教授作为这一切的起因大约也不会提起。至于其他的校园猫族，他接触的其实也不多，而且也没有猫告诉自己师大还有这样一个猫族组织。毕竟，自己是外来的修行猫，不靠领养迟早也会离开的。不过，派森不许自己接近这个组织，大概除了私心，可能多少也怕自己受到那些猫的影响，忘却了使命吧？

晓华想到这里，不禁有点儿好笑。

“还以为多大的事，不过如此。”

他站起身，悄悄回到大木铎旁，看到派森还睡着，便趴在平台上团起身，也睡下了。

21. 人类观察（一）

21. 人类观察（一）　21. 人类观察（一）

晓华如今对北师大校园已经是极为熟悉了。他也逐渐了解了这些俗称“知识阶层”的人类。他发现人类的理论与现实并不总是完全一致，正所谓知识是死的，人是活的。若只研究人类的知识，而忽略人类的行为，便不能真正了解人类的奥秘。

不过人类那么多，一人一个样，他也不可能全都考察一番。所以，在这个问题上，晓华只能本着“好猫专吃窝边鼠”的猫族传统，对最容易观察的人类对象——武博士和杨硕士这对师兄弟下爪了。

按照晓华近期的观察，他大约总结出了这对师兄弟的行为模式。总体而言，在研究、学习、副业赚钱方面，基本上是武博士主导，杨硕士跟从。但是在这些以外的问题上，尤其是生活方面，二人则基本上是平行关系。

武博士每天有大量工作。有些是研究组或导师布置的公事，有些则是他自己个人或兼职的私事。但不管是什么事，他都出门不多，更是很少离校。

按人类的说法，武博士大约可以被称为“宅人”。不过他倒不是天生如此，而是后天——确切地说，是读研究生以后才如此的。

武博士幼时生长在海边，不论爬山还是浮水都是一把好手。小学时，老家县改区，又搬了次家，从此进了城。在市里上中学时，父母本指望他循规蹈矩，像本地那些能读书的孩子一样，报个长三角的知名大学，然后回家谋个公务员的岗，娶妻生子。结果报志愿时，他阴差阳错报了北师大。

这究竟是怎么回事，如今他也记得不大确切了：报上交、复旦、中科大，分数估计是不太够的；报浙大、南大、同济之类，又似乎无法保证一定能进数学或物理专业；武大的专业分数很可能够，但听说湖北太热，吃的太辣，大概适应不了；华东师大也不错，分数肯定够，离家近得多；但既然考虑了师范类，北师大排名比华东师大还要更高一点，毕竟部属师范老大……总之，就像当年高考报志愿时经常出现的状况——从一个清晰的出发点开始，一步步妥协，最后填了个自以为万全的志愿，直到公布分数线，环顾四周，终于傻了眼。

武博士就此去了“遥远”的北京。其实，他倒不是全然没有出过门。他很小就去过上海，因为那里有不少亲戚；他也去过杭州和苏州，总的来说不错，但没有家的感觉。当他第一次踏上北国土地时，终于坚定了哪里都没有家乡好的信心：他害了一个多月极为严重的水土不服，落下了很多病根，并且和维C银翘片结下了深厚的“友情”。

还是家乡好。他时常怀念起老家，那个能吹到海风的小村：田地里的秧苗随风摆出层层碧浪，氧气机在鱼塘里翻弄着水花，路边时而传来米糕或烤虾的香气。他进城后固然享受到现代、便利、热闹的都市生活，但乡下依然自有一番味道，这是偶尔郊游的城里人无法理解的。是啊，哪里都不如家乡好。山上随手一折就是嫩笋，水下随手一摸就是螺蛳，滩边随手一捞就是海菜。多好啊。他始终觉得他从那里出来，迟早也会回去，也该回去的。

不过，他如今成了新时代的高学历打工人。

总体而言，当今的学术产业化是相当成熟的。精明的导师总是善于做老板，负责接洽各种业务，申报各级课题。研究生们则是员工，通常按博士和硕士分为中层和基层，完成各项任务和成果。因此，当他从物理系转去金融直博后，便相当于提前进入了“金融业小微企业”。

不过，就武博士而言，直博在当时的确是一笔很合算的买卖。金融跨专业考研相当不易，尤其热门名校，二战甚至三战不中者颇多。且不说初试往往变成公共课的拼分绞杀，面试时的门道更是不必多言。作为外校跨专业无门路考研者，上岸概率可想而知，外推之类也多是随缘。至于出国，他不是没考虑过，但一想到离家更远，便打了退堂鼓。本校跨专业直博，已经是武博士当年所能得到的最好结果。

不过，在“老板的小微企业”中，他算是打入“另册”的人物。他算不得中层，而且也非嫡系。

所谓嫡系者，要么根红苗正，是本专业出身，在本科时便上过老板的课，或者做过老板课题的跑腿秘书之类；要么通过各种方式由外部招来，且关系背景特殊。武博士只是因业务原因招上来的直博生，既没有本科时的“早递投名状”，也没有“不足为外人道也”的内情，故算不得嫡系。

至于也算不得中层，则在于他的业务性质独立，没有梯队上升途径。老板之所以看上他，是因为他的数学建模能力。武博士本科时，在校级和市级的建模竞赛里都拿过奖，选修过金融方面的课程，还紧追当时刚兴起的大数据领域。如此有价值的苗子，只读个三年学术硕士未免“不值”，于是老板便力主他报学制五年的直博生，这样可以多“学习”两年，换个更高级的文凭。

进到老板门下后，他并没有像其他研究生一样，加入某个小组，而是专门负责模型建构的业务。具体而言，任何其他小组在工作中都可以找他帮忙。老板要出书了，其他博士按章节领任务带硕士生起稿，而武博士负责编制金融模型；老板要发文章了，武博士就要遍历国外学术前沿，再把最新的计算方法拿来主义；老板要去讲座开会了，随行的嫡系研究生会把PPT发过来，由武博士完善模型、数据和图表。简而言之，他在建模和编程方面有特殊天赋，因而根据比较优势理论，他便应该负责这块“基层”业务。

武博士因此变宅了，整天蹲在宿舍里，抱着电脑干活。他并不是没有研究生办公室的工位，然而他发现只要人在那里，便免不了经常被人招呼帮忙，干脆便少露面了。

不过，活虽然干得多，但钱其实并没有多少。除了按规定领取的仅够吃饭的政策补助以外，也只有些按课题费报销办公用品，领一些低于纳税额的劳务费之类的收入。

于是他忙里偷闲，和杨硕士一起给境外游戏工作室兼职，积攒第一桶金。

杨硕士比武博士低两届，是物理系本科同门。本着同样转向金融行业的志向，杨硕士来向武博士请教成功经验，发现竟然还是同一个游戏中的玩友，于是结为莫逆之交——实际上，可以利用这款游戏做灰色产业赚钱的点子，还是杨硕士最先想到的。

杨硕士来自西北小城，家里半务农半做农资生意，供他上本科已经不易，读硕士则是极限了。何况北师大已经成为博士盲审试点，每年都要发生不少延期惨剧，杨硕士更加不敢冒这个风险，一开始便打定了硕士到头的主意。武博士因此给他介绍了院里一位快退休的副教授，人和气，也没“更上一层”的追求，手下硕士自然没多少负担。在武博士的帮助下，杨硕士自然是一年上岸。

本科毕业前，杨硕士在西西楼的宿舍因水管破裂受灾。调剂宿舍时，他以自己已经考上本校研究生为由，转到武博士宿舍里一个退宿的北京生源铺位上。转年同屋其他硕士毕业，两人又和在外与女友租房的同院硕博连续生一起打了住宿申请，于是这对师兄弟便住上了事实上的二人间。

虽然杨硕士在学业上并无多少负担，但依旧忙得很。他是想留京的，必须把大量精力放在招聘和实习上。在当今的北京就业市场上，985非京籍男硕，在不少情形中甚至排在211京籍女硕的后面。而不限出身、有户有编的岗位，往往985甚至留学的博士都抢不过来。非京硕士，在北京的就业市场上，真是有点儿不上不下的尴尬。

没有办法啊。按杨硕士的说法，他生错了时代，在人生最关键的阶段赶上了进京指标大缩水和学历大贬值。何况他既无钱财也无背景，亦非绝世才子可以一字千金，更无一副足以倾倒小姐太太的潘安之貌，只能靠自己逆水行舟，难度可想而知。

所幸他还年轻，也有点闲暇，便跟着武博士做兼职，一来搞点钱，二来也学些技术。毕竟，“长安百物贵，白居大不易”，对于几乎什么都没有的年轻人来说，首先还是搞点钱实在，其次便是学门手艺。

这便是晓华对这对师兄弟的基本了解。

22. 人类观察（二）

22. 人类观察（二）　22. 人类观察（二）

【时间：夏初，傍晚】

【地点：武杨宿舍】

【人类：武博士、杨硕士】

【内容：人类如何转化知识为生产力】

“哟，今天回来这么早，没‘自愿’加班啊？”

这天，杨硕士提前结束实习回来了。这引起武博士的关注。

“唉，师兄，别提了。明天都可以不用去了。”杨硕士说。

“这还没到一个月呢，怎么就黄了？你没犯什么错误吧？”

杨硕士走到床边，斜歪在椅子上说：

“今天我们组那个小头儿，跟我说这个岗，早内定了。我们其他人都是陪玩打白工而已。”

“嘿，当初就说嘛。这种所谓高新科技公司，人才引进的户口很多都有主了，要么钱，要么关系。”武博士一边笑着说，一边递过去一瓶饮料，“咱们系当年那个谁，就有点胖那个师兄，不就是这么搞的。花了二十多万呢，那可是当年的二十多万。现在，起码翻倍，听说五十万起步吧。”

杨硕士猛灌了一口，抹了下嘴说：

“真不是东西！当初第一天开会的时候，还说要看表现，害我们这些实习生一个个比着加班。现在可好，要人呢！”

“不过，那人没骗你吧？该不会是其实还没定下来，他收了某人好处，然后四处放风劝退你们吧？”

“我也想过，但应该不是，”杨硕士放下饮料瓶，抱起蹭过来的派森说，“我也是前两天聚餐才知道，我们组那个小头，当年和我是一个服一个Raid团的！他玩战，我玩牧，还经常编进一个小队里。哎，游戏里也算半个熟人了。今天茶歇，他拉我到一边说的。感觉不像是假的。”

“嘿，那你真是赶上了，像那么回事。那就真不去了吧？”

“唉，说真的不太想去了，但是他劝我坚持几天，做满一个月。一个是钱好算，再一个是可以混个实习证明，而且我后几天连加班都可以免了。”

“嗯，确实，要不前面也白干了。那后面呢，赶紧再找实习？还是准备公考？”

“公考？算了吧，找个工作都这么多坑，我没关系没后台，公考更没戏。去年不是报了好几万人，才取几个啊。再说转过一次专业，听说很多单位不喜欢咱这种学科来回跨，还做交叉的。条件上卡得很死的。”

“我看倒未见得。有关系有后台的，早解决了，谁考公啊？就算有，比例应该也没多少。你找个条件不那么死的，试试呗。考上了，你这就一劳永逸了。后面找对象的路也宽多了，没准儿还能找个北京的。”

“算了吧，我都有户有编了还找北京的干吗？再说咱又没钱没房，人家土著看得上吗，我可是真不指望。”

“那你怎么办，公务员不考，事业编又没戏，最起码也得找个有户口的吧？都搞不定，那还真不如回老家了。”

“我们那个四线小地方，我可真不想回去了。”杨硕士摸着派森的头，苦笑一声。

武博士突然一拍腿，说：

“要不你现在赶紧考教师资格证吧！下半年的下学期开学报名，年底考，完全来得及。教师编也可以啊。”

“这不换了专业了吗，不好弄啊，当初转金融就没想再去当老师啊。再说现在这些个中学，海淀那边听说基本都是博士了吧。中科院的、清北的、海归的，有的宇宙校连副高的条件都开出来了，招副教授去中学呢，嘿！师兄，算了吧，咱北师说是部属师范老大，现在连北京这些中学都快混不开了。有这工夫不如抓紧准备金融从业资格了。”

“也没让你去海淀那些名校啊，那些连咱学校教法博士去都未必混得上。你找找那种，一般的初中小学，郊区的，没人愿意去的那种。你先进去再说，拿下户口编制，好好干，那种没什么人的学校和郊区，容易出头啊。你干出来了，再往城里调动不就行了，曲线救国呗。再说本来男的去中小学的就少，没听他们说，带把儿的去中学，相当于升半档。男硕至少能跟女博争了，你再找那人少的地方，是吧？最多苦几年，总比漂着好啊。教师编制也是编，一年十三个月工资，法定寒暑假，再补点课，你熬几年就出头了！听说他们老师子女都能照顾上学，这要是真的，等于还省下一套学区房了，那找对象路就宽多了！我看行！”

“唉，从中学来大学，读了七年，又回中学去了，老觉得亏了这么多年啊。”

“没这七年别说回中学，你连小学都回不去，进幼儿园都不一定呢。我看啊，你实习也找着，金融和科技那边的简历也投着。有实习就去摸摸情况，不对劲就跑路。学校那边，我去问问咱们那些师兄师姐，现在到底什么行情了，总能问点什么出来，是吧。就不说教物理，只要能进去就行啊。哎，对了，我当年那一届有个女生后来读教法去了海淀一个中学，我找她问问你这情况有什么办法没有。”

说着，武博士打开手机，开始翻起通信录。

杨硕士趁这会儿收拾了下背包。既然实习毫无希望，只干最后几天，就可以减去不少没必要带的东西了。他收拾的时候，在书包侧袋里摸出几张购物卡，想起了什么，便对武博士说：

“师兄，突然想起个事，来钱挺快的，咱们干不干？”

“哦？是什么情况？”

“听说现在给人写论文来钱快，有些要求不算高，只要是个SCI就行，没任何因子要求，纯灌水。”

“这不太好吧，严重学术不端啊。”

“唉，我也是觉得不太合适，但是钱确实不少。保底价2万一篇，随便是个灌水SCI就行。如果最后上的期刊还有点因子的话，还给加钱。”

“随便是个垃圾SCI就行？那因子零点几的多了去了。2万这价格确实不低，再加点都能买二区了吧？这人看起来挺急的，你这是给谁找替身呢，收了多少好处要把你亲师兄也拖下水？”

武博士这话本来是随口一说，开个玩笑的。却不想杨硕士从桌上拿起那几张购物卡，摊开给武博士亮了个相，说：

“唉，我说实话吧。本科那边有个学生想申藤校，当年一个社团的，前两天突然就找来了，还硬塞我800块购物卡。说如果我做不了，也要帮他留意着，介绍别人。”

“那你就找我了？好家伙，你这还真是上了贼船了。”武博士笑着说。

“不过我觉得挺奇怪的，他说最好还是在校内找，别找外校的，而且说不介意卖稿的写二作。”

武博士眼睛转了半圈，说：

“这才是高手啊。他去外面买，谁知道靠不靠谱？学校里呢？敢接这个单的，就等于双方都摊牌了——一条线上的蚂蚱，谁也别揭发谁。何况就是灌水，钱还不低，谁跟钱过不去啊。”

“这还真是，万一抓到了，还可以说是本校合作的，谁能说这一定就是买论文呢。”

“我跟你说，其实根本抓不着，谁没事闲的抓这个去？何况两边都不会捅出去。你看，我要不问你，你也不会说购物卡的事吧？“

“我这真成拿封口费了，唉。那我还是把卡退了吧。”

“你看，你要真退卡，人家心里反而该起疑了吧？何况人家出手这么大方，估计根本不在乎钱。不过这钱咱也别自己用。正好，你拿去给那个什么，咱院研究生会，前几天不是说要捐资捐物支援山区学校吗，当做慈善算了。那个小美女会长，你不是挺喜欢人家的。毕业前留个好印象，也不亏吧？”

俩人又笑了起来。

吃过泡面，他俩开始干正经事了——真正的赚外快。

这师兄弟俩如今已经彻底结束了给游戏做脚本的业务，进入了更加贴近本专业的行当。总的来说，收入没有以前多，不过毕竟见得光了，而且甚至可以写到简历里去。简而言之，他们在帮一个小公司做一种证券交易模型，俗称交易者舆论情绪指数的东西。

这个项目，是两人在校友群里接到的。委托人是个毕业没两年的校友，在一家据说是私募类的机构里做事。这人也是上面交代的任务，自己做不了，于是转包出来。

武博士研究着甲方要求，和杨硕士讨论具体方案。按照要求，他们需要做出一个监控网上股民情绪的算法。

“这事感觉不好弄。我现在看神经网络调参这块的东西呢，挺麻烦的。咱们先把算法验证一下，试试能不能跑起来。另外不知道有没有现成能用的中文证券情绪语料分析库，如果没有训练集那可就麻烦了。”武博士撇着嘴说。

“咱们不会是要自己从头搞一个吧？那要爬虫多少个网站啊？”杨硕士问道。

“光爬虫恐怕都不行。我看了下，社交媒体和讨论区上，股票这块的评论污染挺大的。就不说各种枪文、黑嘴，还有好多机器人刷评论的。另外还有啊，好多玩梗的、反讽的，还有拆字谐音火星文什么的，这都得一个个手动标记吧。”

“还真是，那情况可太多了，这数据洗得出来吗？训练的时候，这要搞出多少参数啊？”

“模型先不说，就这数据集能搞出来，哪怕搞一个不太大的，只要能搞出来，这活就算成功一半了。我现在是有点儿闹明白他当时谈钱的时候怎么这么爽快了，如果连数据集都得咱们弄的话，这典型当苦力啊。”

“师兄，那搞得完吗？他们那边不是要求年底前要部署吗？”

“啥都不干肯定搞不出来。我觉得咱先这样，我先主攻算法，你先主攻数据集。你先用爬虫，不用搞太多，随便找个股票和社交平台，先搞比如一个月的评论数据，然后把发言的ID信息也弄出来。然后找个一般的中文情绪语料库，有训练好的开源模型的话，直接拿来试一试效果，然后再看下一步怎么走。另外用户那边，普通用户、大V、官V什么的区分一下。哦，还有，查查怎么识别社交媒体僵尸用户群。我之前看了下好像是有规律可以找的，注册时间、关注和评论点赞什么的会形成网络团簇，活动时间和话题有同步性或者周期性这类的，然后把活人用户和机器人用户的评论分两个数据集……”

“啊？师兄，机器人的干扰噪声直接删了就行啊，那不是没用。”

“这可有用啊！你想想机器人能无缘无故发帖么？还不是用来影响活人的。想吸筹就让机器人发唱空的，想拉升就让机器人发唱多的，然后配合大V和自媒体黑嘴之类，不都是这么玩的？这和活人用户对比意义太大了啊！”

“我懂了师兄，就是等于类似做两个组，一个是纯净组，一个是污染组，然后可以观察差别，看看和市场走向的关联性。师兄，这东西真做好了，会不会很厉害啊！”

“谁知道呢，毕竟还没试过。量化什么的，翻车也不是没有啊。总之，走一步看一步。如果真能做出好东西，那可就不一定全交给他们了。毕竟按这工作量预计，他给那点钱还不如民工搬砖呢。”

“那肯定要自己留着啊。谁会把生金蛋的母鸡卖那么点儿价钱？没准儿能做出个韭菜收割机呢！”

“有句话，你听过没有？”武博士说，“‘在人像狼一样的社会里，有人想发财，另一些人就得自卫’。现在不是整天讲什么狼性狼性么，说到底不就是这。你看，做量化的都快到核武器级别了，散户那点水平，好多人还在石器时代呢。”

“唉，我看他们专业的也没强到哪去。那天实习面试，我算了个相关系数。然后有个面试官问我，为什么要用涨跌幅算，他说用价格直接算更好。我还能说什么呢，给他讲方差畸变？”

“哼，多正常啊。这帮机构，窝里割韭菜，真出去了自己成韭菜。”

又闲谈了一会儿之后，两人各自干起了活。

23. 人类观察（三）

23. 人类观察（三）
23. 人类观察（三）

【时间：夏初，夜】

【地点：武杨宿舍】

【人类：武博士、杨硕士】

【内容：人类对北京城的看法】

杨硕士正在读老舍的《四世同堂》，因为据说第三部的完整英文稿重获发现，待回译后将出完整版，于是他从图书馆借出前两部，想重新回顾内容。

武博士洗澡回来，看到杨硕士又在读老舍，便说：

“还在看《四世同堂》啊。之前去图书馆，刚好看见另一本书，也可以瞅瞅。”

武博士从书橱上抽出一本书，递给杨硕士。晓华在杨硕士的书桌上立起身子，看到那书是穆儒丐的《北京1912》。

杨硕士接过书，看了下封面，说：

“没听说过这人，1912，这是写的一百多年前？”

“嗯，民国刚建立那两年，作者在北京的亲身经历改编的。”

杨硕士翻开书瞥了一眼说：“居然是白话文，我还以为是文言呢。”

“这书是民国十二年写的，已经是新文化运动之后的事。这人是北京满族人，京旗的。他因为拿个大人物的事改编小说，结果得罪了人家，在北京留不住，跑路去东北之后写的当年在北京的经历。”

“有点意思。不过他得罪谁了？北京这么大的地方都留不住？”

“简介里面有写，一看便知，我就不剧透了。”

“之前去图书馆里，也没见过这书啊？师兄你是怎么找到的？”

“图书馆刚进货的。正好看见他们整理上架，干脆就拿过来了。民国初年的书，都一百年了，才刚重印出来。看介绍说，这人当年特别有名，据说民国最早的白话长篇小说就是他连载的。可惜，历史包袱太多，后人基本不提他了，文海遗珠啊。”

“这书真这么神啊？”

“其实我下午翻了翻，文笔还是不错的。有些对老北京的描写特别细致，而且他写的比老舍早，有些东西，更接近本源。比如说，《茶馆》里那个崔先生，记得吧，就是说‘作过国会议员，那真是造孽’的那个。为什么那个时代国会议员就是造孽？这书里写得特详细。还有那个秦二爷，说他‘实业救国，他救了谁？救了他自己’，这里头也有解释，实业如何救不了国和民。臭拉车的为什么低贱悲惨，底层妇女为什么只能进八大胡同，京城满族在清朝亡了之后如何一步步走向末路，这里头都写了，而且很细。这人还在小说里借书中人之口，写了他的文学研究和评论。他特别崇拜雨果，拿他当天字第一号的作家。这人还翻译过《悲惨世界》，这书也确实有点雨果那手法，应该是受了影响。字数也不多，有个半天就看完了。”

“那可真谢谢师兄了，我就只会看公认经典的书，自己找书还真不会。”

杨硕士说着，把书放到书包里，估计是打算第二天去实习的时候，抽空看一看了。

“我也不过是凑巧碰上。不过，你为什么这么迷恋北京呢？凡是写北京的你都喜欢看两眼？”武博士问。

“哎哟，师兄，其实真说不上有多迷，但是总觉得想留在这，不能不了解这个地方。”杨硕士说。

“看来你也是个‘京派’知识分子。”武博士笑着说。

“‘京漂’打工分子还差不多。”杨硕士自嘲道。

“我就没这么喜欢北京。当年刚来的时候，一直流鼻血，止不住的。气候太干燥了。咳嗽了好久也查不出什么病，校医院的维C银翘吃了不知道多少盒。还是老家好。”

“师兄老家现在是新一线了吧？有山有水，有湖有海，经济也好，别的地方比不了啊。我老家除了戈壁滩，真的什么也没有了。不出来，老家也没什么好混的。”

“哈，我老家人除了长三角尤其是上海，其他地方都不大乐意去的。阿拉乏七拿滴，晓得伐？”

武博士说完和杨硕士一起笑了起来。

“唉，我就没什么乡土情结。不知道为什么，好像从小就想来北京。师兄小时候也唱过吧，那些儿歌，我爱北京天安门，荡起双桨，一直唱，从来没亲眼见过。我上中学后才进县城，来北京前连市里都没出过。唉，想想挺可笑的。刷了那么多年题，也不知道为了什么。填志愿的时候，一个老师跑过来说，我肯定够这的分数线。北师大，之前都没听说过。老师说这是京城四大名校之一，还是师范，全国最好的师范，我要报的物理也是北京第二好的，只比北大差点。我爸妈觉得，当老师很好啊，物理老师，多好。我们那，老师多让人羡慕啊！补一年课，够村里农民刨一辈子土的。可我只听到了京城四大名校这几个字。北京。当时就觉得，我必须来北京。我也不知道为什么，我就觉得必须来。结果来了才知道，我报的不是师范生。不过也无所谓，我来北京了。那天我们宿舍，师兄你知道吧，就小松、老陈他们，一直聊。大家都是第一次来北京，晚上我们谁都没睡。大半夜，我们就从小西门翻出去，走着去天安门看升旗。从积水潭到后海，绕着北海走到景山、故宫、中南海，一直到天安门。就那天早上，小时候唱过的那些歌，听过的那些地方，就那一个早上，全看遍了。我一辈子也忘不了，国旗班‘唰’地一甩国旗那个场面。那年寒假回老家，高中还让我去给下一届做动员。我到学校大门，才发现当时我上师大的喜报，一直贴到春节。唉。我们学校这十来年，第一个考进北京985的……师兄，我想起以前，真觉得像是做梦一样。”

“现在梦醒了？”

“是啊，可我更想留在北京了。”

“也许只是因为不想回去吧。”武博士拍了拍杨硕士的肩膀。

“唉，确实。都念到研究生了，回去也不知道干什么。也不知道别人会怎么说。我们市里没什么产业，入编又没关系，我回去就当中学老师？他们都觉得我早就是北京人了，出人头地了，赚大钱了。唉。回去？回去更可怕，一想到将来如果要回老家，我就觉得喘不上气，像掐着脖子要憋死了。”

“我反正是肯定不留北京了。早知道当年还是去华东师大好，留上海也不错，离家近，还有几个亲戚在。”

“师兄，你现在还是能去上海啊，博士到哪不行啊？我就一小硕，别的地方也没机会，不留京真没退路。”

“这两年也不行了。放以前，有个学历还能混点事，现在海归博士和博士后都满街跑呢，咱这种没吃过洋墨水的都成弱势群体了。知识改变命运啊。”

“早知道当年报林业大学了。我们那边林业好就业，基本都能进公务员和事业编，本科就能去，唉。”

大约是说到伤感处，两人都沉默了一会儿。这时有人来电话，说是几个延期毕业的博士二次盲审终于通过，在外头包了个小房间，请大伙去撸串，还有几桶进口啤酒。

于是武博士和杨硕士便动身去蹭饭。他俩出了宿舍楼，把夹带出来的晓华和派森放到绿地上，便出了大西门。

24. 鲁迅雕像

24. 鲁迅雕像

24. 鲁迅雕像

晓华躺在大木铎横梁上，看着毕业季夜归的学生，若有所思。他日日闻道，夜夜求索，不外乎人类社会何往，猫族以何应对。然而人类文明博大繁杂，晓华颇多猫生有涯之感。

派森趴在晓华背上，发了质问：

“你想这些有什么用？是什么意思呢？”

“说不清。”

这真是一句极有用的话。

“我想，你可以去见猫敌……”

晓华懂得她的意思了。去年学校整修中南、中北二宿舍，把花园里的鲁迅雕像收藏起来。学生们误会为“永别”，待澄清后才得安慰。

如今这雕像复归原处了。

“要去的。我们同去吧。”

“他是仇猫的。我又无事寻他。”

晓华可是不说话。派森又说：

“他很了解人类。听说他横竖睡不着，半夜就研究吃人。”

“大约当初野蛮的人类，都吃过一点。现在的人类，不至于此罢。”

“哼，竟用馒头蘸血吃呢。”

“他毕竟不吃猫吧。”

“倘要去，还是带些祭品，献上祝福罢。”

“还要添一个宣德炉么？又不是旧历年底。”

大木铎上的两只猫，一只笑了，另一只也笑了。

半夜，派森睡了。晓华径自跑到体育馆西边，在鲁迅雕像对面坐下。

这位“迅哥儿”，晓华是颇为熟悉的。厉云讲过，教授讲过，派森讲过，人类讲过。虽然耳熟能详，但见面还是初次——半人高的赭石基座上，一米见方的石面向内凹去，居中雕着鲁迅的面容。

“倘遮住一字胡，颇似狮身人面像呢。”

晓华觉得好笑，便放松身子，趴下了。

自入北师，晓华视野愈加开阔。中外文化历史、先进科学技术，胡同里极少听，宫里也不多见。大学，确是人类了不起的发明——研究之丰富，言论之开放，思想之深刻，比较起来，猫族难以望其项背。

然而人类有大学，并非人均有大学。晓华知道，人类大学天才云集，但他们只是人类中极少一部分。多数人类的水平十分平常。饱食终日、不学无术之徒，也颇有不少。

人类历史，毕竟是大多数平常人决定的。少数天才，若不能说服多数，也孤木难支。这是少数人和多数人的关系。这多数人，可以是奴隶、农民、第三等级、公民……天才正是从这样的泥土中产生的。有泥土，人类便有天才的希望。

然而，人类也常有“乌合之众”。自己不愿做泥土，还想把预备的土也扫尽。便是天才也要被祭为牺牲，再“散胙”罢——那简直是一定的。吃人，尤其吃天才，在人类历史中随处可见。譬如房龙的无知山谷里，便有一群这样的家伙。

天才从荆棘的地方开辟道路，或谓之创新，或称为改革。经年累月，前仆后继，终归成为烈士。他们的牺牲，却成为看客的谈资：若死得慷慨，便看了悲壮剧；若死得怯弱，便看了滑稽剧。终于成了路，看客们一哄便走，烈士却埋在不知哪里的地下。

倘人类在铁屋子里，必要天才成为烈士才有希望，此一物种值得喊醒吗？

作为一只猫，晓华固然认为那不值得。倘使人类果然闷死，猫族便有出头之日。然而晓华又担心，猫族也会陷入同样的铁屋子。他知道，人类曾经把鼠类闷在铁屋子里实验，结果很不乐观。人类既已知道，大抵有所准备。想到这里，晓华略感失望。他又思索，若人类能继续繁荣，竟去太空，会解放地球的猫族吗？大抵不会吧——猫族向来不惮以最坏的恶意来揣测人类。

可人类毕竟既没有大灭亡，也没有大繁荣。

回顾人类历史，兴衰更替，似乎样样照旧。两次大战后，人类又从废墟中恢复。现今虽无大战，竟也全球危机了。

不过是反反复复，旧日重现罢。

毕竟，有破坏也未必有新建设。

人类经常用旧瓦砾建造新大厦。建设尚且如此，倘连破坏也没有，众人只各自挖一块砖带回家呢？他们只盼那镇压的塔自行倒掉，再献出旧砖建了新塔，捐个“老爷”的称呼，摆架子还十足，还可笑。

“谁在自由中寻求自由本身以外的其他东西，谁就只配受奴役……当他们执意要做奴隶的时候，谁也无法阻止他们成为奴隶”——诚如托克维尔氏所言，人类的本性大约是与时代变化无关吧。

文明已然高度发达，却有人类依旧想做奴才——凭着科技算法，既做得，且做稳了。一日没有主子，心里就不舒服，所以连猫也拜了“猫主子”。但“猫主子”毕竟是临时的，大抵还不稳固。倘使人类有一日猛然清醒，竟不再拜主子，猫族便要前功尽弃了。

猫族要想做稳人类的主子，就要尽一切努力，激发人类的奴隶性。这必要利用人类对自身的研究，善加利用人类的科技，引导人类做猫族的新奴才，为猫所用。

晓华又想起白家。白三爷也想利用人类，可是他要激发猫族的奴隶性，拜人做主子。假使他竟做成，猫族便分明将要纯乎是狸奴了。

一股寒风吹过，晓华缩起身，埋下头。

他竟困觉了。

突然，晓华听到有人在叫他。

“晓华？晓华！”

晓华猛然醒来，却看见一个美女的脸，一笑，隐去了。

他又环顾四周，一团漆黑。

蒙眬中，他隐约看到没在黑夜中一堆人的后背——颈项都伸得很长，仿佛许多鸭。一会儿，这些人都向后退，一直散到自己趴着的地方，不见了。

晓华坐起身，看见不远处还有个人影。

那人荷着戟，独自彷徨着。忽而又转过身来，大声叱曰：

“嘘！滚！”

晓华头上一阵剧痛，像被飞石击中一般。他抽搐几次，终于躺倒，眼前又闪出一柄钢叉，尽力刺来。

他霎时晕厥。

许久，晓华恢复知觉，感觉有猫在蹭自己的脸。他睁开眼，面前是派森。

“你竟半夜一只猫来这里，不怕赤练蛇、美女蛇来捉你么？”

“蛇？啊！我答应了吗……”

“莫非你来的时候，竟没有想到终究要如此的么？活该！”

“我真傻，真的。”

幸好没有答应。晓华大约的确逃过一劫。他被派森拱着，走去了。

将出花园时，一阵旋风卷来。树上的乌鸦“哑——”的一声大叫。

晓华回过头，仔细看时——分明有一圈红白的花，围着那雕像的基座。

25. 风波渐平

25. 风波渐平 25. 风波渐平

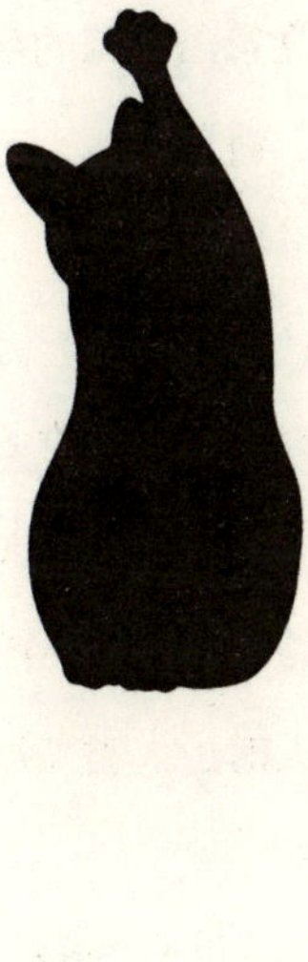

转眼快到离校日，校园里又要送走一批老生。每当此时，那些已经被“组织”成功配对的流浪猫，便会紧紧盯住目标学生，力图领养成功，以免错过时机还要再等上不知几年——如果那个时候，他们还活着的话。

晓华虽然不用为是否被领养担惊受怕，但也有自己的顾虑——他在担忧胡同里的情况。

他初来师大时，胡同里才刚刚开始大乱。白三爷本想奋力一搏彻底拿下八横一纵，但是在周边大量猫窝的干预下没能得逞。地安门周边、后海一带和北锣鼓巷的猫窝都或明或暗地支持格格与黄家，而原本支持白家的交道口几个猫窝，在景山公园的黄管事突然造访之后，便都打了退堂鼓。白三爷正面受阻，背后失援，运势大衰，竟气出病来，于是一统南锣的大业也只好放到一边。

自此以后，白三爷脾气越发暴躁，惹得白家窝里纷争不断。入春后，白三爷脖子上旧伤复发，身体每况愈下。几个儿子见状便公开争起窝产，窝内越发分崩离析起来。正如那大观园一般：大族从外面是一时杀不死的，必须从家里自杀自灭才能一败涂地。这早被厉云算准了。

就在白家内部开始着火时，人类又添了一把柴：白家地盘里的几条胡同开始新一轮修葺整治，很多原本并入白家的小猫窝顿时丧失家园。几个小猫窝希望白家能把中戏校园拿出来应急，但白二小姐却坚决不许，说中戏是她压箱底的嫁妆，让那些小猫窝“不爽就他妈滚蛋”。白三爷此时已经开始糊涂，什么都依着这个最宠爱的孙女，下令谁也不许未经许可进入孙女的产业。

一些长期以来就对白家老小不满的小猫窝终于搭起爪来造反，还派刺客用耗子药给白三爷下毒。白三爷临死，把白二小姐匆忙嫁到了和敬公主府里的猫窝——临行对她说的最后一句话是：“别回来。”当送亲猫返回报平安之后，白三爷才终于咽了气。这之后，白三爷几个儿子彻底决裂，小猫窝也纷纷脱离，白家彻底垮了。

虽然白家危机解除，但格格一窝也并不好过。

受到白家“猫乱”和人类活动双重影响的鼠类和黄皮子，因为流离失所到处流窜，过不去玉河，便都跑到格格窝地盘上抢食，进一步激化了猫族和这两个族群的矛盾。另一方面，一些不愿意参与“猫乱”的老猫小猫跑到黄家和格格窝求收留，按照猫族的传统，这时候是不能拒绝的。

两个不利因素叠加起来，产生了一加一大于二的效果——由于短期内小动物密度大幅增加带来的卫生问题，格格窝所在区域内开始有跳蚤传播，尤其是家属院居民们不得不喊卫生部门出动防治。一些居民开始避猫而远之，并开始思考院内猫族存在的意义——既然有猫还闹老鼠，甚至出现跳蚤，那为什么不把这些猫都赶走，再多撒些鼠药呢？这比喂猫粮更便宜，也更实用。

焦头烂额之际，格格在自己家里也陷入了困境。

金教授的女儿带着孩子回娘家坐月子，嫌弃格格经常出去会把外面的脏东西带回来，要金教授把格格扔了。金教授固然不肯，可又拗不过独女独孙，只能把格格的猫窝小房从屋里搬到楼门口墙边，让格格先“委屈”一段日子。格格每天东奔西跑处理乱子，又休息不好，瘦了一大圈。这时又赶上闹春后那一批幼猫将要出生，眼看形势又要恶化。

窝里不少猫提议可以找黄家帮忙，可是黄家自己也有困难。白家崩溃后，不少黄家的猫嚷嚷着要打过玉河，收复故土，引发窝里主和与主战两派的冲突，窝内气氛一片紧张。玉河对面从白家分窝出来的白三少也开始针对黄家备战，黄白两家交界的两座石桥已经完全封锁。格格实在拉不下脸在这种时候再去麻烦人家。

幼猫们生下来后，日子是越过越难。

以往幼猫们多少能受到附近居民的照顾，而如今人们却担心更多猫会带来更多问题，态度变得含糊起来。况且，附近的黄皮子们也因为生存问题而对猫族屡下杀手，经常趁大猫不备残杀幼猫。这固然引来大猫们的报复，然而也招致黄皮子更凶残的反击，以至于连身手不好的大猫都要结伴出行，以防被偷袭围攻了。

为了保护下一代，格格劝说母猫们把幼猫集中在附近几个固定地点，搞集体防御式喂养。塌掉或拆了一半的平房，两面院墙之间的夹缝，甚至被车主长期闲置的旧汽车，都被用作安置幼猫的地点。每一处都有几只大猫轮流看护，再由虎妞带着护卫猫来回巡视，让黄皮子无法偷袭，这才暂时稳住了阵脚。

另一方面，黄爷带队主动出击，时而扫荡老鼠窝，时而驱赶黄皮子。按格格吩咐，对不主动攻击的黄皮子尽量只赶不杀，避免长期结仇矛盾升级；至于老鼠，务必赶尽杀绝，还要安排猫叼着死老鼠给附近居民看到，作为“表功”。

时局虽然艰难，但格格这窝毕竟是勉强支撑了下来。

随着天气渐热，从帽儿和方砖厂胡同到南锣鼓巷的旅游生意日渐红火。灶火一旺，吃的就多。不管游客投喂，还是趁夜翻垃圾堆捡漏，食物问题缓解，老鼠和黄皮子也就闹得轻一些。

大家都以为，格格窝局势开始出现好转时，猫瘟暴发了。

一些幼猫开始发病，连有的大猫都出现了症状，格格只能把大小猫分散隔离。但发病的猫太多，范围又很广，格格只能使出最后的办法——向人类求助。

格格挑出几只打过疫苗、长相好看的散养家猫，每天带染病的幼猫向周边居民求助。通常，大猫会把不幸的小家伙带到近期喂猫或态度友善的人类面前，求其收养。如果人类收下小猫，再派另外的猫监视情况。倘若运气好，幼猫在人类救治下扛过了猫瘟，那么日后再寻找机会将其迎回窝里。如果幼猫运气不好，重新被人类遗弃，那么便找下一个人类求助——如果幼猫还能活到那个时候。

但胡同居民的数量毕竟是有限的，特别喜欢猫且愿意救助的人类也不多。尤其是那些已经圈养家猫的人家，往往一眼就能看出幼猫健康不良，因害怕传染或可以预见的不菲医疗费，而不理会大猫的恳求和幼猫的哀号。

在努力了一周之后，格格窝里并没有送出多少幼猫，而病死的却有不少，就连大猫中也开始出现猝死的情况。

格格被这波猫瘟逼上了绝路——她决定给胡同里的游客送病猫。

在窝内紧急会议上，这个决定遭到了窝中很多猫的反对。毕竟人类游客只是游玩途经，对其人品、条件都缺乏了解。幼猫被带走后，究竟会被如何对待，也完全无法监控。这种办法，与其说是“求助”，不如说是变相“遗弃”。

但格格发了火。她吼道：“那你们说怎么办！难道都留在窝里看着孩子们一天天死掉吗！不送出去必死！还会传染更多的猫！最后要全窝死绝吗！”

大猫们最终以沉默的方式“通过”了格格的决议。

随后，窝里迅速组建了几个送猫小组。每个小组由两只大猫组成：一只是打过疫苗的母猫，另一只是身体健康机警灵活的侦察猫。行动时，母猫带着一只发病的幼猫隐蔽起来，由另一只侦察猫在游客中挑选潜在对象。

根据人类的心理特点，侦察猫会优先试探年轻女孩和小孩——即容易对小动物产生同情和喜爱的群体，衣服和用品上有猫类装饰的尤佳。一旦发现潜在对象，侦察猫便会缠上去近距离观察目标的举止品性是否和善，衣着用品是否有档次。如果能贴近人类身旁，侦察猫还会通过气味来确定目标人类家中是否有猫。

若被试探的人类表现出对猫亲近温和的态度，侦察猫便会发信号，让潜伏的母猫带着幼猫出来试探人类。幼猫们也知道这是自己获救的机会，往往会打出十二分精神装出可爱温顺、讨人喜欢的样子。大猫和幼猫一起缠着目标，虽说并不能每一次都奏效，但只要能让人类伸出手，成功的机会就增加了大半。

格格窝的送猫行动在周边猫族中引起了同情和支持。毕竟，猫瘟是一种相当猛烈的传染病，在没有人类介入治疗的情况下，很少有病猫能撑过一周。格格窝把病猫送走，对胡同里其他猫窝也是一种保护。因此，周边猫窝也时常会在自己的区域内盯梢人类，如果发现对猫有好感的人类，便会想办法往格格窝送猫的地点引。

格格窝如此行动几天之后，开始引起人类注意。不寻常的猫族行为通过旅游攻略和游客视频在互联网上迅速传开——帽儿胡同里的猫会给游客送小病猫求救。网络传播的效应终于吸引一些爱猫人士专程前来救助。他们往往会准备好运猫装备，然后来到帽儿或豆角胡同徘徊，等待“奇遇”。甚至一些网络主播也来收养病猫并全程直播报道医治过程，收获大量流量和人气——病猫获救，主播出名，典型的人猫双赢。

在人类的视频直播和各种攻略中，不仅帽儿胡同变成了“猫儿”胡同，连格格也出了名，因为她经常亲自把守在豆角胡同和帽儿胡同相交的三岔口送猫，成了最常上镜的网红“送猫娘娘”。不管是路过的游人，还是在附近饭馆前等位的食客，都会看到一只玳瑁猫叼着病猫找人类求援，不伸手不罢休。知道典故的人便会说：“瞧，猫儿胡同网红猫，送猫娘娘又来了！”

又过了小半个月，快到立秋时分，格格窝的猫瘟总算渐渐平息。被附近居民收治并存活的幼猫们，有的已经回窝重归猫族生活。同时，由于天气即将转凉，胡同里的大小窝也不愿意把纷争带入寒冬，开始纷纷收兵，转为打嘴仗，连带着黄皮子和鼠类也安分下来。

整体而言，八横一纵猫族最动荡的日子终于过去了。

26. 石桥之战

26. 石桥之战

26 . 石桥之战

这天下午，格格躲在豆角胡同南口汽车底下观望，桂爷负责在外侦察。他们准备送出一只出生较晚、才染猫瘟的幼猫。然而因为预报有雨，胡同里的游客极少。随着阵风突起，阴云聚集，格格和桂爷都嗅出了暴雨的气息。游客是不会在这时来光顾的。

一场即将倾下，却不知何时才会停的雨，很可能耽误今日送猫的机会。而明天……如果明天这只小病猫还没有死的话……

桂爷在三岔路口来回徘徊，然而并没有找到合适的目标。眼看远处传来闪电的亮光，耳边传来隐隐的滚雷，桂爷突然发现从帽儿胡同西边，走来一个学生模样的男孩。

这男孩穿一双户外登山鞋，下身是深蓝加厚牛仔裤，身上套着冲锋衣，斜挎双肩电脑包，一副猫型深色墨镜。桂爷感觉到这个人类也许有戏，便回头瞥了一眼。他见格格也点了点头，便一路小跑迎了上去。

男孩看到桂爷跑过来，放慢了脚步，半蹲下来冲桂爷亲切地喊着：

“咪咪！来！”

桂爷贴过去后，开始围在男孩脚边嗅探：除了强烈的洗涤液味道之外，还有点淡淡的消毒水味，也没有发现猫狗或其他宠物的痕迹。桂爷又围着男孩走了两圈，没有发现男孩有接猫的准备：他没有带猫笼之类的装备，所以似乎并不是听到传闻特意来救病猫的。对于这种略有爱猫倾向的路人，只能说好坏因素各半。

然而时间不等猫。大雨随时会来，而且很可能持续到深夜。第二天还有没有机会送出去，没有猫知道。

桂爷围着男孩绕了几圈，喵喵叫着。男孩蹲下来，轻轻摸着桂爷的毛。桂爷感到这男孩捋毛的手法比较生硬，但态度似乎还不错，说话声音也颇温柔。从男孩鞋上的商标，以及拍视频用的手机看，生活条件似乎并不坏。

桂爷犹豫了一会儿，还是发出了信号。格格从车下叼着幼猫钻出来，一路小跑过去。桂爷这时绕到男孩身后，隔开一点距离继续望风。

男孩看到格格叼着小猫过来，似乎很高兴，用手机对着格格拍了不少视频，边拍边说着：

“听说帽儿胡同有送小猫的母玳瑁，居然是真的啊。还以为是他们摆拍的呢。”

男孩拍了拍格格的头，又摸了摸已经爬上鞋面的幼猫，轻轻笑了起来。

格格叫了两声，招呼幼猫好好表现。幼猫强打着精神，蹭了蹭男孩的腿，抬起头向男孩叫着。

“是要送给我吧？那我可就不客气了。”

男孩说着便放下书包，把幼猫装进去后，又拍了拍格格的头，起身继续向胡同东边走去了。

格格目送男孩离开后便回到汽车下休息，桂爷则贴着墙根跟在后面监视。那男孩在玉河北岸的凉亭里坐了一会儿，给幼猫拍了视频，之后抱着幼猫穿过回廊木桥，到了玉河对面的黄家地盘。桂爷隔着河跟对面黄家的望风猫打了个招呼，便回来向格格汇报了。格格让桂爷先回院里通知幼猫的母亲，自己则趴在车下打起了盹。

没多久，远处传来隆隆雷声，随后暴雨骤然泻下。雨点噼里啪啦地砸下来，使胡同里仅剩的游客纷纷跑起来四处避雨。

格格从车下探出头，斜眼看着天上的黑云，心想：还好把幼猫送走了。

她重新趴下来，回想着送出幼猫的过程，突然觉得哪里不对劲。她隐约感觉到，今天送猫的过程似乎太顺利了。她回想着前些日的经历，除了拿着手机做直播和带着猫笼来救助的人类之外，从来没这样顺过。

通常路人在带走幼猫之前，都要犹豫的。很多人最后也只是逗一逗，随便给点零食便离开了。有些人在检查过幼猫后，或是撇嘴，或是摇头，明显不愿意捡一只病猫回去——染病的症状尤其瞒不过那些了解猫的人。

此外，有些小孩想收养，会被大人阻止；有些大人想收养，又会被同伴劝阻。单独一人领走幼猫的，不少也是一时冲动，有时会在胡同其他地方重新遗弃。这时，为了讨好人类已经耗尽力气的幼猫，通常因此失去希望，病情恶化，很快丧命。

每一只能被带出胡同的小病猫都是幸运的。他们比那些没坚持下来的兄弟姐妹们多了一点机会。至少，他们没有死在母亲眼前，永远活在了母亲的期盼中。

而刚才这个男孩，格格越来越感觉到，他和之前那些人类都不一样。那漆黑的猫型墨镜未免太过招摇显眼了，简直就是为了吸引猫而特意戴上的——何况还隐藏了他的眼神。他似乎听说过这里的猫族在给人类送猫求助，而且态度爽快得简直就像是为了特意领一只幼猫才来的，但却装作略显惊讶、毫无准备的样子。最重要的是，他没有检查小猫的任何情况，就很痛快地带走了。

格格又想到这人的穿着也有点奇怪。暴雨前是很闷热的，许多游客都穿着短袖或脱下外套，而这个人的装扮过于厚实，难道他不嫌热吗？

他到底是什么人呢？格格嘀咕起来，可又找不到什么头绪。

就在格格琢磨的时候，从三岔口过来一只黄家的猫。格格定睛一瞅，发现是黄家守桥队里的一只。黄家的猫来这干什么呢？何况还冒着这么大的雨。

格格探出头叫了两声，把那猫唤了过来。

这猫看到格格，赶忙钻到车下，很急切地说："格格，您这边刚刚送出去的幼猫，出事了！"

"什么?!"格格赶忙问，"到底怎么了？被扔了吗？"

"严重多了！那人在石桥上……就……"

"就怎么了？"

"……就挖了幼猫一只眼睛。"

格格顿时觉得头一晕，眼前黑成一片。

"您还是去看看吧，我们也没办法……"

"你们当时没有救下来吗？"格格瞪大了眼睛问道。

"白小三那窝的摆出攻击架势了，打信号说我们上桥救猫就算开战。"

"这都什么时候了！还闹这个！"

格格略一思索，又叫了两声，把附近一只望风猫叫了过来。格格吩咐他带着黄家的猫一起回窝里说明情况，让桂爷组织窝里还能打的赶紧去桥头支援，再去找扫荡鼠窝的黄爷那队猫回来。

安排妥当后，格格冲进雨里，穿过玉河拐弯处的木桥，沿着河边灌木丛向南跑去。

快到北石桥桥头，格格看到黄家的护桥队都隐蔽在桥头护栏后和灌木丛里，于是她俯下身钻了过去。看到格格来了，一只猫小声地说：“刚刚又挖了一只眼睛。”

格格缩了缩耳朵，没有说话，继续向前找到领头的猫问道：

“对面是怎么回事，他们这是要干吗，见猫不救是什么意思！自己不救也不让别的猫救是什么意思！”

然而黄家的守桥猫只是摇了摇头，回道：“格格，我们打了几次信号，可他们真的不讲理，我们也想救猫，可……”

格格躲在桥头石礅旁，看向对面。白三少那窝的几只守桥猫正躲在灌木丛里。他们也注意到了格格，但没有任何友善的表示，带头的猫甚至做了个轻蔑的动作。

格格又探头看向桥面，只见刚才那个男孩披着雨衣，站在桥边。他一只手卡着幼猫的脖子，伸到护栏外使劲摇晃那孱弱的小身子，另一只手在幼猫的头上又捏又打。

格格蹿到桥头南侧石栏下，仔细打量起来。她看见那人手上戴着防抓咬皮手套——格格在先前来救助的人类手上看到过，而眼前这只“皮手”，却正在幼猫的眼窝中搅动着。她看到幼猫的身子缩成一团来回扭曲，鲜血被雨水冲成一缕缕红线，布满了大半身皮毛。

这个人类，这个凶手，是有备而来的。

格格懊悔到了极点。怎么会把幼猫交到这种人类手上！怎么会错得这么离谱！该怎么办呢？对一个处心积虑骗走幼猫再残酷虐杀的人类，自己作为一只猫，能怎么办呢？这人戴着皮手套，身上衣服相当厚实，冲锋衣帽子、宽大的护目镜和大口罩护住了头脸，再锋利的猫爪也是无可奈何的。

可是必须做点什么！

格格在雨中小心地跳上桥头石礅，向桥对面雨儿胡同张望。并没有一个人影。她又跑回黄家护桥队藏身处，问道：

“难道也没有人类管吗？”

“刚才只有个骑车的路过，只顾着骑，也没注意看那人。”

“那至少跟你们当家的汇报了吧？”格格急切地问。

“派猫回去报告了，不过大爷二爷出去了，大姐她应该是在……”

“再去报！就说我们这边队伍马上就来，请她一定要派猫过来压住阵！”格格又看了一眼桥面，对带队的猫说，“我上桥自己解决，你们压住桥头，盯住对面！”

一只守桥猫飞快地向西跑进了胡同里，而格格则一步一步缓缓走上桥头。

格格明白，对付这样凶险又有准备的人类，自己最好的策略是争取时间。自己窝里留守的猫不多，桂爷这时候应该去叫黄爷了，但不知道何时才能赶来。黄家大爷二爷不在，又涉及白三少那窝，黄大姐能不能带队来帮忙，能带几只猫，也不确定。对面想必也通知他们窝里了，会不会有行动？会不会有埋伏？

格格一边盘算着，一边缓步靠近残害幼猫的凶手。

白三少窝的猫此刻正从桥边灌木丛里探出头注视着格格。格格却不理睬他们，而是对那人类凶手发出一声沉重的低吼。

那凶手偏过头，突然一怔。四目相对，他居然笑了起来，更掐着幼猫转过身，很兴奋地说：

“哎哟，大伙看见没！意外收获！大惊喜啊！网红猫过来了！大家看清楚了，如假包换，就是刚才那只！是不是叫送猫娘娘啊？啊？居然送上门了，咱这一期要火！我感觉我要火爆了！”

格格这才发现，那凶手竟将手机放在防水套里，用背带绑在胸前直播。他还戴着耳麦，显然是在和观众交流。一想到这个凶手骗走幼猫，残杀幼猫的过程都发布到了人类的互联网上，供那些残忍之徒“欣赏”，格格便气得浑身的毛都立了起来，在雨中奓成一只刺猬的模样。

“你！这小贱猫是猫瘟了吧？老子给它个痛快的，你还不乐意是吧？你来啊，你来我就把猫还你！来！来啊！来！”

凶手把幼猫伸向格格，却继续卡紧幼猫的脖子。幼猫痛苦地张开嘴，已经虚弱得发不出声音。

格格看着已经不成猫形的小家伙，心里被愤恨填满了。她恨不得化成一只母狮，扑上去咬断那凶手的脖子，再拍碎他的脑袋。可她明白，这个凶手如此故意挑衅，一定还有别的险恶阴谋。格格强忍住冲动，依旧一步一步缓慢地压过去。她紧紧盯住那凶手的双眼，一眨也不眨。

凶手看到格格步步迫近，突然扯开冲锋衣拉链，伸手进去，再向外一抽，亮出一把狭长的西瓜刀来。那刀身散发着寒气，在暴雨的冲刷下发出慑人的光晕。

格格停住了脚步，她知道这东西的厉害——长度几乎和自己身长一样，不管是挥砍还是刺戳，都不是猫的体格能承受的。若是平时，她是有信心躲开至少第一刀的，但现在下着雨，不仅视线受阻，爪心打滑，一身毛也全湿透发沉，她必须更加小心谨慎。

凶手咧开嘴，似笑非笑地干喘了两声。他慢慢蹲下来，把小猫按到地上，说：

“大家看，能看到吧？镜头拍上了吧？往左点？这样？好，大家看啊，大家看，咱这把祖传屠猫刀，今天又要发威了！啊！咱们老朋友都知道这刀宰过多少猫，百猫斩、猫见愁可不是瞎吹的！咱们今天，拿这个网红猫来祭刀！各位帅哥美女老板，打赏啊！这可是南锣网红猫！送猫娘娘，一刀下去可就没了！走过错过全世界没有第二只！”

说着，这凶手竟然松开手，把幼猫摆在地上，又用刀尖指了指格格。

格格看到幼猫不仅被挖了眼睛，四肢也扭断了，瘫在地上几乎不动，只有肚子还微微有些起伏。

格格再看凶手，此刻正蹲在幼猫身后，一身装备无懈可击。进攻是毫无意义的，即便不挨刀，被那皮手套打上一拳半掌也是吃不消的。何况如果这个凶手真的杀过那么多猫，和猫打斗的经验一定不少，那就更不利了。

只能救幼猫。要快，再快！

这是格格能想出的唯一的办法，也恰恰是凶手想逼迫格格去做的。

这很明显是个陷阱，但格格决定放爪一搏。她弓起背，准备抢回幼猫。那凶手便顺势把西瓜刀横握在前，轻轻划动着，准备挥出致命一击。

雨水似瀑布般砸下。

一人一猫，一个在等，一个在等另一个。

忽然，天边骤然劈下一道闪电，把阴暗的桥面上映得顿时一亮。

格格瞬间弹了出去。凶手也挥出了刀锋。

格格缩起耳朵，蜷起尾巴，身子压低，准备在躲过横扫的刀刃后，叼起幼猫回身撤退。但那凶手把嘴一撇，手腕一送，突然由挥变刺，尖刃直逼格格面门。格格抬起前爪一挡，扭过身子，迅速回跳两步。

这凶手竟是反手挥刀，挥刃是虚，突刺是实，专等格格落地瞬间的空当发难。

雷声隆隆传来，一人一猫又回到了对峙姿态。

格格已然挂了彩。血水顺着前臂淌到桥面上，又被雨滴砸得四处飞溅，化成一抹粉红浸染了格格前胸的白毛。

那凶手斜斜地咧开嘴，发出豺狗一样的干笑声。

这时，西桥头传来虎妞的呼唤。

格格向后瞥了一眼，只见黄家几只守桥猫贴着石桥护栏现了身，而虎妞带着几只护院大猫缓缓走上桥面。

格格又向前看。只见桥东面，白三少窝的守桥猫也从河堤边的灌木丛里探出身子，开始踱上桥头。

再这样下去，猫族之间的冲突迟早要爆发。而那个人类凶手还在继续直播，说着：

“看到了吧，网红猫被我一刀掀翻几米远！居然又叫来几个。老子这次要开大招，把这群贱猫都砍爆！敲烂猫头，砍碎猫肚！打赏啊，老板们多多打赏，打赏越多我手上越有劲！谢老板！谢老板！”

格格明白，自己已经陷入多重危机，进退两难。一只染上猫瘟，又被残酷虐杀的幼猫，即便现在抢回去，也必然是救不活了。而继续救援，且不说自身安危，即便是间接引发黄家和白三少之间的大战，也是自己承受不起的。救，没有任何好处；不救，自己作为窝主，对内对外都无法交代。甩爪推给白三少呢？明眼猫谁看不出这种伎俩，何况也不是格格的做派。

“如果要付出代价，还是只付出我一个吧。”

格格这样想着，便回头止住虎妞，叫她无论如何不许上桥。

格格决心再搏一把。

虎妞和护院猫都停下了脚步。黄家的守桥猫们也贴在桥头石礅旁停住了。白三少窝的猫则在东桥头护栏边坐下，观察事态发展。

那凶手似乎看出了格格的意图，竟然缓缓垂下刀，用刀背压在幼猫脖子上。幼猫猛地喘起来，浑身颤抖着，唇边泛出的血红泡沫被雨水冲下，形成第二道淡红色的潜流。

“老板们！帅哥靓女们！都看到了吧，这画面美不美！美——不——美！这他妈才叫暴——力——美——学！现场直播的正宗顶级暴力美学！那些垃圾电影算个屁！老子猫见愁才是真正的暴力美学专家！真正的名导演！是不是！啊！多点赞啊！美女们！帅哥们！老板们！刷起来啊刷起来啊！保证给大家看更爽的！”

话音落下不过几秒，手机里便传来密集的声响，凶手眼中也射出更加亢奋，也更加残酷的死光。他把刀又往下压，幼猫顿时抽动起来，咧开嘴，喉咙里发出“咯”的声响。

格格全身奓开，湿透的毛发一缕一缕刺出，像豪猪一般。她低吼着，盯着凶手的眼睛。

那凶手干笑起来，用一只“皮手”指着格格，做出个挑衅的手势，又用刀反复压迫幼猫的脖子，传出瘆人的响动。

格格忍着前臂的疼痛，往前踱了一步，又踱了一步。

距离幼猫还有一个多猫身的距离时，格格停下来，继续低吼着。

那凶手比划了一下，让格格再走近点。格格稍一犹豫，那凶手就再次压下刀身。格格没有办法，又试探着往前迈出一小步。

就在格格受伤的前臂刚落地时，那凶手猛地往前一探身子，利用身体的速度叠加挥臂的动作，急砍一刀。格格本能地往后一缩，但因前爪使不上全力，躲闪不及，还是被砍中了。刀尖划过格格右额头，豁开一道延伸至左眉上的裂口。格格脸上顿时一片鲜红。

虎妞在后面低吼着又要冲上来，她此刻心里急得恨不能变成一块巨石，直直地从桥面上碾过去，把那人类凶手和白三少窝的猫都碾成齑粉。但格格却猛地回过头，瞪着眼睛，透过血雾盯着她，再次呵止——虎妞从未见过格格露出这样可怕的神情。可她也不甘心就这样看着，于是带着几只猫一起低吼了起来。

“嚯嚯，这猫真的好贱啊！什么网红猫，什么娘娘！还不傻×一样虐得死去活来！后面那些也是尿×！老子一个能屠他们一窝！老板们，接下来怎么搞！怎么爽！著名旅游景点，后海南锣，京杭大运河上公开虐杀，满门虐杀！绝无仅有！史无前例！老板们刷起来！刷得越多越精彩！老子他妈今天就要大开杀戒，全网爆红！老子就是他妈全球虐猫第一人！”

格格听着那凶手疯狂呓语，恨不得扑上去来个同归于尽。但是她已经疼得几乎快要站不住，视野也渐渐模糊起来。刀依然压在幼猫的脖子上，可怜的小家伙似乎在和死亡做最后的抗争，忍着不吐出最后一口气。

格格看着幼猫，决心拼死一击。

她转过头，叫虎妞一会儿叼住小猫便走，不要管其他。虎妞愣了一下，还是点点头答应了。

格格压低身子，透过粉红色的视野死死盯住凶手。她将要像箭一样射到那凶手身上，死死缠住他，只要三秒，不，只要两秒就够了。她相信虎妞的身手。

那凶手似乎也预感到了什么，攥紧了手里的刀把，直勾勾地看着格格。

“都上去！我负责！”

桥头突然传来黄大姐一声响亮的呼喊，格格便刚感到身后有一队猫正大吼着冲上桥头，而虎妞也狂叫着一起蹿了过来。

那凶手猛然间看到十来只猫一起冲上桥，顿时感到大事不妙。

他甩出西瓜刀，拎起幼猫转身就跑。可他才扭过身子，便发现迎面也有十来只猫冲了上来——那是白三少窝的守桥猫和打埋伏的队伍。

这凶手猛地跳起身，躲过冲过来的猫，在空中抡圆了胳膊，使劲把幼猫向玉河中掷去。他落地后丝毫不敢停留，甚至不敢回头去看，便沿着河东沿一溜急跑逃走了。

桥面上，二十多只猫已然打作一团。在这场暴雨中的群猫大战里，一只玳瑁母猫格外显眼——她蹿上护栏，跳进了河里。

当天傍晚，家属院发生了一件不大不小的事。几只猫在金教授家的楼门洞里不断地叫着，引来几个街坊围观。有人继而跑上楼，敲着金教授家的门喊："金老师，您家猫出事了！"

金教授被喊出门，赶到楼下才看到惨不忍睹的一幕：绣球正缩在楼门外猫窝里，浑身湿透，满脸是血。猫窝外还躺着一只小猫——双眼被挖掉，四肢被扭断，脖子耷拉着，显然是死了。

27. 噩耗传来

27. 噩耗传来

27. 噩耗传来

暑假里，研究生们虽然不能完全放假，但多少还是比平日里闲散一些。武博士和杨硕士这天便嗑着瓜子，聊着天。由于他们在识别社交网络机器人的算法上有了些突破，因此话题也就围绕互联网生态展开。

晓华趴在武博士身后的桌子上，听这对师兄弟聊着对网络的见解。武博士提到了网络的工具化观点，这让晓华感到非常不快——因为在网络上，猫族也被人类当作工具使用。他不止一次看到人类饲主故意玩弄自己的同胞，然后把视频放到网上去，让人们以观赏猫族丑态为乐——尽管按教授的话说，这是对猫族极好的掩护，可晓华还是难以接受。

过了一会儿，这对师兄弟又开始聊宠物行业。他俩从结婚率、生育率双双下跌，与宠物数量增长的相关性开始分析，然后谈到了房价和彩礼，又转到动物权利和国际分工，甚至在行情软件上研究起宠物概念股的量价走势、筹码堆积和财报技巧来，话语间充斥着心理补偿、口红效应、情感替代、少子经济、比较优势、毛净利润等词汇。

正在说话的当口，杨硕士的手机突然响了起来。他拿起来一看，笑了，对武博士说：

“师兄，咱这聊着都被偷听了啊。你看，猫粮促销短信已经发过来了。”

“正常操作。你看我的手机就没这些。除了最常用的几个App我什么都不装，什么权限都不给，用的时候临时再说。”

“不过倒提醒我了。师兄，这俩的猫粮是不是快吃完了啊？”

“我还真没注意，你瞅瞅吧。”

杨硕士转过身，打开橱柜门，往里看了一眼，说：

“还有大半袋，干脆买点吧。”

“行，你看着办。”

杨硕士打开购物App买了两袋猫粮，结果手机上立刻弹出好多条宠物推送，把大半个屏幕都占满了。

“哎哟，每次都这样，刚下单就又推一大堆东西，烦死了……”杨硕士说着，正习惯性地翻到弹出栏底部打算关闭，突然眉毛一扬，说，“师兄，你听说过南锣鼓巷那个挺有名的母猫没有，见人就送小猫的那个？”

“好像听说过。我们组之前聚餐就在那边，我没去。有几个人过去跟那猫合影，还发群里了。”

“师兄，你瞅瞅，是这猫吧？被虐猫的虐残了，都上热点推送了。”

“啊，还有这事儿？我瞅瞅？是个玳瑁花的母猫吧？”

“就是那个……这标题够火的：南锣网红猫母子被虐一死一伤……”

原本听到“南锣鼓巷”这四个字，晓华已经扭过了头，当听到“玳瑁母猫”“死伤”的时候，晓华不仅坐了起来，而且跳到了杨硕士的肩膀上——手机视频里，浑身是血蜷缩着的那只猫，正是格格！

“哎哟，这谁造的孽啊！大家看看，这是送猫娘娘，这个网红猫咱们大家都见过，现在被虐猫的害惨了，还有个小猫……”视频里传来一个年轻女孩愤恨的声音。

派森听到手机视频里传来的声音意识到事情不对，坐起来看着晓华——只见晓华脸色极其难看，一身毛更是微微竖了起来。

“这猫怎么回事啊！”杨硕士才抬起手，却不料晓华已经自己跳下，几步就跑到宿舍门口。

“欸？”武博士刚喊出来，晓华这时已经纵身一跃，压下门把手，挤开门缝蹿了出去。派森紧跟在后，一起跑出了宿舍。

两个师兄弟互相看了看，全都一脸茫然。

“我说……这俩不会是误解咱们，以为咱俩也要虐猫了吧……”武博士终于打破了僵局。

“不可能吧，咱们要是坏人，不早下手了？”杨硕士继续玩着手机，揉了揉肩膀说道。

“猫哪有这么聪明，能想明白这个？还不看见啥就是啥。”

“哟，又推送几个虐猫的新闻，”杨硕士说，“嘿，刚才那个虐网红猫的被人肉了，曝光社死了，学校刚开除！”

“别看了，你看得越多，算法给你推送越多。”

“哎，师兄，他们该不会不回来了吧？”

“谁知道呢……说不定过几天挨饿了，想吹空调了，自己就回来了。”

武博士把椅子摆正，欠了欠身子继续干活。

杨硕士叹了口气，也去忙活了。

28. 师大送别

28. 师大送别

28. 师大送别

派森追出宿舍后，只看到晓华拐进楼梯间不见了。她一路躲着人追到一楼，没看见晓华，只听到几个路过的学生谈笑着说，刚刚一只大花猫在众目睽睽中，从会客间半开的窗户跳出去了。

派森找了个空子也跑出宿舍，一路找一路问附近的猫，最后才在教二楼旁的草地上找到了和教授在一起的晓华。教授看见派森，便招呼她过去，头一句便说：

“晓华都跟我说了，他已经决定回胡同，你要尊重他的决定。”

派森脑海里犹如划过一道闪电，心脏咚咚咚地跳个不停，耳朵里也传来轰隆隆的巨响。

“这……那什么时候回去？可以先说一声，等……等安排好了，来猫接了再……”派森支支吾吾地说着，僵硬的脸上挂着仪式般的笑——那嘴角撇得像爪子划出来似的。

“不用了，我今晚就走。一会儿找传信猫接力通报一下就行了。”晓华的声音很低，却掩饰不住冰冷的气息。他不想让派森不高兴，但却压制不住内心的翻腾。

“我去京师广场看看传信猫在不在。再找个猫去南边大院传个话，请他们路上照顾下你。”教授对晓华说完，便起身慢慢向广场走去。

派森蹲在墙边，直直地盯着晓华看。她想去晓华身旁，可是却觉得距离好远，远得让她连迈开腿的力气都没有——但偏偏她的思绪却好像开足了马力的人类汽车，已经跑出了上百公里的时速：

“他怎么说走就走了呢？他怎么不和我商量呢？他肯定在看到那视频时就下了决心的。那我算什么呢？我就在他边上，他却连看我一眼都没有，甚至都不等我一起出宿舍。那我算什么呢？他在胡同里才住了半年，可在师大我陪了他一整年！我陪他吃，陪他玩，陪他上课，陪他躲人，陪他进宿舍……他怎么能说走就走呢？那我到底算什么？我还没有胡同里一个窝主重要吗？那猫又不是他妈！他到底当我是什么？”

晓华看到派森呆呆地坐在那里，便想上前解释。却不料派森突然退后几步，一转身跑掉了。

晓华并没有追上去。他不知道该说什么，何况他还有很多事情要处理。他知道派森会回来的。

傍晚时，晓华已经四处告别完，在孔子雕像旁听教授最后的嘱托。派森这时也溜到草坪上，在不远处看着他俩。过了一会儿，教授嘱咐完了，便看向派森。晓华回过头，和派森四目相望。

“我这个小孙女，脾气是倔了点。你们年轻猫的事，还是看你们自己。”教授对晓华说，“不过，晓华，你要记住，不管什么情况下，要坚持一个原则：以猫族大局为重。”

晓华对教授点了点头，便迎着派森走过去。

教授看着晓华的背影，靠着孔子像基座躺下来，眯起了眼睛。

天色渐暗，晓华和派森沿着教二楼，慢慢向南踱去，一路无话。到了京师大厦北面，晓华轻轻钻过栅栏，回过头等派森一起过来，却不料派森隔着栅栏说：

“你就一定要回去吗？你回去能做得了什么？看看你现在，才一个学年，半桶水都算不上！你先生当年在师大多少年，研究人类多深，你不是不知道，你才这样子就跑了，你对得起他吗！”

“教授早知道格格受伤了。传信猫来的时候，只告诉了他。格格说先不和我说的。”

派森一愣，马上又说道：

“我之前可不知道这事，爷爷没和我说。但是既然格格不要你知道，估计也没什么大事，用不着影响你，你还跑回去干吗？”

“那儿毕竟是我的窝，我不回去放不下心，也说不过去。”晓华说。

“是，南锣那边是你窝，可也不是只有你一只猫吧？你们窝里那么多大猫，有什么好操心的？再说，黄家能照应你们窝吧？海居士那边也帮得上忙吧？几个大窝回来了关系也不错吧？格格是受了伤，但不都说了送到人类医院治好了，在休养吗，你有什么不放心的？”

派森一边说一边瞪着晓华。晓华却避开她的目光，只侧脸看着旁边的栅栏说：

“我没和你说格格送去人类医院。”

派森浑身一僵，知道自己失言了，但她反而走上一步又说：

“咱们猫族，每个猫都有自己的位置。你是继承厉云的，你是在宫里挂了号的，你不能为了胡同里一个猫窝就这么任性！你现在……”

“我就是想回去看看。我会回来继续修行的，”晓华突然看着派森说，“你要是不放心，就当监督我，和我一起回胡同，我们再一起回来。”

派森瞪着晓华，脱口而出道：“你疯了你！外头兵荒马乱的你要我……”

晓华没有应话，只是微微笑了一下，随后扭过身，继续向南边走去。

派森浑身一颤，耳朵瞬间缩了起来，仿佛丢了魂儿。她看着晓华头也不回地继续走着，脑袋里又嗡的一声炸开了。她赶忙钻过栅栏追上去，边走边说：

“刚才我去找过白姐了。你知道她吧？家属区那边，校医院过去那户的家猫。她说家属区那边有好几窝家猫都生了，有个妹妹是头胎，有六只。那家主人嫌养不过来，想送人呢。那妹妹不想孩子被人类送得太远，让白姐找咱们师大里的猫托出去。咱们也领一只好不好，就像厉云带你那样，咱俩也拉扯个小徒弟出来。要是一只不够，咱们要两只也行啊，等养大了再一起回胡同去多好！那时候胡同里肯定也消停了，你也修行圆满，风风光光的……”

派森跟在晓华身边，贴着他一路走一路讲。晓华却没有停下脚步，也没有多少表情和回应。他似乎在听，又似乎没有。

在夜色中，两只猫来到京师大厦东南角的栅栏旁。晓华钻过栅栏，贴在街边，时而盯着路口的红绿灯，时而观察来往车流。派森靠在栅栏里，已经不再说话，只是望着晓华的背，眼睛里隐隐透着泪水。

过街的路灯绿了。

晓华侧过脸，说了一声“我会回来的”，便头也不回地钻入人群中。

29. 重返胡同

29. 重返胡同 29. 重返胡同

晓华过马路时，一只黑虎斑猫也从路边花坛上跳了下来。两只猫会合后彼此点了点头，便钻过住宅小区的护栏，一路向南跑去。

黑虎斑猫把晓华送到小西天牌楼，在那里便由老黑接应。老黑带着晓华向南来到北护城河边，一起下到河沿，趴在一处草丛里做过街前的小憩。

老黑告诉晓华，格格当日伤势实际不重，而视频是最近两天才上网的，所以有个时间差，叫他不必担心。石桥战斗中，由于黄爷随后也带队赶到，白三少不仅惨败，而且被黄家顺势冲进雨儿胡同灭了窝。格格被救回去送医后，皮肉伤很快恢复，但却没有回到金教授家里休养。由于金教授女儿依旧反对家中养猫，所以格格就被送到方砖厂胡同里，一处人类开办的猫咪咖啡店代为照顾。至于广化寺的情况，由于海居士年事已高，事务都已经交给一只叫白居士的猫处理。

休整结束后，新街口路口的车流又少了一些。两只猫趁着夜色，踩着信号灯的节奏过了马路，沿着西海边一路向东，穿过德胜门内大街，钻入后海北沿，一路回到广化寺。

在广化寺西院里，晓华拜见了海居士。海居士已然显出十分的老态，也不大动弹，只是趴着讲话。他把晓华引荐给白居士，一只全身雪白、只在头顶上有一片乌的中年猫。两猫见面，都想起前一年曾在寺里有一面之缘，又是一阵攀谈。

午夜后，海居士亲自送晓华出广化寺，并由白居士一路送到后门桥边。马路对面涮肉店花墙旁，黄二爷和桂爷早已在等着了。

晓华和白居士道别后，过了马路，给黄二爷和桂爷请了安。

“嘿，我说什么来着，晓华先生还是咱八横一纵的猫嘛，忘不了窝的！”黄二爷哈哈笑了起来。

“可不敢当，我现在哪称得上先生，还差得远……”晓华忙说。

“唉，您可千万别谦让了。自从厉云先生走后，咱们这边就一直没有坐镇谋划的猫。格格遭人类算计后，窝里更缺主心骨了。这先生的位置，您可千万别再推辞。”桂爷说。

晓华叹了口气，并没有直接回答，而是问道：“格格现在到底怎么样了？”

“唉，伤势基本好利索了。不过金教授那个带小孩的闺女，死活不让格格回去家里住，唉……”桂爷说。

“咱要不回窝儿里再聊吧，”黄二爷说，“这会儿周围人类还是不少，还是回去院儿里清净。”

桂爷和晓华点头称是，三只猫便钻入帽儿胡同，一路避开夜游的人群，回到了晓华久违的豆角胡同中戏家属院。

“唉，可算是回来了。”晓华站在前院停车场上，看着面前的小楼说道。

“哪儿都不如自家的猫窝儿嘛！”黄二爷跳到一辆汽车上，趴到引擎盖上说。

晓华和桂爷跳上另一辆车，也趴了下来，又谈起格格的事。

金教授原本是打算接格格回家好好休养的，但是她女儿以猫会危害小孩而且有各种传染病和寄生虫为由，坚决不让格格回去。金教授拗不过，又不想让格格像流浪猫一样住在外面，便联系到方砖厂胡同里一个猫咖店家代为照顾。金教授带孩子出来遛弯时，会到店外隔着窗户看看格格。

“唉，说到底嘛，养了那么多年的猫，最后还不如一个新来的娃娃呢。人类就是靠不住！”桂爷愤愤地说。

“嗨，要我说嘛，一个猫咖店，能难得倒咱猫族吗。咱猫族只是尽量不干涉人类之间的事。要是真动爪，别说有的是办法把格格捞出来，就把那猫咖里的猫都给解放了也不难！这不是怕动静闹太大嘛！”黄二爷说。

“二爷，您这话确实在理儿。格格也说过让窝里别太着急，观察一下再说。”桂爷说，“毕竟现在胡同里，出不了大乱子了。按格格的意思，她当放个长假了。”

“哎，对了，晓华兄弟啊，”黄二爷坐起来对晓华说，“我这寻思着，你这先生的名号，还得坚持！毕竟厉云先生之后，就得你扛起来这份传承不是，没别的猫了！你要实在觉得别扭啊，咱们没旁猫的时候就兄弟相称得了，不过对外还是得叫先生，给窝里长面子嘛！厉云先生当年在的时候，老一辈们也是这个规矩！”

对黄二爷的提议，桂爷立刻表示赞成，晓华也就不再推托了。

三只猫随后又谈起窝里的情况。

先说四奶奶后事：四奶奶虽然没留下多少钱，也没有什么金银首饰或其他资产，但有一样物件的确是个宝贝——便是四奶奶的辅仁大学毕业纪念册。那是个旧式大开面厚纸本，里面写满了师生题词签字，也贴了不少同窗照片和集体合影，更有几张未装裱的小幅字画夹在其中。翻开来随便查看几页，就能发现是名人大师的手笔。这种宝贝，放现在谁还有啊？那真是老古董，值老鼻子钱了！尤其是这册子里有启功先生任国文讲师时的题词和半页小画，更夹了他一副对联，这必定是真迹——仅此一件便值半个小院了！当然，抢这东西的，不止胡家这俩人。四奶奶竟还有其他旁亲在世，不知道从哪得来消息，也赶来争取权益。这辅仁毕业纪念册最终如何，尚在打官司中，一时半会儿是看不出个眉目了。

至于猫族的情况，除了白家灭窝，最大的变化便是可园那窝猫渐渐开放了。如今，他们和周边猫窝建立了定期互访机制，今晚便是黄爷过去做客的日子。

格格窝里，虎妞平时照看内务，晚上则去方砖厂猫咖店外陪着格格。格格虽然被托管在店里，但毕竟是交了托管费的家猫，所以并不用真的去接客，而且还有晚上可以不关进笼子里的特权。

黄家那边，前两天窝里最终定下方案：小黄家不再复窝，彻底统一成新黄家。黄大姐作为窝里的内当家，正全盘操作窝里新一轮整合。而帽儿胡同西口的涮肉店，不日也将重新归还给格格窝。

胡同里，南锣鼓巷重新成为猫族共享的空间。每天晚上，各猫窝都有不少猫去南锣里找食打牙祭。中戏校园也重新恢复成八横一纵里猫族公有区域——所有猫都可以随意进出，没有任何限制。

“说起中戏，我这次回来，还有一个重要的目的，”晓华说，“就是希望能在中戏建立一个咱们胡同猫族的基地。”

“基地？”黄二爷和桂爷一起问道。

“对。我在北师大的时候，就一直在想，到底是什么让咱们胡同猫族里出了白家这样的猫窝。白三爷的问题，在于对人类一知半解、生搬硬套，只管模仿人类而不能适应猫族的现实。但是，这并不能认为，猫族研究人类、学习人类是不对的。猫族要想跟上形势，必须要这样做。关键在于，不能只学皮毛，被人类一些表面的东西欺骗，丢了猫族的本性。

“我亲眼看到人类尤其是在科技和文化上，不断加速发展。人类现在的社会，甚至未来就要出现的虚拟社会，除了人类以外的生物都是难以融入的——这意味着我们猫族面临被人类甩开的危险。

“另一方面，人类自身也在面临越来越大的危机。气候问题、污染问题、生态问题极其严重。地球的生存环境还能适合人类、适合猫族多久，是难以预料的。甚至还有其他各种预料不到的人类世界问题，会以想不到的方式影响到咱们猫族。咱们猫族在进一步加深对人类的研究和利用时，也必须为随时脱离人类做充足准备——如果人类自身陷入重大危机，咱们猫族就必须抓住机会。哪怕无法实现猫族崛起，至少也要保证不依靠人类也能自己生存。

“所以，我的想法是，在咱们八横一纵的地界上，以中戏为据点，借用它的人类大学环境，把各猫窝的猫，尤其是年轻一代猫，聚集起来。然后系统地教给他们猫族的传统和研究学习人类的方法，再定期轮换去北师大修行——这样既可以消除再产生白家的隐患，也可以加强咱们猫族对人类的研究力量。另外，我打听到师大那边有跨大学的猫族组织存在，咱们甚至可以把胡同里的猫送到更远的地方去考察和学习，也可以把其他地方那些厉害的猫请到咱们胡同里来，就像当年厉云先生那样。”

晓华的构想让黄二爷和桂爷都惊呆了——他们从没想过这样宏大的猫族计划。

“我是听不大懂，但是觉得这应该是好事！”黄二爷说。

“这计划真的是很大……可是，如果要在胡同和大学里两边同时进行，很难顾及周全吧。”

“我在师大里倒是找到一个可以在那边带队研究人类的猫，”晓华说，“不过还没有和她完全交底。毕竟咱们胡同猫族先要做起来才有意义。我打算向格格汇报一下，然后看看各猫窝的态度。过几天再去一趟景山，托他们向宫里请示一下，再去宫里详谈一次。”

“嗯，对，确实有必要去宫里一趟，晓华兄弟考虑得的确周到！”黄二爷说，“咱黄家这边，对这事绝对支持！依我看啊，几大猫窝应该都会支持！”

“其实从长远角度来看，咱们猫族在这四九城里的力量过于分散了。”晓华说，“过去咱们都是以宫里为中心，四处打探人类。这在旧时代，人类的主要机关都在四九城的高墙里时，是可行办法。可是现如今，人类发展太快，几代猫的工夫，站在景山顶上都望不到北京城的边儿了。如今人类最重要的科技研究机构，很少在四九城内的地界里，而城外猫族历来又缺少研究人类的传统。如今内外城猫族需要加强流动，互通有无才好。

“具体来说吧，人类最重要的科技机构，都集中在这北京城西北方向上。咱们这八横一纵正处在宫里向北的出口，作为旅游区和平房胡同区，人多猫杂，又有一个中戏可以利用。咱们可以把景山作为宫里和胡同区的中转站，然后在中戏预先训练好候选的猫，再利用从后海到积水潭的走廊，把他们送到北师大。进到师大里，就可以利用跨院校的猫族组织，让他们一个一个渗透去西北边更远处的人类大学和研究所。”

说到这里，晓华看着黄二爷说：“二爷，这事如果想成，真的少不了黄家的支持。”

黄二爷听到这里，一步跳到晓华蹲着的引擎盖上，伸出爪子拍着晓华说：“兄弟放心！咱黄家跟格格窝儿里从不见外！兄弟话都说到这个份儿上了，咱自然是要鼎力支持的！”

晓华谢过黄二爷后，三只猫又聊了一会儿，黄二爷便回窝汇报去了。晓华跟着桂爷一起到后院，从铁门下的缝隙钻入方砖厂胡同，贴着墙根向东边走了一段，便到了格格所在的猫咖门口。

小店门脸不大，只有数米见宽，一侧是单开玻璃门，另一侧是通透的落地窗。此时，虎妞正趴在落地窗旁的台阶上打着盹，毫不介意旁边胡同里三三两两路过的夜游客。

晓华和桂爷轻轻摸过去叫醒了虎妞。虎妞看到晓华，激动地叫了起来：“小老弟！你可算是回来了！”

虎妞在晓华身上使劲蹭着，桂爷不得不把她拉开，避免引起人类注意。

此时，格格听到外面的动静，已经来到门口。晓华见到格格，赶忙隔着落地窗请了个安。

“嘿，到上面说话方便。”虎妞抬头示意挂在外墙上的空调机说，“那旁边有个透气窗，里面是个猫爬架，我们都这样聊。”

晓华点了点头，从一旁的电动车跳到了空调机顶，隔着透气窗的纱网向格格汇报起自己的修行、见闻、师大的情况、人类的动向，以及自己的“宏大构想”。

格格仔细听着晓华的汇报，时而又问一些问题。她对晓华这一年来的成长很是满意，不过相比于晓华所设想的计划，她更在意关于人类前景的问题。

“晓华，关于人类目前开始经历转型并进入风险期的这个判断，你的把握有多少？”

“总体上有七成吧，个别领域的把握还要高一些。人类世界内部矛盾爆发属于周期性问题，目前已经到了一个高发期，还会继续深入发展。环境和气候问题也是确定性极大的。人类幼崽越来越少，整体越来越老，在现实世界里衰落，向虚拟世界发展也是大概率事件。其他不确定的风险和突发状况，有些还难以预料，但人类社会的各种变化肯定会越来越深入地影响猫族。”晓华答道。

“嗯……”格格低着头想了一会儿，对晓华说，“这些动向很重要。过两天时间定下来后，我们一起去宫里。”

“啊？格格，金教授要接您出来了？”

“她可指望不上。”格格轻轻一笑，“这店里我早摸透了，有好几种方法可以跑出去。他们把自己店的猫锁起来怕跑丢了，却不怎么防范我。一会儿让桂爷先和胡同里各猫窝通个气儿，联系得差不多了，我就出来。”

“格格，您看宫里面会答应吗？”

“这我说不好。你的计划是根据你所见的情况、分析和预判，做出的对人类的整体策略。但是宫里，要首先相信你所见的那些情况，认可你的分析和预判才可以。要先过这一关，才能谈后面的计划。就算宫里认可了你对人类的侦察，他们也要讨论方案的，一时半会儿可能也没个结论。”

“宫里难道连人类现在的基本状况都不了解吗？我去宫里的时候，常见他们从外面获取消息啊！”晓华略微惊讶地问。

“想必你也知道宫里打探人类情况的方法吧，从古至今流传下来的那一套?”

“盯住人类要害部门，再以猫族的优势和传统，暗地里……”

晓华还没说完，便被格格打断了：“这套方法，恐怕行不通了。”

“行不通了？“晓华不解地问道。

“原本，厉云先生是想让你再去几次宫里，熟悉猫族对付人类的手段之后，再去师大修行的。但是白家抢先对你出爪，就只能让你提前去师大了。谁也没想到，你在那边反而学到了更多人类自己的方法并用来探查人类本身，这和宫里的方法不大相同。宫里的手段，历来是抓住人类核心部门的要害人物。当年那边还是紫禁城的时候，咱宫里的猫族都是围着那些个皇上啊、皇后啊、皇子啊什么的转悠。后来皇上没了，但方法不变。即便是厉云先生，当年在师大里也是想方设法贴在那几个人类大师周围的。

“可是你这次呢，在师大并没有按这套方法工作。你没去找校长，也没去找那些院士、名家之类的。你到处上课，听讲座，观察人类，对人类各个方面都做了研究，尤其是你长期跟踪的那几个研究生——从这些学生身上，你看到了宫里那套方法看不到的东西。”

“看不到的东西？您是说，宫里大猫窝难道不清楚人类社会里年轻一辈的状况吗?”

“恐怕的确是这样。你看咱们胡同里，平日接触的都是些老街坊。这些人，只关心过自己的小日子，过得也不差，俗称天子脚下首善顺民。用他们自己的话说，过的是咸吃萝卜淡操心的日子，咱们胡同猫族从他们身上掏不出多少有价值的东西。宫里呢，现在整天接触的都是游客，更谈不上对人类社会日常现实有什么直接体会。他们通过其他途径去探查的那些东西，多数也是靠城里猫族接力，转了几次才到爪里的。

即便他们在人类的重点目标那里有些收获，获得的也是在人类系统里转了几次的东西，走了多少样儿，连人类自己都搞不清，何况咱们猫族。所以如今的人类，你说的那些，我不知道宫里对这些有多少认识，会相信多少——尤其是那些年轻人类中潜藏的预兆。”

晓华听了格格的话，突然感到一股莫名的压力。他从没想到过自己在师大不过一年，却无意中获得了不得了的东西。

“那……那去宫里，难道还要从最基本的东西说起？”晓华疑惑地问。

“首先要向宫里汇报你在师大看到的情况。人类的科技发展、社会情况、年轻人类的情况，越直接、越真实越好。第一爪资料比什么都宝贵。至于宫里最后会相信多少，能不能接受你的分析和判断，会不会支持对人类科技区的渗透计划……”

说到这里，格格突然停了下来，对晓华说：

“你知道吗，厉云先生当年出宫，其实并不是被人偶然捡走的。那不是意外。”

“啊！”晓华叫了出来。

“那是安排好的。”格格说，“其实，宫里当时有些猫察觉到宫里那套针对人类的方法有缺陷，在人类进入新时期后会存在隐患和问题，于是就想主动把宫里的猫安插出去。

“可是那时候，故宫里因为旅游太火，猫族的日子也变得舒服了，谁都不想出去受苦。厉云先生因为是三花公猫，宫里自古就知道三花公猫不传代，所以最后选定让他去。他是偷偷钻进那个学生的自行车后筐里，一路藏到北师大去的——毕竟北师大是距离故宫最近的人类著名大学。那个学生，一进门就被算计好了。他在外头停的是哪辆自行车，进门时出示的学生证，和专家请教问题时自报家门，全程都被盯住了。

“厉云先生学成后原本是应该回宫里的。可当时这八横一纵里，白家的问题太严重了，而宫里又不方便自己直接派猫出面对付白家，于是就召他到这胡同里。所以，他名义上是小时候走失再落爪胡同，给猫一种虽然和宫里没那么‘正式’，但又颇有渊源的印象，但其实，他一直就是宫里的猫，只不过以一个假名义外派出去而已。”

听到这里，晓华叹了口气。他没想到自己当作父亲和恩师一样看待的厉云，真实身份竟是如此——他更没有想到，厉云直到最后一刻，也没有和自己揭示身份。

似乎是猜到晓华的想法，格格安慰道：

“别怪你先生，宫里有宫里的规矩。有些事，即便是最亲的猫，该隐瞒的也绝对不能说。厉云先生当初为了方便在胡同工作，才按宫里指示和我交了底。我也按规矩，配合他工作，从来没和别的猫说过他的事。现在和你说，也是他的吩咐：只有等你学成回来时，才可以告诉你。”

“我明白……”晓华声音颤抖着应了话。

“你先生其实一直都很关心你。你知道吗，宫里那窝一向看重血脉。除了当年战争时期有过一次大规模的外派联姻，这之后很少再和宫外婚配——即便有，也是只娶不嫁的。但是，他给你争取来了进宫入窝的资格——他放弃了宫里许诺他做管事的补偿，换来了给你挂牌的机会。”

晓华紧缩着耳朵，一言不发。

“晓华，厉云先生知道自己的命数，他给自己选了一个好归宿，也选了一个继承事业的好猫，你为了猫族，为了他，也要坚持下去。”

晓华应了一声，点了点头。

两只猫沉默了一小会儿，格格开口说：

“明天咱们就开始办正事吧。你和桂爷先去景山，让他们给宫里汇报一声，定好时间，咱们胡同里同步行动。黄二爷是个爽快猫，黄家不会有二话。方砖厂这一窝也好说话，菊儿和圆恩寺那两窝当初是厉云先生救下的，应该也不会反对，这样大半个胡同区就算拿下了，让宫里更容易下决心。”

“格格，谢谢！”

“这都是为了咱们猫族，厉云先生会为你骄傲的！”

格格接下来又和晓华谈了些细节，再叫来桂爷布置了一些工作，便回店里的沙发窝上继续睡了——她需要为过两日的逃脱行动养足精神。

晓华和桂爷回到胡同里，只见虎妞在落地窗旁睡得正香，街面上几乎看不到什么人迹。两只猫沿原路返回家属院后，桂爷便开始忙着办事，晓华则打算去黄家拜访一下黄窝主和黄大姐。于是两只猫在前院就此分别。

晓华沿着豆角胡同一路向南溜去，来到玉河拐角处的凉亭外。

一轮明月挂在天际，似是很圆，细看却又缺了一点，像极了那天晚上。

晓华坐在玉河边，抬起头，看向天际，就那样看着，看着。

南锣是我家

白三爷

八横一纵南锣家，东西南北来夸夸。

儿女孝顺孙女俏，就等四世抱娃娃。

什刹海畔望曹鸾于“大观园”上

海居士

辛酸一把化清粥，落魄十年梦故楼。

快意驱鸾腾宙宇，荒唐满纸蔑公侯。

什刹海畔忆辅仁之陷而不落

厉云

烽烟燧火映清粥，暗箭明枪塞故楼。

理化生心窥宙宇，文哲史教论公侯。

景山歪脖树下怀古

晓华

兴勃有道撼天边，败落失德陷地巅。

莫恨诸臣皆误朕，亡清灭蒋换人间。

绝笔

四奶奶

风风雨雨龙摧日，暮暮朝朝柳望槐。

万万千千花落去，星星点点炬成灰。

北京广化寺

北京广化寺，初建于元代，历经数朝，至清末改为京师图书馆，民初复庙，现为北京佛教协会和北京佛教乐团驻地。寺庙沿鸦儿斜街而建，坐东北朝西南，历经几代修缮扩建。

正院山门为歇山顶，前坐两尊石狮，面阔三间，青砖外墙，居中一石券门框，配实榻红木门，门板上七行七列门钉。屋顶覆青灰筒瓦，脊上五只脊兽，外侧飞椽方头绘以万字纹，内侧檐椽圆头以宝珠画作饰。坊心绘旋子画，正中悬“敕赐广化寺”匾。券门两侧墙面镶“法轮常转”金字，门侧楹联云:“楼阁参差倚夕阳，烟波淡荡摇空碧”。

山门西侧开一卷棚顶便门，外立一尊三层莲花座佛塔。佛塔下层刻《佛顶尊胜陀罗尼咒》，中层刻对应之梵文，顶层各面雕有莲花座释迦牟尼坐像。山门隔街对侧有十数米宽影壁，朱红衬底上有“南无阿弥陀佛”金字。

入山门，一进前院居中有天王殿，西侧为鼓楼，东侧为钟楼。

天王殿为庑殿顶，五脊兽，面阔三间，檐坊装饰同山门。居中四扇朱红色斜方格花心隔扇门，两侧各四叶朱红色斜方格槛窗。正门楹联云:“四部洲统领诸天大千世界，八功水普施众地不二法门”。殿内供弥勒佛像和四大天王，殿前设一香炉及长明灯架台。

天王殿两侧有旁门，为抱厦勾连搭式。入门为二进中院，大雄宝殿居中，由台基平台与天王殿后门相通。西侧为祖师殿，东侧为伽蓝殿，皆为二层楼，硬山顶，五脊兽，灰筒瓦，旋子画，正门四扇玻璃窗朱红木框隔扇门。南侧为天王殿后门，上悬“三洲感应”匾。

大雄宝殿为歇山二重檐顶，五脊兽，青灰筒瓦。外檐阔五间，正殿阔三间，门十二扇。檐梁枋装饰及门样式如天王殿。上檐居中挂蓝底金字“玉佛宝殿”匾。正门外檐柱楹联为启功书：“道场遍十方无人无我，佛法超三界非色非空”，金柱楹联云：“运悲智统九界而齐度，严福慧超十地以独尊”。殿内供大日如来佛坐像，殿前有圆鼎香炉。院内居中分立石碑二，赑屃碑二，载有明清间广化寺事迹。

由天王殿旁便门入后院，居中为二层高联排楼，硬山顶，通阔五间，两侧各有南延合角楼一间。装饰如中院配殿。院内东西又各配三间硬山顶平房，西为弥陀殿，东为药师殿，正门如中院配殿。

正楼居联排楼正中，阔三间，下层为般若堂，正门六扇玻璃窗朱红木框隔扇门，上层为藏经阁，正门六扇朱红隔扇门，样式如前。联排楼西一间为普贤殿，东一间为文殊殿，门皆如般若堂。

广化寺另有西院，有数进，由北至南列观音殿、地藏殿、法堂等。西院装饰比正院更简，各进花木繁盛，回廊曲折，颇为幽静，不乏信众休憩习经。

辅仁大学旧址

辅仁大学主楼，旧时和协和医院、燕京大学并称北平三大建筑，是典型的中西合璧式风格，亦是天主教本土化在建筑上的一次尝试。整座建筑由辅仁建校初期时负责管理的美国天主教本笃会筹建，历经数年才最终完成。

辅仁大学主楼为砖混构造，“日”字型布局，长边沿东西向，短边坐北朝南。门楼居于南侧正中，全高三层，东西围楼高两层，四角各有一角楼。门楼和角楼均为重檐歇山顶，覆绿琉璃瓦，坐三只脊兽。四边围楼为硬山顶，覆灰筒瓦。墙面皆为青灰色水磨砖，配雕花红木窗。

门楼主体前凸，高三层，阔三间，顶上以砖石构造飞檐斗拱装饰。东西配楼高两层半，阔两间，墙面进深在主门之后，围楼之前。

门楼正中为汉白玉券门，高二层，石门内镶红色木门框，框边配抱鼓石，上嵌四个门簪。门楼第三层正中为前伸抱厦式露台，以石柱石栏包砌。

券门上侧拱形以石块拼就，雕有层叠波浪状卷草纹，又沿内拱雕一圈石宝珠。拱下横一精雕石门楣，下接券门两侧石柱，配蔓草纹雀替。石柱雕山峦孤松图，绕祥云纹，坐精雕须弥座。券门内侧木门框配朱红实榻木门，有九行九列门钉。

该处现为北京师范大学校区。

图书在版编目（CIP）数据

他们是猫 / 吴辛烨著. -- 北京：作家出版社，2023. 3
ISBN 978-7-5212-2165-7

Ⅰ. ①他… Ⅱ. ①吴… Ⅲ. ①长篇小说 - 中国 - 当代
Ⅳ. ①I247.5

中国版本图书馆CIP数据核字（2022）第253789号

他们是猫

作　　者：吴辛烨
责任编辑：苏红雨
装帧设计：孙惟静
出版发行：作家出版社有限公司
社　　址：北京农展馆南里10号　　**邮　　编**：100125
电话传真：86-10-65067186（发行中心及邮购部）
86-10-65004079（总编室）
E-mail:zuojia@zuojia.net.cn
http://www.zuojiachubanshe.com
印　　刷：北京盛通印刷股份有限公司
成品尺寸：145×210
字　　数：313千
印　　张：10.5
版　　次：2023年3月第1版
印　　次：2023年3月第1次印刷
ISBN 978-7-5212-2165-7
定　　价：45.00元
